돈 까밀로의
사계

L' anno di Don Camillo
by Giovannino Guareschi

*신부님 우리들의 신부님 4

돈 까밀로의 사계

4

G. 과레스키 연작소설

주효숙 옮김

서교출판사

차례

들어가기 전에 ♥ 6

봄

여선생과 자전거 도둑 ♥ 15

트로이의 트럭 ♥ 41

작은 사랑의 이야기 ♥ 53

사라진 번개 ♥ 66

비가 내리네 ♥ 83

여름

6월의 밤 ♥ 98

사보타주 ♥ 108

멜로 드라마 ♥ 121

무제 ♥ 136

뽀 강의 찬가 ♥ 153

가을

빼뽀네의 슬픔 ♥ 168

빨간 슬픔 ♥ 182

휘파람 소리 ♥ 200

돈 까밀로와 빼뽀네의 어린 시절 ♥ 217

파산 소동 ♥ 233

겨울

크리스마스 선물 ♥ 258

크리스마스 소동 ♥ 276

되찾은 크리스마스 ♥ 290

눈이 내리네 ♥ 302

들어가기 전에

사람이 사는 곳에는 언제나 크고 작은 다툼이 있게 마련이다. 사람들은 때때로 먹을 것을 위해서 싸우기도 하고, 이념을 지키기 위해서는 전쟁도 불사한다. 국가나 민족의 이름으로 타 집단, 타 민족, 타 국민들을 무시하기까지 한다. 모두 자기가 옳고, 상대방이 그릇되었다고 주장하기 때문에 생기는 비극이다.

가난한 사람들은 부자가 나쁘다고, 부자들은 가난한 사람들이 나쁘다고 생각한다. 한 나라가 다른 나라를 침략자라고 비난하면, 그 나라는 상대 나라를 두고 '웃기지 말라' 고 응수한다. 심지어는 같은 종교를 믿는 사람들끼리도 자기네 종파가 정통이고 다른 종파는 전부 이단이라며 편을 가른다. 이쯤 되면 합리적이고 논리적인 해결책 따위는 도무지 통할 것처럼 보이지 않는다.

처음에는 그저 상대의 사소한 잘못을 지적하는 데서 비롯된 다툼이 눈덩이가 불어나듯이 커져, 다시 회복시킬 수 없을 정도로 관계를 망가뜨리는 경우가 비일비재하다.

돈 까밀로와 뻬뽀네가 살고 있는 작은 마을은 우리가 사는 세상과 아주 흡사하다. 이 마을 사람들도 우리네처럼 여러 가지 이유로 인해 다투고 싸운다. 그 마을에는 파업이 두려워 러시아제 탈곡기를 사들이는 부자들이 있고, 부자들이 소유한 토마토를 훔쳐내 팔아먹는 가난한 사람들도 있다. 그들도 서로 불신하고, 증오에 사로잡혀 상대를 동등한 인간으로 바라보지 않는다. 그러나 이러한 다툼과 대결이 파국에 이르는 경우는 거의 없다. 그곳에는 화해와 용서를 상징하는 우리들의 주인공, 돈 까밀로와 뻬뽀네 그리고 예수님이 있기 때문이다.

과레스키는 이번 작품 《돈 까밀로의 사계》에서도 여전히 특유의 따뜻한 시선으로 인간을 감싸 안는 모습을 보여준다. 노동절 행사를 두고 팽팽하게 대립하던 가톨릭과 공산당 양 진영 사이에서 피어나는 작은 사랑의 이야기나 탈당한 국회의원에 발끈해 크리스마스 말살에 나섰던 뻬뽀네가 결국엔 평온하고 따뜻한 크리스마스 만찬을 가족들과 나누게 되는 것은 모두 인간의 선량한 의지만이 희망이며, 결국에 모두를 승리하게 한다는 작가의 낙관적인 생각을 배경으로 하고 있다.

혹자는 과레스키를 감상주의자나 몽상가라고 할지 모른다.

하지만, 다툼은 어디선가 끝이 나야 한다. 우리는 역사에서 그런 교훈을 항상 배워왔다. 냉전 시기에 많은 사람을 위협했던 핵전쟁의 공포나, 지금도 빈발하고 있는 테러의 위협은 인류가 어느 순간 극단적인 선택을 하게 되면, 지금까지 누려왔던 모든 것을 잃어버릴 수도 있다는 강력한 증거이다. 그렇기 때문에 우리는 세상이 아무리 미움과 증오, 분열로 가득 차 있다고 해도, 결코 용서와 화해에 대한 낙관을 버려서는 안 되는 것이다.

과레스키가 창조해낸, '돈 까밀로 시리즈'의 참된 묘미는 역사의 중심에 우뚝 선 영웅들이 아니라, 우리 곁에서 때로는 울고, 때로는 웃으며 함께 살아가는 평범한 사람들이 주는 즐거움과 감동에 있다. 옳지 않은 일에는 분노하며, 주위 사람들의 어려움에 양팔 걷어부치고 자기 일 인양 나설 줄 아는 양심적인 우리 이웃들의 모습이 자꾸만 이 소설의 등장인물들과 겹쳐지는 것은 결코 우연이 아니다. 이 단순하고 짤막한 이야기들 속에는 정말 우리가 이루 다 헤아릴 수 없는 아픔과 사랑과 눈물과 진실의 파편이 알알이 박혀 있으니까.

《돈 까밀로의 사계》는 기존의 돈 까밀로 시리즈가 보여주었던 특유의 낙천성에 독특한 형식적 구성까지를 포함한 다소 특이한 작품이다. 4계절로 나뉜 본문의 구성은 돈 까밀로 시리즈를 읽어본 독자들에게 친숙한 뽀 강의 풍광과 그 자연의 변화에 때로는 맞서고 때로는 순응하는 사람들의 모습을 진솔하게 보여주기 위한 시도인 셈이다. 봄, 여름, 가을, 겨울에 일어나는 각각의 사건들은 때로는 독립적으로, 때로는 아주 깊은 연관성을 가지고 연결되어 이야기를 읽는 맛을 더하고 있다.

분명히 이 작품을 일컬어, 격조 높은 문학작품이라고 할 수는 없다. 그러나 과레스키가 보여주고 있는 현대 문명에 대한 비판적 성찰이나 감칠맛나는 대화들, 역동적인 인물들이 한데 어우러져 보여주는 이 즐거운 앙상블을 놓치고 싶은 독자들은 아마 없을 것이라고 확신한다. 눈앞에 펼쳐진 재미에 홀려 행간에 담긴 깊은 의미를 독자들이 놓치지 않기를 바라는 마음 간절하다.

끝으로 이 책은 이탈리아 리촐리 출판사에서 펴낸 〈L'anno Di Don Camillo〉를 텍스트로 삼아 우리 말로 옮겼다. 이 소설이 나오기까지 수고한 편집부 여러분께 감사의 인사를 전한다.

– 옮긴이

"북풍과 태양이 서로 자신의 힘이 세다고 다투다가 나그네의 옷을 벗기는 시합을 했다. 먼저 북풍이 세찬 바람을 몰고 왔다. 그러자 나그네는 옷을 더욱 단단히 여미기 시작했다. 바람이 더 세차게 불어 대자 추위에 못 견딘 나그네는 여분의 옷까지 꺼내 입었다. 크게 낙담한 북풍은 태양에게 기회를 넘겨주었다. 태양이 아주 부드럽고 따뜻한 볕을 내리쬐자 나그네는 여분의 옷을 벗었다. 태양이 다시 뜨거운 열기를 내뿜자 더위를 견디지 못한 나그네는 근처 개울로 달려가 나머지 옷을 모두 벗어 버렸다."

–《이솝 우화》 중에서

봄
Primavera

여선생과 자전거 도둑

시찰 기간 내내 읍장이자, 운전기사로서 두 가지 역할을 충실히 수행한 빼뽀네가 지금 막 작고 초라한 단층 건물 앞에 자동차를 세웠다. 빼뽀네는 옆에 앉은 남자 쪽으로 몸을 돌렸다. 커다란 안경을 쓴 남자는 약간 마른 체형에 세련된 양복을 입고 있었다.

"장학관님, 여기가 마지막 시찰지인 카스토르타 학교입니다."

장학관은 그 작고 초라한 건물을 힐끔 바라보더니 이렇게 대답했다.

"문제가 많을 것으로 보이지는 않는데."

"심각한 문제는 숨어 있게 마련입니다."

뻬뽀네가 눈살을 찌푸리면서 중얼거렸다.

장학관은 앉은 자리에서 몸을 돌려, 나이가 지긋한 데다 비만기가 있는 신사를 쳐다보며 물었다.

"특별히 무슨 문제라도 있습니까, 교장 선생님?"

"이 학교의 정식 교원은 디바 아델라 여사입니다. 그녀는 종전 뒤 교직에서 물러나야 했습니다만, 잘못이 전혀 없는 것으로 밝혀져 재임용되었습니다."

뻬뽀네는 고개를 가로젓더니 쓴웃음을 지었다.

"흥, 잘못이 없다고?"

장학관은 교장에게 사건에 대해 자세히 설명해달라고 요청했다. 그러자 교장은 양팔을 벌리며 어깨를 으쓱해 보였다.

"조사는 적법한 절차에 따라 이루어졌지요. 아델라 선생은 1929년 최고 점수로 교사 자격증을 취득했고 이어, 도청 소재지의 몇몇 학교에서 1930년부터 1945년 4월까지 중단 없이 계속 가르쳤습니다. 그 기간에 그녀는 의심할 바 없는 확실한 능력과 대단한 열의를 보여 주었습니다."

"특히 파시스트 부 행정관과 결혼했을 때는 더 그랬지!"

"부 행정관과 결혼했다는 것을 위법 행위로 간주할 수는 없습니다."

"원래 비슷한 자들끼리 결혼하는 법 아니오? 조사 위원회는 최소한 그녀를 전근 정도는 시켜야 했던 것 아니냔 말이오. 그게 우리 인민들의 희망이었으니까."

"읍장님, 아델라 선생은 결국 전근되었잖습니까!"

"칼라브리아*쯤으로 전근시켰어야 했소. 도청 소재지에서 겨우 6킬로미터 정도밖에 떨어지지 않은 이 마을로 보낼 게 아니라 말이오!"

"그때 상황에 대해서는 나보다 읍장님께서 더 잘 아시지 않습니까? 그녀한테는 여섯 살배기 꼬마가 하나 있었고, 남편은 인도에 감금돼 있어 돌아올 수 없는 상황이었습니다."

"이러단 끝이 없겠군. 그만둡시다!"

뻬뽀네가 탄식하자, 장학관이 지적했다.

"짚고 넘어갈 건, 짚고 넘어가야지요. 읍장, 이의를 제기할 것이 있다면, 내게 세부 보고서를 제출하시오."

뻬뽀네가 차에서 내리면서 말했다.

"그럴 필요 없습니다. 아델라 선생이 대체 어떤 인물인지 곧 확인할 수 있으실 테니까요."

카스토르타는 바싸 읍 행정구역의 일곱 개 마을 중에서 가장 작았다. 선생 한 명으로도 이곳의 초등학교를 운영하기에 충분하고도 남을 정도였다. 1학년, 2학년 수업은 아침에, 3학년, 4학년 수업은 점심 후에 이루어졌다.

그날 오후 장학관이 읍장과 다른 두 사람을 대동하고 학교에 들어섰을 때는, 3학년과 4학년 수업이 한창 진행 중이었다.

---

* 이탈리아 반도 남쪽의 지명. 바싸 마을이 속한 에밀리아로마냐 지방으로부터 아주 멀다.

아델라 선생은 장학관의 갑작스러운 등장에 당황했으나, 방문한 이유를 듣고 나서 곧 침착성을 되찾았다.

장학관은 심각한 목소리로 방문 이유를 설명했다.

"최근 우리 민주 정부가 신경 쓰는 것은 현시대에 걸맞은 교육을 어떻게 하면 적절히 수행할 수 있느냐는 것이오. 아주 많은 학교가 교실 수, 각종 기본시설 등의 부족에 시달리고 있소. 우선 선생님의 개인적인 경험에 비춰 이 학교의 실태가 어떤지 말씀해 보시오."

담임선생은 양팔을 벌리며 대답했다.

"모든 게 부족합니다."

빼뽀네는 자신을 두고 하는 이야기라고 느껴져 안절부절 못하다가 결국 소리쳤다.

"우리 읍사무소에서도 할 만큼 했소! 보수 공사를 통해 학교 건물을 깨끗이 손질했고, 수세식 화장실에 라디오 장비도 설치했으니까!"

아델라 선생은 고개를 끄덕이며 말했다.

"지당하신 말씀이에요."

그러고는 이렇게 덧붙였다.

"하지만 전기가 연결되지 않아서 라디오가 작동되지 않고, 물탱크와 펌프가 없어서 수세식 화장실을 쓸 수 없다는 사실은 좀 유감스럽군요."

아델라 선생의 어조에 약간 빈정대는 뉘앙스가 풍기자 빼뽀네는 그만 평정심을 잃고 말았다.

"파시스트 정부가 전기와 물을 공급해주지 않아도 20년 동안 불평 한 번 제대로 못 하던 사람이, 우리 민주 정부가 패전국 이탈리아의 실패를 떠맡은 지 4년밖에 되지 않은 지금, 전기와 물이 공급되지 않는다고 비난하는 건 경우에 맞지가 않소!"

그녀는 이 말에 동요되지 않았다.

"장학관님께서 이곳 상황을 물으셔서, 저는 거기에 대해 답변했을 뿐입니다."

삐뽀네가 외쳤다.

"예의도 모르시오? 대답하는 데도 예의범절이라는 게 있소! 진짜 문제를 말씀드릴까? 진짜 문제는 말이오, 선생께서 파시스트 집안의 어린 후손을 키워내느라 여념이 없다는 데 있소!"

담임선생은 양팔을 양옆으로 벌리며 어깨를 으쓱했다.

"저는 국가에서 정한 교과 과정을 충실히 진행하고 있어요. 저는 명령에 따라 국가에 봉사해왔고, 지금도 그럴 뿐입니다."

"국가에 대해 봉사해 왔다고?"

삐뽀네는 열이 오를 대로 올랐다. 장학관은 거대한 덩치의 삐뽀네가 흥분하는 것을 보사, 이 논의에 별로 끼어들고 싶지 않아졌다. 장학관은 예의 근엄한 목소리로 말했다.

"아델라 선생, 꼭 필요한 것만 대답하시오! 나는 이 학교의 현재 상황을 알고 싶을 뿐이니까."

그녀의 대답은 아까와 마찬가지였다.

"모든 게 부족합니다."

장학관은 냉정한 목소리로 자르듯 말했다.

"그렇게 과장하지 말고, 부족한 게 무엇인지를 정확히 말씀하시오."

"제가 말씀드리겠습니다, 장학관님!"

빼뽀네가 잔뜩 비꼬는 목소리로 외쳤다.

"아델라 선생은 무엇보다도 강단 위에 걸려 있던 초상화가 없어진 것에 대해 섭섭해하고 계십니다. 보이십니까? 십자고상 좌우로 성화를 붙여 놓았던 자국들이?"

그녀가 미소를 지으며 끼어들었다.

"십자고상이라도 남았으니 다행이지요."

장학관은 화가 났다. 그는 다분히 정치적인 성향의 장학관이라, 빼뽀네와 생각이 일치하는 점이 많았다.

"선생! 어서 내 질문에 똑바로 답하시오. 부족한 것이 뭐요?"

"말씀드린 대로 전기가 들어오지 않고, 수세식 화장실도 제대로 작동하지 않아요. 보시다시피 교실은 비좁고, 난방도 제대로 안 됩니다. 책걸상은 너무 낡았고, 칠판은 거의 무용지물이나 다름없지요. 게다가 도서관과 지도도 갖춰져 있지 않습니다."

"이 건물은 구조가 어떻게 되오?"

"교실이 하나, 탈의실로 쓰는 복도가 한 개 있습니다. 그 복도 끝에는 장작을 쌓아둔 창고와 화장실이 있고요."

"교사 숙소를 만들 자리가 없소?"

"없습니다, 장학관님. 소사 아가씨도 여기서 거의 1킬로미터쯤 떨어진 곳에 살고 있거든요."

수행원이 메모하는 동안, 장학관은 교실 끝쪽을 향해 걸어가기 시작했다.

"한 번 직접 보고 싶소."

장학관이 말했다. 그런데 그때 소년 한 명이 자기 걸상에서 미끄러지듯 빠져나오더니, 복도 쪽으로 나 있는 문으로 재빨리 나가버렸다.

장학관은 처음에는 소년이 선생의 지시를 받고 자신에게 문을 열어 주려고 황급히 나갔나보다 하고 생각했다. 그러나 복도로 나가 보니 그 소년은 보자기를 하나 들고 창고로 급히 달려가는 게 아닌가. 장학관은 이상한 낌새를 눈치챘다.

"저 녀석은 왜 저러는 거지? 이봐 꼬마야, 너!"

하지만 소년은 창고 안에 들어가, 문을 잠갔다. 장학관이 문고리를 움켜잡고 흔들어 보았지만 소용이 없었다.

그러자 그는 화난 표정으로 뒤돌아섰다.

"선생, 이건 대체 무슨 일이오? 지금 저 애가 숨긴 게 뭐요?"

아델라는 출입구 쪽으로 다가가, 차분한 목소리로 아이를 불렀다.

"지노, 문 좀 열거라. 나다."

문이 열렸다. 소년은 입구를 막고 등을 돌린 채, 보자기 안에

든 무언가를 감추려고 했다. 삐뽀네가 소년의 목덜미를 움켜잡아 밖으로 끄집어냈다. 보자기에는 태어난 지 5, 6개월 되어 보이는 아기 하나가 들어가 있었다.

"대체 어떻게 된 거냐?"

장학관이 얼떨떨한 표정으로 외쳤다.

"제 동생이에요."

소년이 고개를 숙인 채 대답했다.

그러자 선생이 끼어들었다. 그녀는 학생의 양팔에서 아기를 받아 들더니, 복도 한구석으로 가서 교실과 통하는 문에 가까이 있던 포도 광주리 안에 내려놓았다.

"제 아들입니다."

선생이 다시 일어서면서 말했다.

"선생님 아들이라고요?"

장학관이 외쳤다.

"그렇다면 어째서 그 아기가 여기 있는 거요?"

"제 남편은 두 달 전부터 도시에서 일자리를 얻어 거기에서 지냅니다. 또 다른 아이는 할머니와 시골에 함께 있고요. 저는 아침에 아기를 여기 데려와서 저녁때 다시 집으로 데려갑니다. 그렇게 하니까 저도 안심이고 아기에게 젖을 줄 수도 있어서 좋습니다."

장학관은 이 말에 어이가 없다는 듯 교장을 쳐다보았다. 그러자 삐뽀네는 선생 쪽으로 고개를 돌려 물어보았다.

"여기 이 자리에서 아기에게 젖을 먹이신단 말씀이오?"

"아닙니다, 읍장님. 아이들을 가르치다가 우는 소리가 들리면 아기를 바구니에서 꺼낸 뒤, 땔나무 창고에 들어가서 젖을 줍니다."

"얼씨구!"

장학관이 빈정대기 시작했다.

"선생이 학생들을 자기들끼리만 공부하게 놓아두면, 학생들은 얼마나 좋아할까! 그 아이들이 무슨 일을 저지를지 상상이나 해 보았습니까?"

"제가 자리에 없어도 아이들은 꼼짝도 하지 않고 숨도 안 쉴 정도로 조용히 공부하곤 합니다. 이 아이들은 교육이 잘 된 아이들입니다. 만일 이 아이들이 나를 선생님으로서 존경하지 않는다면 어머니로서 존경할 것입니다."

장학관은 어깨를 으쓱해 보였다.

"이해하오, 이해해. 알아듣겠소. 하지만 선생은 아기를 마을의 누군가에게 맡기실 수도 있잖소?"

"그렇게 되면 제가 안심할 수 없을 것 같습니다."

"선생의 어머님은 어떻소? 아기를 그분한테 맡기시오."

"그럼, 젖은 누가 먹이죠?"

"분유를 먹이면 되잖소. 오늘날 대다수의 아기들은 분유를 먹고 자라오."

"어느 엄마든지 아기에게 젖을 먹일 수 있다면 그렇게 하는 것이 의무입니다. 그렇지 않다면 전능하신 하느님은 여성들을 애초에 어머니로 만들지는 않으셨을 겁니다."

이 말에 당황한 장학관은 분노의 방향을 바꾸었다. 그는 땔나무 창고 앞에 아직 서 있는 소년 쪽으로 고개를 돌리더니 얼음장처럼 냉랭한 목소리로 말했다.

"이 사건의 모든 과정에서 가장 염두에 두어야 할 점은 바로 이 소년의 태도요. 이로써 이 소년이 받은 도덕 교육이 어떠했는지 짐작할 수 있소. 담임선생이 자기 자녀에게 젖을 먹이기 위해 학교에 출근하면서 아기를 데리고 온다는 사실을 불법행위라고 할 수는 없소. 하지만 저 학생이 한 행동은 '오메르타*' 라는 단어 외에는 달리 표현할 길이 없소!"

뻬뽀네는 그 어조를 잘 이해하질 못했다. 그래서 '오메르타' 라는 단어의 뜻에 대해 오해하고 말았다.

"물론입니다!"

뻬뽀네가 탄성을 올렸다.

"이거야말로 진정 사나이다운 행동이지요! 소설 《쿠오레》에 나오는 착한 가로네의 일화를 떠올리게 하는 일이군요. 가로네는 친구의 잘못을 감싸주려고 '그렇게 한 사람은 바로 저였어요!' 라고 말했잖습니까? 너, 참 훌륭한 아이로구나!"

---

* 오메르타(omerta): 마피아 조직이 자랑하는 '침묵의 계율(서로의 범죄를 외부에 알리지 않는다.)' 을 지칭하는 나폴리 방언. 범죄를 비호하는 행위 또는 사나이다운 행동이라는 두 가지 의미로 사용됨.

장학관은 눈을 아래로 깔고 교장 선생을 흘금흘금 바라보더니 서둘러 말했다.

"이만 갑시다."

그러고는 출구 쪽으로 걸어갔다. 교실을 지나가면서 장학관은 꼬마들이 입을 다문 채 목석처럼 꼼짝도 않고 있는 것을 보았다. 그 같은 침묵과 부동자세가 장학관에게는 역겹게 느껴졌다.

빼뽀네는 장학관과 다른 두 사람을 기차역까지 배웅했다. 그리고는 마을 쪽으로 돌아오면서 카스토르타 학교 앞을 다시 지나게 되었다. 학교가 한참 전에 파했지만 학생들은 마치 누구를 기다리기라도 하는 듯 전부 현관 앞에 모여 있었다.

빼뽀네는 자동차를 멈추었다. 소사 역할을 담당하는 아가씨가 학교에서 막 나오고 있었다. 그녀는 빼뽀네 앞으로 다가와서는 양팔을 벌리고 어깨를 으쓱했다.

"읍장님, 참 몹쓸 세상입니다!"

"무슨 일이오?"

"선생님이 장학관님과 이야기를 나누고 계시는 사이에 어떤 도둑놈 한 명이 학교 건물 뒤, 작은 주랑 아래 세워 두었던 선생님의 자전거를 훔쳐가 버렸어요."

잠시 후 아델라 선생이 한쪽 팔로 아기를 안은 채, 밖으로 나왔다.

빼뽀네가 자동차 곁을 지나가는 그녀에게 말했다.

"선생, 자전거 이야기는 들었소. 차에 타시오. 집에까지 모셔다 드릴 테니까."

"아뇨, 감사합니다만 사양하겠어요. 걸어서 가는 편이 더 좋아요."

그녀가 무뚝뚝한 목소리로 대답했다.

그러고는 가던 길로 계속 걸어갔다. 학생들이 담임선생의 뒤를 따랐다. 잠시 뒤, 학생 중 한 명이 그녀를 설득해 아기를 자기 품에 받아 안는 데 성공했다.

그러고 나서 전봇대 두 개쯤 지난 다음, 아기는 다른 학생에게 넘겨졌다. 이어 그 학생으로부터 다시 세 번째 학생 품에 아기가 넘겨졌고 이런 식으로 계속 학생들이 번갈아 가며 아기를 안고 갔다.

2킬로미터쯤 지나자, 선생은 학생들을 멈추게 하더니 아기를 자기 품으로 다시 받아 든 다음, 다들 즉시 집으로 가라고 명령했다.

그러나 아무도 꼼짝하지 않았다. 결국 서른 명의 꼬마 학생들이 전부 선생 뒤를 따라왔고 집들이 하나둘 눈에 띄기 시작하는 마을 입구에 도착할 때까지 계속 그렇게 했다.

마을에 이르러 아이들은 다들 '뒤로 돌아'를 하더니, 일부는 자기 집을 향해 걸어갔고 나머지는 들판의 지름길로 들어섰다.

다음 날 카스토르타에서는 여선생에게 새 자전거를 사 주기 위한 모금 운동이 마을 사람들 사이에 벌어졌다. 그들은 벌써 목표액의 절반까지 돈을 걷었다. 하지만 그 사실을 알게 된 담임선생은 아이들의 엄마들과 만나 이에 대한 이야기를 나누었다.

"여러분께서 추진하시는 일은 무척 아름다운 미담이고 저도 그것에 대해 감사드려요. 하지만 부디 이 모든 것을 그만 두시고 없던 일로 해 주시기 바랍니다. 제 양심상 이런 종류의 일은 절대 허용할 수가 없어서 그래요. 저는 이미 도둑맞은 일을 신고했어요. 저한테 자전거가 꼭 필요하다고 해도, 그 자전거는 다른 자전거가 아니라 바로 제가 잃어버린 그 자전거여야만 될 거예요."

학부형들은 담임선생님인 이 아델라 부인에게 무언가를 우겨 보아야 소용없다는 것을 잘 알고 있었다. 학부형들은 카스토르타의 본당 신부인 돈 첼레스티노를 찾아가 직접 담임선생을 설득해 달라고 요청했다. 그러나 선생의 대답은 마찬가지였다.

"만일 제가 엄마들께서 사 주시는 자전거를 받아들인다면, 저는 그분들의 순수한 선행을 훼손하는 게 될 겁니다. 아무리 제게 자전거가 필요하다고 해도, 그 자전거의 자리는 다른 자전거가 아니라 바로 도둑들이 저한테서 훔쳐간 바로 그 자전거만이 채워 줄 수 있을 거예요. 그 자전거를 되찾지 않는 한 다른 자전거는 소용이 없지요."

여선생은 아기를 품에 안고 걸어 다녔다. 그녀는 퇴근할 때에도 아기를 품에 안은 채, 혼자 걸어서 갔다. 혼자 다닌 까닭은 아이들에게 이번에도 따라오면 엄청 혼이 날 거라고 단단히 으름장을 놓아두었기 때문이다. 그녀의 이러한 행동은 한동안 계속되었다. 이 모습을 지켜본 사람들은 화를 내기도 하고 감동을 하기도 했다.

보다못한 돈 까밀로가 그녀를 만나, 상황을 깨닫고 이성을 회복하라고 점잖게 충고했다. 그는 담임선생이 이성적이지 못하게 행동하고 있다는 점을 지적했다.

"만일 선생님이 그 자전거를 선물로 받아들이기를 원치 않으신다면 빌려준 것으로 받아들이시면 되잖소. 남들에게 신세지는 게 싫으시다면 임차료를 내면 되지."

"전적으로 제 것이거나 아니면 전혀 제 것이 아니거나 둘 중의 하나에요."

담임선생이 대답했다.

"일단 저는 걸어서 다니겠습니다. 그 자전거를 훔친 사람도 언젠가는 저를 보게 될 테고, 제가 기울이는 이 모든 노력이 그 사람에게 뭔가 느끼게 하는 데 도움이 될 겁니다. 그 사람이 자전거를 돌려주지 않아도 상관없습니다. 중요한 건 그 사람이 자기가 한 잘못된 행동에 대해 부끄러움을 느껴야 한다는 겁니다."

빼뽀네는 담임선생을 만날 때마다, 화가 치미는 걸 견딜 수가 없었다. 아이들에게 벌을 줄 때 손바닥으로 엉덩이를 찰싹 후려치듯이, 빼뽀네는 할 수만 있다면 여선생도 똑같이 때려주고 싶었다. 그래서 더욱 자전거 도둑이 미웠다.

어느 날, 빼뽀네는 돈 까밀로를 찾아가 이 사태를 끝낼 방안에 대해 의견을 교환했다.

돈 까밀로는 미리 생각해둔 바가 있었다.

"경찰서장에게 받은 자료를보면 그 자전거는 상표가 검은색 '아반테' 이고, 뒷바퀴 바퀴살에는 녹색 망이 씌워져 있으며, 등록번호는 P34468일세. 우리가 돈을 마련해서 똑같은 자전거를 하나 사세. 자네가 등록번호판을 다시 만들어 주면 나머지는 내가 알아서 처리하겠네."

돈은 금방 마련되었다. 왜냐하면 그 돈의 절반은 빼뽀네가, 나머지는 돈 까밀로가 내었으니까. 그러나 그들이 막상 같은 상표의 자전거를 하나 샀을 때, 돈 까밀로는 한 가지 염려를 떨쳐버릴 수가 없었다.

"만일 우리가 도난당한 자전거를 찾아주는 걸로 비치지 않으면, 담임선생은 이 자전거를 쳐다보지도 않을 걸세. 그러니 자전거를 완벽하게 위장해야 하네. 경찰에 접수된 자료만으로는 부족해. 다른 자료들도 찾아보세."

4학년에 다니는 아이들은 모두 합해 열두 명이었다. 빼뽀네는 어느 일요일 오후 카스토르타에 가서 그애들을 전부 소형트럭에 태우고 사제관으로 데려왔다. 돈 까밀로는 아이들 앞에서 아주 진지한 모습으로 연설했다.

"이 일은 중대한 문제다. 그러니 나중에 이 일에 대해서 다른 사람들에게 말하는 사람은 배신자가 되는 거다. 우리는 너희

담임선생님의 자전거가 도둑맞은 일과 관련해 의심이 드는 몇 가지 점들을 알고 있단다. 한마디로 말해 우리는 그 도둑맞은 자전거와 아주 흡사한 자전거를 가지고 있는 사람을 찾아냈다. 하지만 그 사람을 신고하기 전에 혹시라도 우리가 괜히 선량한 사람에게 피해를 주는 일이 없도록 하기 위해서는 아주 확실한 증거가 필요하단다. 우리는 그 의심이 드는 자전거를 손에 넣는 데 성공했다. 현재 그 용의자가 마을 밖에 있으니까 그 자전거를 살펴볼 시간이 있다. 너희는 그 자전거를 알아볼 수 있겠니?"

"네."

아이들이 대답했다.

그러고 나서 아이들은 전부 매우 조심스럽게 그 근처의 방으로 자리를 옮겨갔다. 이 방에는 뻬뽀네와 돈 까밀로가 사 놓은 새 아반테 자전거가 있었다.

"너희가 와서 좀 보렴. 이 자전거가 맞니?"

돈 까밀로가 아이들에게 물었다.

"상표는 같아요. 색깔도 같고요."

아이들이 대답했다.

"하지만 담임선생님 자전거는 아니에요."

"그런 말들 하기 전에 잘들 살펴봐! 한 부분, 한 부분씩 자세히 말이야."

돈 까밀로가 큰소리로 외쳤다.

아이들은 자전거를 한 부분 한 부분 뜯어보았다.

"번호는 이게 아니라, P34468이에요."

아이들 중 하나가 먼저 이렇게 말했다.

"그리고요, 여기 찌그러진 데가 한 군데 있었어요. 또 여기엔 페인트칠이 벗겨져 있었고요."

두 번째 아이가 덧붙였다.

뻬뽀네는 아이들이 가리킨 지점에 분필로 표시를 해두었다.

"우리는 모든 세부사항을 다 모아 두고 그것들을 완벽하게 기억해야 해."

뻬뽀네가 설명했다.

"그래야 실수 없이 확실히 대처할 수 있는 거란다. 또 다른 건 없나?"

"뒷바퀴 바퀴살 위에 씌워놓은 망은 여기가 뜯어져 있었어요. 여기하고 여기도요. 그리고 여기에는 기름이 조금 묻어 있었어요."

세 번째 아이가 한 마디 더 추가했다.

나머지 아홉 명의 아이들도 자기들 나름대로 관찰한 것들을 털어놓기 시작했다.

"라이트는 상표가 럭스 34-A였어요. 발전기는 상표가 럭스 D-엑스트라였고요."

"뒤 타이어는 피렐리 제품이고요, 앞 타이어는 미쉐린 제품이에요."

"여기 이 페달 크랭크 끝에 달린 톱니는 한쪽이 전부 닳아 없어진 상태였어요…"

"선생님께서 자전거를 타고 가시다가요, 손을 내려놓고 가실 때는요, 자전거가 균형이 잘 안 잡혀서 자꾸 오른쪽으로 기울어질 때가 많았어요. 그래서 자전거가 쓰러지지 않게 하려면 몸을 항상 반대쪽으로 기울여야 했어요."

"앞바퀴 브레이크는 여기가 용접된 적이 있어요."

"핸들은 여기, 여기 또 여기가 칠이 벗겨져 있었어요."

아이들은 죽 한 바퀴 돌아가며 저마다 자전거의 세부사항에 대해 털어놓았다. 빼뽀네는 그것을 전부 메모했다. 끝에 가자 12명의 아이는 동시에 입을 다물었다.

"그럼 더 이상 다른 특징은 아무것도 없다는 게 확실하니?"

아이들은 다소 당황한 표정으로 서로 쳐다보았다. 그중 가장 큰 녀석이 대답했다.

"네, 더 이상은 아무것도 없는데요."

돈 까밀로는 그 녀석이 거짓말을 하고 있다는 걸 금방 느낄 수 있었다. 그는 아이들에게 힘주어 말했다. 모든 것을 다 이야기해 주어야 한다고, 모든 것을 다 털어놓아야 한다고. 그래야 담임선생님의 자전거를 다시 찾아내는 데 도움이 된다고….

아이들은 자기들끼리 서로 쳐다보았다. 잠시 후 한 아이가 더듬거리며 말했다.

"하나 더 있기는 한데, 얘기할 수는 없어요. 비밀이에요."

돈 까밀로는 아이들을 설득하기 위해 갖은 애를 다 써 보았다. 아이들이 마치 쇳덩어리처럼 굳은 의지로 비밀을 지키고자 했기 때문에 돈 까밀로는 한참을 더 설득해야 했다. 나중에 가서 아이들끼리 서로 의견을 주고받은 끝에, 제일 큰 녀석이 망설이면서 말했다.

"RAS 3이라는 마법의 단어에 대한 비밀이 있어요."

빼뽀네와 돈 까밀로는 서로의 얼굴을 바라보았다.

"여기 자전거 뒷바퀴 위, 바로 이 지점에 자물쇠가 달려 있었어요. 그 자물쇠를 열기 위해서는 거기 달린 작은 신호 표시판 4개를 돌려 맞춰 RAS 3이라는 단어가 나오게끔 해야 돼요. 자물쇠 마크는 시쿠르 모델 5이에요."

빼뽀네가 집으로 바래다주기 전에 돈 까밀로는 아이들에게 단단히 주의를 시켰다.

"여기서 있었던 일을 한 마디라도 얘기해선 안 된다! 너희들 가운데 누구라도 오늘 일에 대해 말하면 모든 게 전부 물거품으로 돌아갈 테니까 말이야."

아이들은 오른쪽 손바닥에 침을 뱉더니 손바닥을 펼친 채로 자기들의 이마를 쳤다.

"이건 4학년 아이들끼리 맹세하는 방식이에요."

그 중 한 명이 설명해 주었다.

"3학년 아이들끼리 맹세할 때는, 손가락 두 개를 엇걸어 이렇게 십자가 모양을 만든 다음에, 그 손가락 십자가에 세 번 입을 맞추는 거예요."

"좋아."

돈 까밀로가 웃으며 말했다.

"우리가 안심해도 되겠구나."

빼뽀네는 작업장에서 줄, 드라이버, 사포, 모래 등을 가지고 오랜 시간 동안 일했다. 표지판에는 등록번호를 다시 새기고 원래 자전거에 있던 것처럼 찌그러진 자국, 문질러 벗겨진 부분, 용접 자국 등을 그럴듯하게 다시 꾸며놓았다. 또 아까 아이들이 묘사해 준 그대로 담임선생님의 자전거에 달렸었다는 교류 발전기, 전등, 자물쇠, 종과 똑같은 모델을 찾아내기 위해 각종 폐품 더미를 1톤 정도는 헤집어야 했다.

"내일 아이들을 불러서 다시 시험해 보세."

모든 작업이 끝나자, 돈 까밀로는 한숨을 내쉬며 자전거를 끌고 작업장에서 나와 사제관으로 향했다. 때는 이미 깊은 밤이었다. 빼뽀네가 그의 등 뒤에 대고 소리쳤다.

"이렇게까지 했는데도 일이 잘못된다면, 이 자전거를 내 손으로 다 부숴 버릴 거요."

돈 까밀로는 자전거를 타고 돌아오는 길에, 어깨 위에 걸친 망토깃을 바로 잡기 위해서 순간적으로 잠시 자전거 핸들을 놓았다. 그러자 자전거가 끔찍할 정도로 심하게 오른쪽으로 기울어지더니 균형을 잃고 말았다. 돈 까밀로가 그걸 깨달았을 때는 이미 땅바닥 위에 나뒹군 다음이었다. 담임선생의 자전거와 오른쪽으로 기울어지는 것마저 똑같다니! 그건 오히려 위로가 될 만한 일이었다. 모든 게 딱 맞아떨어진다는 뜻이니 말이다.

돈 까밀로가 자전거 안장 위에 다시 올라타고 가는데, 자전거 페달이 일정 지점에 닿자 '철컥!' 하는 소리가 났다. 이쯤 되면 누구도 두 자전거의 차이를 구분할 수는 없을 것이다.

정오가 되자 삐뽀네는 4학년 학생 열두 명 중 가장 나이가 많은 아이를 데리러 카스토르타에 갔다. 그러고는 그 아이를 사제관으로 데려왔다.

"좀 살펴보렴. 이게 맞니?"

돈 까밀로는 아이에게 이렇게 물으면서 위조된 아반테 자전거 위에 덮어 놓았던 씌우개를 걷어 올렸다.

아이는 눈을 동그랗게 떴다.

"네! 네!"

돈 까밀로는 아이에게 4학년 아이들끼리 맹세할 때 한다는 그 동작을 해 보라고 시켰다. 3학년 아이들끼리 하는 동작도 시켰다.

"너, 아무한테도 얘기하면 안 된다. 다른 애들한테도 얘기해선 안 돼. 지금도, 앞으로도 얘기하면 절대 안 돼."

"네, 얘기하지 않을게요."

아이가 말했다.

"2학년 애들끼리 하는 맹세 동작도 보여 드리면서 한 번 더 맹세할게요."

*

돈 까밀로는 경찰서 앞에 도착하자, 자전거를 멈춰 세웠다. 그는 안장에서 내린 뒤, 경찰서장이 있는 쪽을 향해 걸어갔다. 경찰서장은 벤치에 앉아 있었다.

그때 마침 소형 트럭을 탄 뻬뽀네가 경찰서에 이르렀다.

"읍장 나리께서도 오셨구먼."

돈 까밀로가 흥겨운 목소리로 인사했다.

"그럼, 읍장 나리께서 나를 집에까지 데려다 주실 수 있겠구려. 만일 공산당 위원회에서 반대 명령만 내리지 않는다면 말이오."

공산당 위원회에 대한 비난은 돈 까밀로와 뻬뽀네가 맺었던 신사협정에서 벗어나는 일이자, 평소 돈 까밀로가 뻬뽀네를 자극하기 위해 내뱉던 말이기도 했다. 하지만 뻬뽀네는 그 말을 태연히 받아넘겼다.

"그런데 자전거 타고 오신 게 아니었소?"

"그렇기도 하고 아니기도 하네."

돈 까밀로가 대답했다.

"이 자전거가 바로 아델라 선생의 자전거일세. 그걸 훔친 사람이 잘못을 뉘우치고 사제관에 가져다 놓았네. 자, 여기 있습니다, 서장님. 다 맞는지 좀 보시죠."

경찰서장은 주의를 집중해서 자전거를 이리저리 살펴보더

니, 두 사람에게 따라 들어오라는 손짓을 하며 경찰서 안으로 들어갔다.

"틀림없습니다."

경찰서장이 단언했다.

"도난당한 아델라 선생의 그 자전거가 확실합니다. 그러니까 여기, 또 다른 자전거 한 대와 대조를 해보기만 하면 됩니다. 오늘 아침 경찰서 현관에 누군가의 설명이 적힌 쪽지와 함께 이 자전거를 기대어 놓은 걸 제가 발견했습니다. 쪽지에는 '아델라에게 반환한다' 고 쓰여 있더군요."

돈 까밀로와 뻬뽀네는 어리둥절한 표정으로 책상에 기대어 놓은 자전거를 쳐다보았다.

그 자전거는 그들이 가져온 자전거와 같았다. 놀라울 정도로 정확히 똑같았다.

돈 까밀로는 손수건을 꺼내 식은땀이 흐르는 이마를 닦았다.

"아이들의 눈빛이 생각나네."

돈 까밀로가 뻬뽀네에게 속삭이듯 말했다.

"나도 그렇소."

뻬뽀네도 속삭이듯 대답했다.

"아이들의 눈은 모든 걸 다 보잖소. 생각만 해도 두렵소."

경찰서장이 한숨을 내쉬었다.

"도무지 이해가 안 되는 일이군요. 어떻게 할까요?"

돈 까밀로가 끼어들었다.

"도난당한 자전거 하나를 찾아 나섰다가 그게 두 개라는 사실을 발견하면 법규에 저촉되는 겁니까?"

"그 참…. 거기에 대해선 좀 찾아봐야겠습니다."

"찾아볼 것 없습니다. 이 둘 중에 하나만 정하십시오. 우리가 서장님께 가져온 이 자전거를 아델라 선생한테 돌려주십시오. 다른 자전거는 또다시 도난당할 때를 대비해서 보관해 두십시오. 그런 일이 또 생기면 그때에는 서장님이 이번보다 더 탁월하게 해결해 내실 겁니다."

경찰서장은 양팔을 벌리며 얼떨떨한 표정을 지었다.

"이런, 할 수 없죠, 뭐."

경찰서장이 말했다.

"중요한 건 그 선생님이 아기를 안고 걸어서 학교와 집 사이를 오가는 모습이 더 이상 제 눈에 띄지 않을 거란 점입니다. 그녀를 만날 때마다 마치 제가 도리를 다 못해서 경찰청장님한테 꾸지람을 듣는 것 같았으니까요."

"아델라 선생이 수업을 다 마치기 전에 가져다줍시다."

뻬뽀네가 큰 소리로 외쳤다.

모두들 소형 트럭에 올라탔다. 뻬뽀네와 경찰서장은 앞좌석에, 돈 까밀로와 큰 상자에 포장된 자전거는 뒷좌석에 제각각 자리를 잡았다. 이들은 수업 종료를 알리는 종이 울리기 바로 몇 분 전에 학교에 도착했고, 경찰서장은 트럭에서 내려 결연한 모습으로 자전거를 끌고 학교 안으로 들어갔다.

잠시 후 경찰서장이 나오자 그 뒤를 따라 3학년, 4학년 학생들도 밖으로 나왔다. 학생들은 길가에 멈춰 서서 선생님이 나오기를 기다렸다.

조금 있다가 오두막집 같은 건물 뒤쪽에서 담임선생이 자전거를 끌며 나타났다. 자전거 핸들에는 작은 바구니가 하나 달려 있었고, 아기는 바로 그 바구니 속에 들어있었다.

담임선생이 자전거에 올라타고 출발하자, 아이들은 기쁨의 함성을 질렀다. 아이들 모두가 선생님과 함께 달리기 시작했다. 어떤 아이는 담임선생 뒤에서, 어떤 아이는 앞에서, 어떤 아이는 옆에서 달려갔다.

그래서 200미터도 채 못 가, 환성을 지르며 웃고 축제를 벌이는 학생들에게 완전히 둘러싸인 채 담임선생은 자전거에서 내려 밀고 가야 했다.

빼뽀네와 돈 까밀로 그리고 경찰서장은 모두 멈춰 서서 입을 딱 벌린 채, 이 광경을 지켜보고 있었다.

"〈아이다〉의 개선 행진곡보다 더 위풍당당한 모습이구먼."

물끄러미 바라보던 빼뽀네가 이렇게 평했다.

엉성하게 줄지어 따라가던 꼬마들의 무리는 들판 너머로 사라져 갔지만, 녀석들의 함성은 계속 귓가에 울려퍼졌다.

"나는 걸어서 돌아가겠네."

돈 까밀로가 말했다.

"나도 그렇게 하겠소."

삐뽀네가 소형 트럭에서 내리면서 덧붙였다.

경찰서장은 트럭 위에 남아 한참 동안 이 희한한 사건에 대해 곰곰이 생각해 보았다. 그러다가 자신이 운전할 줄 모른다는 것을 깨닫고 트럭에서 내려 멀리 돈 까밀로와 삐뽀네가 어깨를 맞대고 걸어가면서 대화를 주고받는 모습을 바라보았다. 여간해서는 보기 힘든 장면이었다.

경찰서장은 고개를 갸웃하더니 중얼거렸다.

“아니, 돈 까밀로 신부와 삐뽀네 읍장이 정신이라도 나가버렸단 말인가? 둘이 마음을 모아 선생님의 자전거를 사주다니…. 허허, 정말 모를 일이로군.”

트로이의 트럭

지난 토요일부터 7일 동안 비가 내렸다. 이토록 잔인한 4월은 이 마을 사람들에게도 처음이었다. 계속된 호우는 결국 뽀 강의 범람을 불러왔다. 그 결과 저지대 도로와 농지 수천 헥타르가 침수되고 말았다.

다음 토요일 정오가 되자, 끔찍하게 쏟아지던 폭우가 갑작스럽게 그쳤다. 그러자 더 없이 맑은 하늘에 태양이 다시 모습을 드러냈다. 그것은 마치 기적과도 같은 일이었다.

돈 까밀로는 그동안 내린 호우를 핑계로 강 건넛마을에 대한 가정 방문을 미루고 있었다. 그래서 그는 날씨가 개자마자, 자전거를 타고 서둘러 길을 나섰다.

하지만 불어난 뽀 강을 따라 흐르는 흙탕물은 여전히 무시무시한 느낌을 주었다. 그래서 돈 까밀로는 부교 앞에 멈춰, 한참 동안 건널까 말까 망설였다. 다리 관리인이 그의 곁으로 다가와서 안심시켰다.

"괜찮습니다, 신부님. 수위가 계속 낮아지고 있어요."

돈 까밀로는 관리인의 말을 믿고 자전거에 올라타 다리를 건너기 시작했다.

그러나 뽀 강은 마치 바다처럼 넓어 보였고, 부교는 끝도 없이 길게만 느껴졌다. 문제는 그것뿐이 아니었다. 뒤에서 큼지막한 트럭의 엔진 소리가 들려오기 시작했다. 트럭 바퀴가 부교 바닥을 긁어대는 마찰음 소리로 미루어 보건대, 운전자가 엄청난 속력을 내는 게 틀림없었다. 위기감을 느낀 돈 까밀로는 힘차게 페달을 밟았다. 하지만 자전거가 부교 중간쯤 도달했을 때, 그는 관리인의 말을 순진하게 믿었던 것을 후회했다. 부교 바닥이 갑작스레 갈라지기 시작했던 것이다. 트럭을 피해 달리던 기세 때문에, 돈 까밀로는 갈라진 틈으로부터 겨우 한 뼘쯤 되는 지점에 와서야 간신히 자전거를 멈춰 세울 수 있었다.

돈 까밀로는 재빨리 자전거에서 뛰어 내려서 하늘을 향해 감사의 기도를 올렸다. 그러다가 갑자기 들려온 '끼익' 소리에 화들짝 놀라 뒤쪽을 바라보았다.

트럭 역시 깜짝 놀라 자전거로부터 불과 몇 센티미터 못 미친 곳에 멈춰 섰다. 운전석에서 알프스 산처럼 덩치 큰 사내가 튀어 나왔다. 그는 욕지거리를 내뱉으면서 돈 까밀로 쪽으로 성큼성큼 다가왔다.

그러나 그는 몇 발자국 나아가지 못했다. 돈 까밀로가 자전거를 급정거시키지 않을 수 없었던 까닭을 이내 알아챘기 때문이었다. 그는 트럭 앞바퀴에서 불과 몇 미터 떨어지지 않은 곳에서 몰아치는 흙탕물을 망연자실한 표정으로 바라보았다.

잠시 후, 두 사람은 강둑으로 빨리 돌아가야 한다는 사실을 깨달았다. 돈 까밀로는 자전거를 세워 들었고, 덩치 큰 운전사도 트럭을 향해 뛰었다. 하지만 때는 이미 너무 늦었다. 부교를 받치는 뗏목의 연결부가 끊어지는 소리를 내면, 그들이 올라탄 부분을 다리로부터 완전히 갈라놓고 말았던 것이다. 순식간에 벌어진 일이었다.

트럭 운전사가 신음했다.

"신부님, 어쩌면 좋겠소?"

"읍장 동지, 이 트럭을 타고 저 하늘 위로 날아갈 재주는 없으신가? 나도 속수무책이라네."

그랬다. 트럭 운전사는 바로 뻬뽀네였던 것이다.

뻬뽀네가 절망에 찬 목소리로 외쳤다.

"주님께 기도라도 좀 해보시오. 이 트럭은 겨우 두 달 전에, 엄청난 빚을 내가며 사들인 재산목록 1호란 말이오!"

돈 까밀로는 어깨를 으쓱하며 대답했다.

"그럼, 러시아 건설교통부 장관한테라도 빌어보게!"

빼뽀네는 아무런 대답도 하지 않았다. 그는 뒤돌아서서 운전석 안으로 들어가더니 쾅하고 문을 닫아걸었다.

부교를 받치고 있던 뗏목이 튼튼했기 때문인지, 주님의 도우심으로 트럭이 딱 한가운데에 멈췄기 때문인지는 알 수 없었지만, 다행히 뗏목이 균형을 잃지 않아 그들은 뽀 강의 물고기밥 신세가 되는 것만은 면할 수 있었다.

어디선가 갑자기 먹구름이 몰려오더니, 비가 다시 세차게 퍼붓기 시작했다. 돈 까밀로는 비를 피하려고 트럭 왼쪽으로 자리를 옮기다가 놀라운 사실을 발견했다.

원래 이 부교는 통나무 세 개를 한 묶음의 뗏목으로 만들어, 뗏목 사이를 연결하는 횡목을 대고, 그 위에 널빤지를 놓아 사람들이 다닐 수 있게 한 것이었다. 각각의 뗏목은 다리 바깥쪽 횡목의 끝 부분에 달린 U자형 걸쇠로 서로 연결돼 있었다.

그런데 그 이음용 걸쇠를 고정해 주던 못이 빠져나가면서 연결이 헐거워져, 현재 트럭이 올라서 있는 부분이 반으로 나뉘기 시작했던 것이다.

바닥은 벌써 50센티미터 정도가 벌어져 있었다. 한쪽에는 트럭 앞바퀴가, 다른 한쪽에는 뒷바퀴가 걸쳐있었으므로 뗏목이 이대로 반쪽으로 잘리면 트럭은 그대로 물속에 빠져버릴 수밖에 없는 상황이었다.

수다를 떨면서 낭비할 시간이 없었다. 돈 까밀로는 트럭의 운전석을 벌컥 열어젖히고, 빼뽀네의 한쪽 다리를 움켜잡아 그를 아래로 끌어내렸다.

돈 까밀로는 트럭 밑에서 점점 벌어지고 있는 틈새를 가리키면서 빼뽀네에게 소리쳤다.

"부교를 다시 하나로 이어 놓든지, 트럭과 함께 물에 빠지든지 둘 중에 하나를 선택하게!"

빼뽀네의 얼굴이 새파랗게 질렸다. 그는 껑충 뛰어서 짐칸으로 가더니, 마치 지옥 불에 떨어진 악마처럼 큰소리로 저주의 말을 쏟아냈다. 그러고는 방수포 위로 팽팽하게 묶어 놓은 밧줄을 늦추고, 고리 몇 개를 풀더니 짐받이를 열었다. 그곳에선, 뜻밖에도 사람들 무리가 쏟아져나왔다.

스미르초, 브루스코, 룬고 외에도 다른 악명 높은 얼굴이 여럿 보였다. 갑자기 등장한 돌격대원은 전부 20명에 이르렀다.

물론, 이들은 때가 와서 대장이 자신들을 불러낸 것이 아니라는 걸 알고는 있었지만, 불평 없이 명령을 기다렸다.

불행히도 빼뽀네는 부하들을 불러놓고도 무엇을 시켜야 할지 몰랐기 때문에 어쩔 수 없이 돈 까밀로가 개입했다.

"앞바퀴 쪽을 막고 뒤로 후진하라!"

그러자 모두가 무슨 말인지 알아들었다. 그들은 뗏목에서 널빤지 일부를 뜯어내서, 트럭이 앞으로 더 이상 굴러가지 않도록 막았다. 이어 빼뽀네가 시동을 걸고, 후진 기어를 넣었다. 그는 땀을 뻘뻘 흘리며 클러치와 액셀러레이터를 조작함으로써 갈라져 가는 부분을 가까스로 붙여놓았다. 그런 다음 스미르초가 재빨리 걸쇠와 밧줄로 그 두 부분을 연결했다. 그런 식으로 마침내 '배 밑바닥의 재결합'이 이루어졌다.

한편, 돈 까밀로는 뻬뽀네와 그 일당이 작업에 몰두하는 동안 트럭 짐칸을 살펴보기 시작했다. 건초 더미에는 사람이 겨우 드나들 만한 구멍이 나 있었고, 그는 호기심을 참지 못해 구멍 안으로 머리를 들이밀었다.

놀랍게도 그곳에는 나무로 된 튼튼한 구조물이 숨겨져 있었다. 그 구조물은 건초 더미로 덮여 있었고, 이 건초 더미 위로 방수포가 다시 덧씌워져 사람들이 알아볼 수 없도록 위장된 상태였다. 더구나 짐받이가 교묘하게 출입구 역할을 하도록 한 점은 아주 놀라웠다.

"마치 트로이의 목마* 같군!"

돈 까밀로가 뒤를 돌아보며 탄성을 질렀다.

마침 그곳에 있던 뻬뽀네와 눈이 마주치자 그는 이렇게 덧붙였다.

"유감이야. 짐칸에 뭐가 실려 있는지 알았다면, 위험을 경고하지 않았을 텐데…. 이렇게 좋은 기회는 결코 다시 오지 않겠지? 아깝다, 아까워."

---

* 트로이 전쟁 때 그리스인들이 난공불락인 트로이 성에 들어가기 위해 만든 거대하고 속이 비어 있는 목마이다. 트로이 사람들은 그리스인들의 계략에 속아 목마를 성 안으로 들여놓았고 그 결과 전쟁에서 패배했다. 뻬뽀네가 비아라나 마을에 몰래 들어가려고 감쪽같이 위장한 것을 두고 돈 까밀로가 비꼬느라 사용한 표현이다.

빼뽀네는 대답하지 않았다. 그래도 돈 까밀로는 계속 지껄였다.

"정말 아깝구먼. 골수 빨갱이 세포들을 일망타진할 좋은 기회를 놓치다니. 이보게, 은행이라도 털러 가던 참인가?"

"아니요, 우리는 비아라나 노동자들의 권리를 지지하러 가던 길이었소."

빼뽀네가 힘없이 대답했다.

"건초 더미 밑에 숨어서 말인가?"

"때로는 경찰의 눈을 속일 필요가 있는 법이오. 비아라나의 소작인들은 시위를 금지당했소. 우리는 경찰이 그쪽으로 가는 길목을 점거했기 때문에, 이렇게 위장해야 했던 것이오."

그들은 억수 같이 퍼붓는 빗속에서 항해를 계속했다. 부하들이 비를 피해 짐칸에 올라타자, 빼뽀네는 바깥의 상황을 놓치지 않도록 방수포를 살짝 열어두라고 지시하고는 운전석으로 향했다. 돈 까밀로도 재빨리 그의 뒤를 따랐다.

빼뽀네가 운전석으로 돌아가자 돈 까밀로는 그를 따라갔다.

"기도해 주시오. 주님께서 도와주시지 않으면, 우리는 대참사에 직면할 거요."

잠자코 있던 빼뽀네가 작은 소리로 말했다.

"그분께서는 자네를 이미 도와주셨네. 그것도 너무나 많이."

"이 최신형 피아트 트럭값이 얼마인지 모르시니 하는 말씀이오."

빼뽀네가 힘없이 말했다.

"주님께서 이 트럭을 아무 문제 없이 무사히 집에까지 다시 가져갈 수 있게 해 주시기만 한다면, 맹세하건대…."

"맹세하건대…, 어쩔 건가?"

"그건 말씀드릴 수 없소."

그때, 아주 큰 외침이 멀리서 들려왔다. 트럭에 타고 있던 사람들 모두가 밖으로 나왔다. 강둑에 모인 군중이 손짓을 하면서 뭐라고 외치는 모습이었다.

부교가 끊어져, 뗏목 하나가 떠내려갔다는 소식이 강가를 따라 여러 마을에 퍼졌던 참이었다. 곧 구조대원들이 달려올 터였다.

빼뽀네는 돌아가는 상황을 곧 눈치챘다.

"짐칸에 있는 물건을 모두 버려라!"

10분도 안 돼서, 짐칸에 있는 물건이 하나도 남김없이 모두 강물에 던져졌다. 그 비밀 장치는 건초더미와 함께 강물로 떠내려가 버렸다.

"신부님, 우리 돌격대의 이번 작전에 대해 마음껏 떠들어 보시구랴. 증거가 모두 사라졌으니, 이를 어쩌나?"

빼뽀네가 비꼬듯 말했다.

돈 까밀로는 고개를 가로젓더니, 하늘을 우러러 탄식했다.

"예수님, 이게 바로 제가 베푼 도움에 대한 공산당들의 보답이라는 겁니다."

빼뽀네가 대꾸했다.

"흥, 그까짓 도움 좀 베풀었다고 너무 뽐내지 마시오. 그렇다고 해서 신부님이 우리를 웃음거리로 만들 권리를 갖게 되는 건 아니니까."

예인선 한 척이 뗏목 앞으로 다가왔다. 선원들은 밧줄로 뗏목을 예인선에 연결하려고 했지만, 그랬다가는 뗏목이 다시 둘로 쪼개질 우려가 있었다. 그래서 예인선의 선장이 단안을 내렸다.

"일단 사람들부터 구조하라! 그다음에 트럭을 살리는 방법을 찾아보자!"

돈 까밀로, 스미르초, 브루스코, 비지오 순으로 예인선에 올라탔다. 하지만 뻬뽀네는 자기 차례가 되자 고개를 가로저으며 중얼거렸다.

"난 남겠소. 나는 트럭을 버리고 갈 수 없소."

강 주변 마을 사람들은 뻬뽀네가 어떤 인물인지 익히 알고 있었다. 그들은 뻬뽀네가 고집불통인 데다, 설사 교황이 설득한다 해도 생각을 바꾸지 않을 공산당 대장이라는 걸 잘 알고 있었다.

그러자 예인선에 가장 먼저 올라탔던 돈 까밀로가 뗏목 위로 다시 뛰어내렸다.

"나도 남겠소. 자전거는 내 것이니까 나도 자전거와 함께 하겠소."

예인선의 선장이 돈 까밀로에게 간곡히 부탁했다.

"신부님, 빨리 올라타십시오. 자전거쯤은 문제없이 실어갈 수 있습니다."

돈 까밀로가 대답했다.

"사실은 저 몹쓸 자의 영혼이 걱정돼서 그러네. 악인도 구원을 필요로 한단 말일세. 혹시라도 불상사가 벌어져서 뻬뽀네가 자기 범죄에 대해서 후회하는 일이 생기면 어쩌겠나? 내 임무는 뻬뽀네가 최후의 날에 심판받을 때 안심할 수 있도록 필요한 각종 서류와 자격 요건을 갖춘 뒤, 저 세상으로 그를 발송하는 거니까."

예인선은 천천히 멀어져 갔고 뗏목은 항해를 계속했다.

뻬뽀네는 벙어리처럼 우두커니 허공만 바라보고 있었다.

한참을 그러던 뻬뽀네가 문득 입을 열었다.

"저기 섬이 있소. 곧 뗏목이 저곳에 닿아 산산조각이 나면, 트럭은 끝장나는 거지."

돈 까밀로가 대답했다.

"뻬뽀네, 목숨을 건질 생각이나 하게. 트럭이야 또 사면 되잖아."

뻬뽀네는 침울한 목소리로 중얼거렸다.

"돈을 빌릴 데가 더 이상 없단 말이오."

뽀 강 한가운데 위치한 섬은 거의 물에 잠겨 있었다. 무성하게 자란 갈대만이 물 밖으로 삐죽 고개를 내밀어 이곳이 섬이라는 것을 알리고 있었다. 뗏목은 바로 그 갈대 쪽으로 직진 중이었다. 섬과 점차 가까워지자, 빼뽀네는 두 눈을 크게 뜨고 손톱을 깨물었다.

그러나 그 섬을 불과 몇 미터 앞두고, 뗏목은 작은 소용돌이에 떠밀려 강가 쪽으로 방향을 바꾸었다. 그렇게 그들은 큰 위험에서 벗어났다.

빼뽀네는 한숨을 내쉬며 땀에 젖은 이마를 닦았다.

"주님께서 나를 살려주셨소."

"자네를 위해서가 아니라, 자동차 회사에 대한 배려 때문에 그러신 게지."

돈 까밀로 역시 식은땀으로 흠뻑 젖은 이마를 닦으며 대답했다.

저녁이 되고 어둠이 깔릴 때쯤, 예인선 세 척이 그곳에 도착했다. 구조대원들은 뗏목이 부서지지 않도록 주의를 기울여 예인선에 뗏목을 연결하는 데 성공했다.

예인선에 매달린 뗏목은 물살을 거슬러 원래 자리로 돌아가기 시작했다. 밤이 깊어서야, 뗏목은 여정의 출발점이 되었던 그 부교에 도착했다.

비는 어느새 그쳤고 바람도 잦아들었다. 물살 역시 조금씩 느려지고 있었다. 하지만 닻을 내려 뗏목을 정박시키고, 끊어진 부교에 그것을 다시 연결하는 데는 시간이 더 필요했다. 사람들은 빼뽀네가 그 빌어먹을 트럭과 함께 그 자리를 뜰 수 있도록 도와주려고 뗏목의 뱃머리와 고물을 180도 회전시켜, 반대 방향으로 연결했다.

마침내 모든 준비가 완료되었다. 마지막으로 트럭 바퀴를 고정시키느라 끼워 두었던 널빤지가 치워진 것은 새벽 3시쯤이나 되어서였다.

돈 까밀로는 상황이 종료된 것을 보고, 자신의 자전거를 타고 읍내로 향했다. 빼뽀네도 운전석에 올라탄 뒤, 시동을 걸고 기운차게 출발했다.

빼뽀네의 트럭이 자신을 추월하자, 돈 까밀로는 왼쪽으로 방향을 틀어 트럭 쪽으로 바싹 다가서더니 한 손으로 트럭의 꽁무니를 붙잡았다.

트럭 꽁무니에는 다음과 같은 내용의 글이 쓰여 있었다.

트럭에 매달리지 마시오.

빼뽀네는 평소의 그답지 않게 과속하지 않고 일정한 속도를 유지하며 조심스레 차를 몰았다.

덕분에 돈 까밀로는 크게 위협을 받지 않으면서 갈 수 있었다. 아까 그 섬에서 하느님이 보여주신 작은 기적에 대한 빼뽀네 나름의 보답이었다.

작은 사랑의 이야기

중앙광장에는 노동절 행사가 한창이었다. 서늘하다 못해 약간 쌀쌀하게 느껴지는 아침이었지만 광장의 분위기는 날씨에 개의치 않아도 될 만큼 무척 뜨거웠다. 광장 쪽에는 뻬뽀네와 일당들이, 성당 마당에는 돈 까밀로와 이탈리아 기독교노동자 연맹에 속한 사람들이 빨간색과 흰색 카네이션을 달고 노동절 축제를 벌이고 있었기 때문이다.

뽀 강기슭에는 다 쓰러져가는 오두막이 몇 채 있었는데, 얼마 전 그 안에서 예수와 성 요셉을 그린 성화가 대량으로 발견되었다. 그렇다고 해서 문화재로 지정될 정도로 진귀한 것은 아니고, 그저 값싼 종이에 찍어낸 석판화의 일종이었다. 그런데 그 그림 중에서 예수와 성 요셉이 붉은 옷을 입고 목수 일을 하는 장면을 묘사한 그림이 몇 장 있었다.

정치적인 관점에서 볼 때, 이것은 굉장한 발견이었다. 공산당들이 그림을 근거로 노동절에 빨간 카네이션을 다는 행사를 개최하기로 하자, 기독교민주당 측은 예수도 노동자였다는 사실을 대중에게 은근히 선전하면서, 하얀 카네이션을 다는 축제를 여는 것으로 응수했다.

하얀 꽃을 단 사람 중에 질다 마로시라는 여성이 있었다. 그녀는 빼어난 미모를 자랑하는 데다 정치 문제에서도 어찌나 열성적인지 웬만한 남자 두 명 몫은 거뜬히 해낼 정도였다.

한편, 빨간 꽃을 단 무리 속에는 안졸리노 그리조티라는 청년이 있었는데, 이름을 줄여서 졸리라고 불렸다. 그가 주먹이 앞서는 극렬한 빨갱이만 아니었어도, 잘생긴 미남 청년으로 많은 여자를 울렸을 것이다.

하지만 이들은 서로의 이념이 달랐고, 그래서 이들은 서로 사랑하면서도 한편으로는 미워해야 하는 아픔을 겪어야만 했다.

두 사람이 처음 만난 것은 학교에서였다. 그들은 같은 반이었는데, 이때만 해도 둘 다 정치가 무엇인지는 잘 몰랐었다.

그 뒤로도 그들은 축제가 열릴 때마다 만나 어울렸다. 그때는 둘 다 정치에 조금씩 발을 들여놓기는 했어도 정치보다는 춤에 더 관심이 많았다.

그러다가 둘 다 정치에 아주 깊이 빠져들게 되자, 그제야 서로 공공연하게 적대해야 하는 상대가 되었음을 깨닫고 만나는 것을 꺼리게 되었다.

그러던 어느 날, 그들은 우연히 버스 안에서 만나게 되었다. 서로 외면하려고 애썼지만, 좁은 시외버스 안에서 시선을 피하는 일이 그리 간단하지만은 않았다.

한참 동안 서로 노려보다가, 질다가 먼저 눈길을 거두며 무뚝뚝하게 말을 꺼냈다.

“최소한의 수치심이라도 있는 사람이라면 그렇게 뚫어지게 바라보진 않을 거야.”

“오히려 내가 하고 싶은 말인걸.”

졸리가 대답했다.

두 사람은 그렇게 한 마디씩 교환하고는 최대한 상대방을 경멸하는 표정을 지어 보이려고 애를 썼다. 비록 그렇게 경멸하는 표정을 짓고는 있었지만, 그들은 상대가 활짝 피어난 꽃처럼 아름다운 처녀이며 빨갱이 치고는 아주 준수한 미남이라는 점을 마음속으로 부정하지는 않았다.

버스가 시내에 도착하자, 그들은 서로에게 인사를 건네지도 않은 채로 헤어졌다. 그러나 몇 분도 지나지 않아, 졸리는 주먹으로 어리석은 자신의 머리를 한 대 쥐어박았다. 당에서 배운 정치선전의 전술 중에는 옛 우정을 이용하는 전술이 있다는 사실을 까맣게 잊었기 때문이다.

그 전술을 잘 쓰면 능숙하게 공작을 해서 적들의 동태를 파악하고, 그녀를 전향시킬 수도 있었는데 말이다. 그는 잘못을 만회하기 위해 새로운 전술을 꾸미기 시작했다.

'이런 문제에는 심리학이 가장 중요해. 심리학에서 무어라고 했더라? 시골 처녀가 문득 도시에 방문하는 데는 분명히 이유가 있다고 했던가? 아마 그녀는 동네에서 취급하지 않는 특별한 물건을 사러 나온 게 틀림없어. 그리고 보통, 여자들은 맨 처음 들어간 상점에서 선뜻 물건을 사지는 않으니까, 그녀도 스무 집 정도를 돌아다니면서 값과 물건의 질을 확인해보겠지. 그렇게 하다 보면 시간은 당연히 늦을 거고, 마지막 버스가 올 때쯤이면 겨우 차를 타러 오게 되겠지. 그때 내가 나타나면….'

그리하여 졸리는 볼일을 느긋하게 마무리 짓고, 시외버스 터미널로 돌아와 막차에 올라타게 되었다. 그는 자기 옆자리에 짐꾸러미를 얹어놓고 질다를 기다리기 시작했다.

예상대로라면, 질다는 맨 나중에 도착해 그가 자리 잡아 놓은 좌석 외에는 빈자리를 찾을 수 없어 할 수 없이 그에게 와 앉아도 되겠느냐고 물어보아야만 했다.

그런데 운 없게도 졸리가 탄 지 몇 분 지나지도 않아, 질다도 버스에 올라탔다. 졸리는 그녀를 보자마자 얼굴이 창백해졌다. 예상과는 전혀 다른 상황이 벌어졌던 것이다.

우습게도 질다는 버스에 오르자마자 빈자리를 찾는 척, 주위를 두리번거렸다. 졸리가 앉은 자리만 빼고는 전부 비어 있었는데도 말이다. 그러나 잘못된 가설에도 불구하고, 그녀는 심리학 교과서가 예상했던 대로 졸리에게 다가왔다. 여자들의 이런 미묘한 심리는 참 알다가도 모를 일이다.

"이 짐 계속 여기다 둘 거니?"

질다가 짐꾸러미를 가리키며 예의 바르게 물었다.

그러고 나서 졸리가 짐꾸러미를 집어 들자, 그 자리에 덥석 앉았다.

그들은 꾸어다 놓은 보릿자루처럼 아무런 말 없이 앉아 있었다. 졸리는 분위기를 좀 부드럽게 만들어 보려고 벙어리처럼 입을 다물고 있는 질다에게 담배를 권했다.

"우리는 공공장소에서 담배를 피우지 않아."

질다는 '우리' 라는 단어를 몹시 강조하면서 대답했다.

"너희 공산당 여자애들은 공공장소에서 제멋대로 굴어도 되는지 모르지만 우리는 그런 애들과는 다르거든."

"정치 얘기는 그만두자."

졸리가 담배를 주머니에 도로 집어넣으며 말했다.

"그보다는 우리 두 사람에 대해 얘기하면 안 될까?"

"뭐? 대체 무슨 얘기를 하자는 거야?"

"우리가 함께 춤추러 다니며 정답게 지냈던 그 시절의 얘기 말이야."

질다가 따지듯이 말했다.

"너처럼 무신론자이며 돼먹지 못한 공산주의자들만이 과거의 약점을 이용해서 사람을 괴롭히는 거야! 차라리 내가 바보처럼 너한테 온통 빠져있었다는 사연을 정치 선전용 벽보에다 구구절절이 써대지그래?"

졸리가 반박했다.

"뭐라고? 그건 어디까지나 당이랑 상관없는 개인적인 일이야. 혹시 네가 본당 신부에게 소개받은 약혼자의 기분을 상하게 할까 봐 겁이 나서 그런다면 문제가 다르지만."

"난 약혼자 따윈 없어!"

질다가 되받아쳤다.

"너야말로 그 지젤라 치바틴가 뭐시깽인가 하는 동지가 질투하지 않도록 조심해야 하는 것 아니야?"

졸리가 그게 무슨 소리냐고 펄쩍 뛰자, 질다는 거짓말 말라고 받아쳤다. 그들은 버스 안에서 내내 그런 문제로 입씨름을 그치지 않았다. 그 입씨름은 질다의 집 앞에 이르기까지 계속되었다. 날이 이미 어두워졌으므로 그들은 몇 마디만 더 나눈 뒤에 헤어지기로 했다.

질다는 집 안으로 들어가며, 아주 유감스러운 표정으로 말했다.

"정치가 우리를 갈라놓는 게 안타까워."

그로부터 이틀이 지난 저녁, 질다는 창문 밖으로 고개를 내밀다가 집 근처의 다리 난간 위에 졸리가 앉아 있는 것을 발견했다. 그녀는 잠깐 말없이 그를 지켜보다가 묘한 감정에 이끌려 그리로 달려갔다.

질다가 그에게 무엇을 하고 있느냐고 묻자, 졸리는 오로지 그녀를 보고 싶어서 왔노라고 대답했다. 질다가 뭐라고 대꾸해야 좋을지 몰라 당황하고 있는 사이 졸리는 그녀를 껴안고 입을 맞추었다.

질다는 그에게 화를 내지도, 창피를 주려고 하지도 않았다. 대신에 이 기회를 정치적으로 활용하려고 마음먹었다.

그녀는 생각했다.

'이 얼간이가 내게 푹 빠져 버렸어. 계속 즐겁게 해주면서 자기도 모르는 사이에 저주받을 공산당에서 탈당하도록 꾀어내야지.'

몇 날 저녁을 두고서 질다는 그와 함께 즐거운 시간을 보냈다. 졸리가 자신 없이는 못 살 거라는 확신이 들자, 질다는 최후의 일격을 날렸다.

"졸리, 나를 사랑한다고 했지? 그걸 증명해 보여주지 않겠어?"

"뭐든지 말만 해."

"그렇다면 지금 당장 그 저주받을 공산당에서 빠져나와! 그렇지 않으면 나는 너와 결혼할 수 없어."

졸리는 금세 얼굴이 굳어졌다.

"질다, 너도 나를 사랑한다고 했지? 나한테도 그걸 증명해 봐. 당장 기독교민주당에서 뛰쳐나와! 나 역시 우리의 적대 당 여자와는 결혼할 생각이 없거든."

질다는 분한 듯이 말했다.

"그럼, 너혼자 러시아에나 가서 잘 먹고 잘살아라!"

"좋아! 내가 러시아에 가서 잘 먹고 잘사는 동안, 너도 바티칸이나 미국에 가서 잘해 보라고!"

그들은 한 치의 양보도 없이 서로 고집을 세웠고, 마침내 철천지원수라도 되는 듯이 헤어졌다.

그들이 헤어지자마자 두 집안 사이에는 커다란 다툼이 벌어졌다. 졸리의 친척들과 질다의 친척들은 마치 서로 약속이라도 한 것처럼 불만의 목소리를 내기 시작했던 것이다.

졸리의 친척과 친구들은 세상에 무엇 하나 빠질 것이 없는 졸리가 자존심도 없이 위선적인 풋내기 수녀처럼 구는 광신자 계집아이를 무엇하러 만나느냐고 불평했다.

한편 질다네 식구들은 졸리 같은 빨갱이 사기꾼하고는 절대로 만나서는 안 된다고 떠들었다.

두 집안이 이런 식으로 서로를 성토하는 상황이 1주일 내내 계속되었다. 그러나 이미 사랑에 빠진 졸리는 견디다 못해 질다에게 속달 편지를 보냈다.

내일 저녁 너희 집 앞 다리 위에서 기다리고 있을게. 꼭 나와 줘!

– 너를 진정으로 사랑하는 졸리

질다도 답장을 썼다.

오늘 저녁 8시에 거기 말고 몰리네토 다리 위로 나와. 마을 사람들이 보든 말든 앞으로는 더 이상 개의치 않겠어.

– 애타는 사랑을 담아, 질다

그들은 8시에 몰리네토 다리 위에서 만났다. 마을 사람들은 대부분 그들을 보았고, 보지 못한 사람들도 본 사람들에게서 자초지종을 전해 들었다.

이제 두 사람의 문제는 가족들과 친구의 반대를 넘어 마을 전체의 화젯거리로 떠올랐다. 질다와 졸리는 친척들과 친구뿐 아니라, 소속 정당 사람들에게까지 외면당하기 시작했다. 그러나 사람들이 그들을 갈라놓으려고 하면 할수록 그들의 사랑은 점점 더 깊어져만 갔다.

남들이 불량배 같다고 얘기하기도 했지만 실제로 졸리는 마음씨 좋은 청년이었고, 남들이 성질이 못됐다고 욕을 하지만 실제로 질다는 선량한 처녀였다. 다만 그들은 둘 다 자존심이 무척 강했기 때문에, 가족, 친구, 다른 당원들에게 시달리며 싸운다는 얘기를 삼가며, 그저 더욱더 깊이 사랑함으로써 함께 괴로움을 이겨내려고 안간힘을 썼다.

그러나 집안 식구들이 지나칠 정도로 압박을 가하자, 마침내 질다는 참을성을 잃어버리고 말았다.

빼뽀네는 그 늦은 시간에 누군가 그런 식으로 자신을 찾아오리라고는 꿈에도 생각지 못했다. 그것도 보통 사람이 아니라 공산당 청년부에서도 가장 열성 당원이었던 졸리를 완전히 사랑에 빠진 바보로 만들어버린 몹쓸 계집애가 말이다.

"내일 아침까지 비밀을 지켜주실 수 있나요?"

질다가 그에게 물었다.

"지켜줄 만한 가치가 있는 거라면…."

질다는 들고 다니던 작은 가방 안에서 기독교민주당의 상징인 방패와 십자가가 그려진 당원 카드를 꺼내더니 그것을 찢어서 책상 위에 내던졌다.

"지금 당장 당신네 당원증을 주세요. 그리고 내일까지만 비밀을 지켜주세요. 졸리를 놀래주고 싶어요. 그리고 우리를 갈라놓으려고 했던 거지 같은 인간들도요."

빼뽀네는 몇 분 동안 입을 쩍 벌린 채 아무런 말도 하지 못하다가, 마침내 입을 열어 이렇게 말했다.

"안 돼! 넌 순전히 악감정에서 그러는 거잖아? 신념을 가지고 우리당에 가입하려는 사람이 아니면 당원증은 줄 수 없어!"

"그건 읍장님이 상관할 문제가 아니잖아요? 내일 행사에서 돈 까밀로한테 한 방 먹여줄 기회인데도 그렇게 뻣뻣하게 구실 거예요?"

사실, 빼뽀네는 노동절 축제에 맞불을 놓은 돈 까밀로에 대한 감정이 그다지 좋지 않았다. 그래서 질다의 말은 금방 효과를 나타냈다.

"좋아, 그 망할 신부쟁이를 한 방 먹일 수만 있다면 서른 장이 아니라, 백 장이라도 주지!"

질다는 당원증을 받아 들고 자리를 떴다. 빼뽀네는 차분하게 방금 일어난 일에 대해 생각해 보고서, 졸리 동지가 개인적으로도, 당원으로서도 빛나는 승리를 거뒀다는 결론을 내렸다.

"사랑까지도 우리 공산당을 위해 작용하는구먼!"

다음 날인 5월 1일 드디어 양측의 노동절 축제가 맞붙었다. 광장에는 빨간 카네이션이, 성당 마당에는 흰색 카네이션이 가득 들어찼다.

빼뽀네는 앞으로 벌어질 일에 대한 기대로 가슴이 두근거렸다. 돈 까밀로를 만나면 무슨 말을 해 주어야 할지 고민도 됐다. 그러다가 결국 광장을 가르는 기둥 곁에서 돈 까밀로와 마주치자, 그는 함박 웃음을 지으며 이렇게 외쳤다.

"노동자 예수님 만세!"

"옳은 말이야. 예수님은 비록 이탈리아 노동자 총동맹에는 등록돼 있지 않았지만 아버지 요셉 곁에서 함께 목수로 일하시곤 했지."

돈 까밀로도 미소를 지으면서 대답했다.

"예수님 아버지는 하느님이라고 하던 데요."

빼뽀네가 점잖게 반박했다.

"그 말도 맞네, 읍장 동지. 예수님의 아버님은 우주에서 가장 위대한 노동자셨다네. 하느님께서는 태초에 이 우주 만물을 모두 만드신 분이니까."

"그런데 말이오, 노동절 축제에 참가하시는 신부님은 대체 무슨 일을 하시오?"

"자네 같은 죄 많은 영혼을 깨끗이 해주십사하고 기도하는 일을 한다네. 아주 힘든 일이지!"

돈 까밀로가 침착하게 대답했다.

뻬뽀네는 주위를 둘러보고서 일이 제대로 돌아가고 있는 것을 확인하자, 갑자기 태도를 바꾸어 돈 까밀로에게 쏘아붙였다.

"정말 그렇다면 저 사람의 영혼을 위해서도 기도해 주셔야 할 거요."

이렇게 말하면서 빨간 꽃을 단 무리 속의 한 사람을 가리켰다.

돈 까밀로는 깜짝 놀라 자기 눈이 어떻게 된 게 아닌가 의심했다. 독실한 신자인 질다가 빨간색 옷을 걸치고 머리에 빨간 카네이션을 꽂은 채 빨갱이 무리 사이에, 그것도 공산당 깃발 바로 앞에 서 있는 것이 아닌가.

돈 까밀로는 할 말을 잃고 기운이 쫙 빠졌다. 뻬뽀네는 득의양양한 표정으로 기독교민주당 진영을 바라보다가 한 청년과 눈을 마주치고는 갑자기 안색이 변했다. 우리의 열렬한 당원이자 훌륭한 청년인 졸리 동지가 성당 마당에 모인 무리 가운데, 그것도 십자가 표시가 선명하게 박힌 깃발을 들고 단추 구멍에 흰색 카네이션을 꽂은 채 서 있었기 때문이다.

잠시 후 질다와 졸리가 서로를 바라보았다. 벼락이라도 맞은 듯 꼼짝 않고 서 있던 그들은 본능적으로, 광장과 성당을 구분 짓는 기둥 곁으로 달려왔다.

질다가 젖은 눈을 반짝이며 말문을 열었다.

"너를 깜짝 놀래주고 싶었어."

"나도 그랬어."

졸리가 대답했다.

주위에 서 있던 사람들이 웃기 시작했다. 질다와 졸리는 눈길을 주고받으며 말 없는 가운데 서로를 이해했다. 그들은 약속이라도 한 듯이, 카네이션을 떼어 기둥 밑에 내려놓은 뒤 팔짱을 끼고 광장을 벗어났다. 한 마디로 정치판에서 완전히 손을 뗀 것이다.

돈 까밀로와 뻬뽀네는 멀어져가는 두 남녀를 넋을 잃은 채 바라보았다.

"아아, 이런!"

뻬뽀네가 어깨를 으쓱하며 중얼거렸다.

"나 원 참!"

돈 까밀로도 양팔을 벌리면서 감탄했다.

작은 사랑의 이야기는 이렇게 끝을 맺었다. 그러나 이 이야기는 노동절 축제 이후에도 입에서 입으로 전해져 사람들의 마음속에 진정한 사랑의 의미를 되새기게 해주었다.

사라진 번개

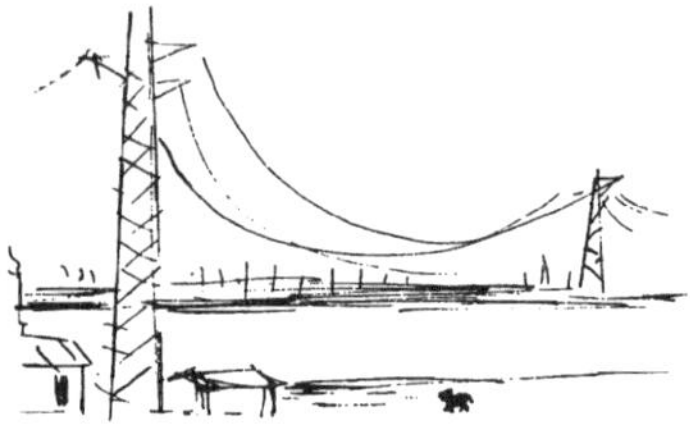

번개는 타락한 행위를 했기 때문에 한 주일 동안 쇠사슬에 꽁꽁 묶여 있었다. 그러나 뉘우치는 빛이 역력한지라 곧 풀려나 자유롭게 마을을 돌아다닐 수 있게 되었다. 그런데 요즘 며칠 간은 통 모습이 보이지 않았다.

"사실 사냥철이 되면 너처럼 혈통 좋은 사냥개는 매일매일 시달리지 않을 수가 없지."

번개를 풀어주면서 돈 까밀로가 한숨을 쉬며 말했다.

"너는 잡종도 아니고 족보 없는 개도 아니야. 너는 순종견이 아니더냐? 그러니 네 혈통에 어울리는 품위 있는 행동을 해야지. 내가 너를 자유롭게 풀어 놓아주더라도 밤에는 반드시 집으로 돌아와야 한다."

번개는 돈 까밀로의 진심 어린 걱정의 말에 귀를 쫑긋 세우고 반성하는 듯한 표정을 지었지만, 사실 번개가 그런 고상한 얘기에 귀를 기울일 리가 없었다. 돈 까밀로는 번개를 너무나 사랑한 나머지, 번개를 잃어버리느니 자신의 재산 목록 1호인 최신형 오토바이를 잃어버리는 편이 낫다고 여길 정도였다.

그러나 운명은 잔혹했다. 돈 까밀로는 그만 개를 잃고 말았던 것이다. 번개는 돈 까밀로가 첫 미사를 드리고 있던 토요일 새벽 무렵에 사라졌다. 이틀 동안 번개가 돌아오기를 기다렸지만 나타나지 않자, 돈 까밀로는 사방으로 개를 찾아 나섰다. 그러나 번개를 보았다는 사람은 하나도 없었다. 그는 멀리 바싸 외곽의 농가까지 찾아다니기 시작했다. 마치 건초 더미 속에서 잃어버린 바늘을 찾으려는 사람처럼 말이다.

사실, 처음 그의 머리에 떠오른 사람은 빼뽀네였다. 돈 까밀로만큼 번개의 진가를 인정하는 유일한 사람이 빼뽀네였기 때문이다. 게다가 빼뽀네는 언젠가 이런 말까지 한 적이 있었다.

"정치는 우리를 갈라놓지만, 번개는 우리를 이어주는구려. 그렇지만 혁명의 날이 오면 저 개도 어쩔 수 없이 신부님처럼 호된 시련을 겪게 될 거요!"

돈 까밀로는 빼뽀네를 찾아가고 싶은 마음이 간절했으나, 지금처럼 마을의 공기가 험악한 시기에 신부가 빨갱이 우두머리와 만나는 것은 안될 일이었다.

아무리 해도 번개를 찾을 수 없자, 참다못한 돈 까밀로는 뻬뽀네에게 인편으로 다음과 같은 내용의 편지를 전달했다.

친애하는 주세페 보타지 귀하

15일 전, 나의 애견, 번개가 집에서 나가 아직까지 돌아오지 않고 있소이다. 혹시 그 개를 다시 찾아내는 데 필요한 정보를 알고 계시다면, 사양치 마시고 제게 알려주시기 바랍니다.

–당신의…, 돈 까밀로 올림

등기속달로 회답이 왔다.

존경하옵는 돈 까밀로 신부님

번개가 신부님으로부터 도망쳐 버렸다니, 그 개 역시 신부님이 어떤 인물인지 알게 되었나 봅니다. 건투를 빕니다.

–당신의…, 주세페 보타지 올림

돈 까밀로는 번개를 찾는 일을 포기하지 않았다. 한 달이 지났을 때 그는 바르키니에게 인쇄물 50장을 찍게 한 뒤, 마을 구석구석마다 붙이게 했다.

분실물: 사냥개

이름: 번개

집을 나간 사냥개를 찾을 수 있도록 정보를 주시는 분에게는 후사하겠음

사흘 뒤, 돈 까밀로는 서툴게 인쇄된 이상한 편지 한 통을 받았는데 아무런 서명도 없었다.

> 돈 까밀로, 당신의 번개를 찾고 싶으시면, 프라그랑데의 아카시아 숲으로 가서 하수구 근처를 살펴보십시오. 사례비는 필요 없습니다.

돈 까밀로는 즉시 프라그랑데를 향해 자전거 페달을 밟기 시작했다. 들판을 가로지르는 동안 조금도 속력을 늦추지 않았다. 프라그랑데에 도착해 보니, 하수구 바로 옆에 막대기가 하나 서 있었다. 그 막대기에는 번개의 목걸이와 명함 크기의 쪽지가 매달려 있었다. 거기에는 서투른 글씨로 이렇게 씌어 있었다.

> 여기 사제관의 개 두 마리 중 한 마리가 잠들다. 그 개는 트럭에 치어 숨졌다. 무척 안타까운 일이다. 왜냐하면 다른 한 마리가 더 개 같은데 말이다.

돈 까밀로는 지팡이로 막대기 주위의 흙을 파내기 시작했다. 그는 한 뼘 깊이를 파 내려가다가 흙을 다시 덮어버리고 그 자리를 떠나 사제관으로 돌아왔다.

돈 까밀로는 침실 방문을 꼭꼭 걸어 잠갔다. 가슴속에서 솟아오르는 슬픔과 분노를 가라앉히려고 애를 썼다. 그는 개 목걸이를 만지작거리며 속으로 중얼거렸다.

"대체…, 어떤 놈들이 감히…."

털끝만큼도 의심할 여지가 없는 일이었다. 누군가 돈 까밀로에게 앙심을 품고 번개를 죽였을 텐데, 도대체 누구란 말인가? 돈 까밀로는 자기가 알고 있는 사람들이 그랬으리란 건 생각조차 하기 싫었다.

이 마을에는 그렇게까지 악독한 사람은 없었다. 인간을 증오하고 싸우는 경우는 있었지만, 상대를 괴롭히기 위해 남의 개를 죽이는 사람은 없었다.

돈 까밀로는 온종일 침울했다. 저녁이 되자, 그는 마치 대서양을 횡단한 배에서 막 내린 사람처럼 지쳐버렸다.

성당 문에 빗장을 채우고 돌아서던 돈 까밀로에게는 한 마디 얘기할 힘조차 남아 있지 않았다. 사제관 앞에서 그를 만나기 위해 기다리던 데졸리나 할멈을 보고도 그냥 지나치려고 할 정도였으니까.

"신부님!"

데졸리나가 은근하게 말했다.

"비밀을 말씀드리고 싶어요. 아주 비밀스러운 일을요."

"뭔데요?"

돈 까밀로가 무뚝뚝하게 물었다.

"개를 찾는다는 광고문을 읽었는데요."

"그래요?"

돈 까밀로가 흠칫 놀라며 소리쳤다.

"사례를 한다 해도 소용이 없을 거예요. 번개가 있는 장소를 아는 사람을 저는 알고 있어요. 물론 그는 아니라고 부인하겠지만…."

"그게 누구요? 어서 말씀해보시구려, 데졸리나."

돈 까밀로는 가슴이 두근거렸다.

"나를 믿지 못하오?"

"신부님을 믿어요…. 하지만 그 사람들과도 문제를 일으키고 싶진 않아요…."

노파는 머리를 흔들며 한숨을 내쉬었다.

"왜 그, 신부님하고 늘 다투는 사람들 있잖아요. 혹시 지난달 24일, 도요일쯤 개가 사라지지 않았나요?"

"…."

"바로 그날, 저는 번개가 그 패거리 중 하나와 함께 있는 걸 보았어요."

돈 까밀로는 더 이상 참을 수 없었다. 그녀의 증언은 그를 흥분시켰다. 그러나 사실을 알려면 할멈을 더욱 다그쳐야 했다.

"좀 더 자세히 말해 봐요, 데졸리나?"

돈 까밀로가 은근하게 말했다.

"우리는 가깝게 지내는 사이가 아닙니까?"

"나는 그들과도 가깝게 지내는 사이에요. 신부님 개가 그들과 어울리기 시작한 건 꽤 오래전의 일이었어요. 처음에는 그 패거리 대장하고 함께 어울렸지요. 시간이 지나자, 그 개는 소위 대장의 오른팔이라는 사람과 아주 절친한 사이가 되더군요. 솔직히 저는 신부님 개가 그 작자와 어울리는 것을 보고 깜짝 놀랐으니까요."

"미끼를 던진 모양이군."

돈 까밀로가 외쳤다.

"그런데 어째서 번개가 유혹에 넘어갔을까?"

"신부님, 그 개는 아무것도 몰랐을 거예요. 하지만 저는 번개가 나쁜 결말을 보게 될 줄 알았어요. 누구든 빨갱이와 어울리면…."

"데졸리나!"

돈 까밀로가 성급히 말했다.

"당신이 얘기한 '대장의 오른팔' 이란 건 스미르초를 지칭하는 것이오?"

"네."

할멈은 불안한 얼굴로 대답했다.

"그들은 절친한 사이였어요. 저는 이미 여러 차례 그들이 함께 다니는 것을 보았어요. 뻬뽀네의 트럭을 타고…. 그리고 지난달 24일, 토요일에도 그랬어요. 그런데 그날은 스미르초가 혼자서 돌아왔어요."

이제 사건의 전말이 밝혀졌다. 돈 까밀로는 데졸리나를 안심시켜 돌려보낸 뒤, 자기 방으로 돌아갔다. 그러고는 침대에 누워 그 문제를 곰곰이 생각했다.

*

돈 까밀로는 뜬눈으로 밤을 지새웠다. 그는 새벽에 일어나 미사를 드리자마자 곧바로 뻬뽀네의 작업장으로 달려갔다.

우연의 일치인지, 때마침 작업장에는 스미르초가 와 있었다. 뻬뽀네는 돈 까밀로가 잔뜩 화난 표정으로 새벽부터 모습을 드러내자 신경질을 부리기 시작했다.

"신부님, 밤잠을 설치셨소?"

돈 까밀로가 퉁명스레 대답했다.

"그래, 하지만 저 더러운 양심을 가진 악당보다는 더 잘 잤다네."

"악당이라니? 누구더러 하시는 말씀이오?"

"나에 대한 앙갚음으로 번개를 죽여 버린 악당을 두고 하는 말일세."

뻬뽀네는 머리를 흔들었다.

"개를 잃어버리더니 아주 정신이 나가셨구려. 불쌍해라, 쯧쯧. 번개가 죽는 꿈을 꾸었다면, 로또 복권 당첨숫자를 알아맞히는 꿈 풀이 할멈*한테나 가서 물어보시지 그러시오?"

"그런 꿈 따윈, 꾼 적도 없네."

돈 까밀로는 이렇게 대꾸하면서 주머니에서 번개의 목걸이와 편지, 그리고 막대기에 매달려 있던 쪽지를 꺼냈다.

"나는 프라그랑데의 숲에 묻혀 있는 번개를 발견했어. 비문을 대신한 이 글귀와 함께 말이야."

빼뽀네는 증거물들을 받아 읽은 뒤, 말했다.

"참 안됐구려. 하지만 번지수가 틀렸소. 여기 있는 사람들은 차라리 신부님을 죽여서 개를 즐겁게 해주고 싶어 하는 사람들뿐이오. 번개를 죽여 신부님에게 복수하려는 사람은 한 명도 없소."

"결코 번지수가 틀린 게 아닐세."

돈 까밀로는 치미는 화를 애써 참으며 말했다.

"나는 지난달 24일, 주세페 보타지 소유의 트럭을 운전했던 인간을 찾고 있네. 그자는 내 개를 데리고 떠났다가 혼자 돌아왔으니까."

빼뽀네가 한 걸음 나섰다.

"신부님, 번지수가 틀렸다고 제가 얘기했을 텐데요!"

"난 이 길로 경찰서로 갈 걸세. 서장에게 증거품을 제시하고, 범인을 고발할 작정이네. 그래도 내가 번지수를 잘못 찾았다고 할 텐가?"

"나는 신부님이건 경찰이건 두려워하지 않소. 내 아들이 신

---

* 로또 복권의 당첨숫자를 잘 알아맞히는 것으로도 유명하고, 이 사건에 대해 제보한 데졸리나 할멈을 뜻함.

부님 사냥개를 죽였다 하더라도 나하곤 상관없는 일이잖소."

"흥, 웃기는 소리!"

돈 까밀로가 문으로 가면서 소리쳤다.

"지금부터 10분만 기다려 보게. 수소폭탄이 터지는 장면을 보게 될 테니까. 아마 볼 만할걸."

옆에서 계속 듣고 있던 스미르초의 얼굴이 급기야 창백해지고 말았다.

"대장, 신부님 좀 못 가게 막아요!"

그러나 뻬뽀네는 스미르초를 쏘아보더니 머리를 흔들었다.

"왜 그래, 무슨 일이야?"

뻬뽀네가 물었다. 돈 까밀로는 걸음을 멈추더니 뒤를 돌아보았다.

"나는 자네와 자네 부하인 악당을 고발하겠네."

돈 까밀로가 스미르초를 향해 으르렁거렸다.

"스미르초, 연극을 해봐야 소용없어! 자네가 저지른 죄를 몽땅 밝혀낼 테니까."

"신부님! 전 개를 죽이지 않았어요. 맹세합니다."

스미르초가 부르짖었다.

"얼씨구! 그럼 이 편지와 그 글귀도 자네가 쓴 것이 아니란 말인가? 아니면 지난달 24일 토요일에 읍장 나리의 트럭에 번개를 태우지 않았다고 맹세할 수 있겠나?"

"아뇨! 전 단지 번개를 죽이지 않았다는 것만 맹세했어요."

스미르초가 대답했다.

"그럼 프라그랑데에는 무슨 개를 묻었나?"

"잘 모르겠어요. 일주일 전쯤, 길가에 죽어 있는 개를 발견해서 제가 그곳에 묻었어요. 번개와 매우 닮았더라고요. 이게 전부에요. 내가 익명의 편지를 보냈던 것은 신부님이 개를 찾아 헤매는 것을 막으려는 생각에서 그랬어요."

뻬뽀네는 스미르초의 멱살을 움켜잡더니 마구 흔들어 댔다.

"모든 얘기를 다 털어놔라! 그렇지 않으면 내가 널 개처럼 죽여 버릴 테니까!"

스미르초는 숨을 헐떡거리더니 전말을 털어놓기 시작했다. 마치 고해 성사를 하듯이….

"번개와 나는 사이좋은 친구였어요. 정말, 신부의 개라고는 믿기지 않을 정도로 좋은 놈이었습니다요."

돈 까밀로가 망치를 집어 들었다.

"가만히 계시오."

뻬뽀네가 말했다.

"제대로 된 고백을 들으려면 이 사람을 위협하지 말란 말입니다. 계속하라, 스미르초!"

"아까 말씀드린 대로 우리는 친구가 됐어요. 매주 토요일이면, 번개는 대장의 트럭을 타고 장을 보러가는 저를 따라왔어요. 하루는 페스케토 마을에서 점심을 먹으려고 식당에 들렀는데, 어떤 사람이 저한테 다가와 혹시 개를 팔지 않겠느냐고 물었어요. 저는 내 개가 아니라 길에서 주운 거라고 했지만, 그 사람은 번개를 꼭 사고 싶어 하는 눈치였습니다. 그러더니 제 손에 1천 리라짜리 지폐를 쥐여주며, 사냥을 하려고 그러는데 사냥개가 필요하다고 했어요. 저는 한잔 할 수 있는 좋은 기회라고 생각하고 번개를 얼른 넘겨주었지요. 그러다가 거의 3킬로미터쯤 왔을 때, 저는 제가 얼마나 바보 같은 짓을 했는지를 깨닫기 시작했죠. 그래서 트럭을 멈춰 세우고 페스케토로 돌아가 번개를 되찾으려고 했습죠. 차를 돌리려는데 번개가 전속력으로 달려와 트럭에 껑충 올라타는 게 아니겠어요. 우리는 길가에 있는 다른 식당에 가서 1천 리라어치를 몽땅 마셔버렸어요."

"나쁜 놈 같으니라고!"

돈 까밀로가 으르렁거렸다.

"자네, 그놈한테 술 마시는 법도 가르쳤나?"

"이야기가 그렇다는 거지요. 저는 포도주를 두 병 마시고 번개는 살코기 요리를 큰 접시 하나 가득 먹었어요. 신부님네 집에 있을 때에는 아마 그렇게 즐거운 경우는 없었을 걸요?"

"나에 관한 얘기는 집어치우고 어서 본론을 말해라!"

돈 까밀로가 다시 으르렁거렸다.

"이제 얼마 남지 않았어요."

스미르초가 뚱한 얼굴로 대답했다.

"다음 주 토요일, 저는 그 일에 대해 조용히 생각해 보았어요. 그래서 포르넬라 마을에 이르러 식당으로 가기 전에 번개의 목에서 목걸이를 떼어냈어요. 진흙을 번개의 몸에 발라 지저분하게 만들었고요. 그리고 난 뒤, 밧줄을 잡고 번개를 데리고 안으로 들어갔지요. 물론 밧줄은 신부님의 방식대로 번개의 목에 두르고 말이에요. 그렇게 해야 밧줄이 쉽게 풀려 번개가 도망칠 수 있다는 것을 알고 있었거든요. 저는 사람들에게 물어 사냥꾼들이 드나드는 식당으로 찾아갔어요. 거기서 번개를 2천 리라에 사겠다는 사람을 만났지요. 그다음에는 이하동문입니다."

"이하동문이라니 무슨 뜻이지?"

돈 까밀로가 물었다.

"그 마을에서 2킬로미터쯤 달리다가 길가에 트럭을 세우고 번개가 절 찾아오기를 기다렸다는 말이에요. 그리고 번개가 오면 전에 그랬던 것처럼 또 한바탕 먹고 마신단 말이죠. 내가 번개를 팔면 번개는 다시 도망쳐 나오고 우리는 소득을 공평하게 나누었던 겁니다."

"그놈도 그 놀이를 즐겼나?"

"물론이죠. 하지만 번개는 신부님처럼 영혼까지 미국에 팔아먹은 것은 아니었어요. 번개는 우리의 경제적 상황을 이해했었고 부의 재분배 필요성을 느꼈을 뿐이에요."

돈 까밀로는 또다시 망치를 집어들었다.

"그럼, 번개는 지금 어디 있나?"

"제가 마지막으로 번개를 보았던 장소는 카스텔몬티에요. 거기서 3천 리라를 받고 팔았는데, 다시 돌아오지 않더군요. 아마 도망 나올 수가 없었던 모양이에요…. 자, 이게 사건의 전말이에요. 저는 번개를 죽이지 않았어요. 단지 신부님이 번개를 찾아다니지 못하게 하려고, 죽은 것처럼 꾸몄을 뿐이에요."

"수고했네."

돈 까밀로가 탄식하며 종이쪽지를 흔들어댔다.

"절도죄, 횡령죄, 사기죄 그리고 명예훼손…."

뻬뽀네는 자신이 끼어들어야 할 때가 왔다고 여겼다.

"신부님보다 번개가 덜 개 같다고 했던 이야기는 절대로 명예훼손이 아니오. 그것은 분명한 사실이니까."

"법정에서 뭐라고 하는지 들어보기로 함세. 이 문제에 관해서는 절대 용서하지 않을 테니까 말이야."

"신부님, 우리 정치 얘기는 그만둡시다."

뻬뽀네가 고개를 가로저으며 말했다.

"스미르초가 잘못을 저지른 건 분명하지만, 완전히 혼자 한 것은 아니오. 신부님 개도 공범이잖소. 법적으로 처리한다고 해도 그것은 스미르초 개인의 문제에 불과해요. 정 그렇다면 저놈을 감옥에 처넣으시오."

돈 까밀로는 들어 올렸던 망치를 내려놓았다.

"나는 누구도 감옥에 가는 걸 원치 않아. 그저 내 개가 필요한 거야! 남의 개를 자기 맘대로 팔아먹는 도둑놈이나, 적어도

10만 리라는 나가는 개를 3천 리라에 가져가는 작자나, 제 가치를 모르고 사기에 협조한 짐승이나 모두 똑같아! 어쨌든 개는 내 것이니까, 되돌려받아야겠어."

빼뽀네는 옷걸이에서 외투를 집어들며 말했다.

"다하셨소? 이제 그 거룩한 주둥이 좀 다무시오. 곧 개를 찾게 될 테니까."

빼뽀네가 밖으로 나가자 스미르초가 그 뒤를 따랐다.

"나도 따라가겠네."

돈 까밀로가 말했다.

"카스텔몬티로."

스미르초가 핸들을 잡자 빼뽀네가 지시했다.

"식당으로 가서 번개를 산 자를 찾아 계약을 파기해라, 말로 해서 안 되면 강제로라도 말이야."

트럭은 속력을 내어 뽀 골짜기의 비포장도로를 달려가기 시작했다. 한 15킬로미터쯤 갔을 때, 스미르초가 갑자기 브레이크를 밟았다.

"뭐야?"

빼뽀네가 신경질적으로 소리 질렀다.

스미르초가 문을 열자, 개 한 마리가 운전석으로 뛰어들어왔다. 번개였다. 모두 아무런 말이 없었다.

스미르초는 조용히 차를 돌렸다.

2킬로미터 정도 갔을 때 개가 화난 듯이 으르렁거려서 침묵이 깨졌다. 스미르초는 급하게 차를 세웠다.

"무슨 일이지?"

돈 까밀로가 물었다.

"약속을 지키라는 뜻 같아요."

스미르초가 설명했다.

"아직 마지막 몫이 번개에게 주어지지 않았거든요."

스미르초는 개의 뒤를 따라 내린 뒤, 트럭 앞의 식당으로 들어갔다. 빼뽀네도 그 뒤를 따라 들어가고 돈 까밀로만이 홀로 남았다.

그러나 차 안이 마치 여름 날씨처럼 후끈거려서 땀이 비 오듯 쏟아지기 시작하자, 결국 그도 차에서 내려 식당 안으로 들어갔다.

"어서 오십시오, 신부님."

스파게티가 가득 든 그릇을 들고 지나가던 주인이 말했다.

"친구분들이 방에서 기다리고 계십니다."

그 방은 어두침침하고 다소 음산했지만 맛있는 스파게티 냄새로 가득 차 있었다. 돈 까밀로는 자기 몫의 스파게티가 담긴 큼지막한 접시 앞에 앉았다. 그러자 예약된 좌석에 품위 있게 앉아있던 번개가 돈 까밀로에게 자리를 양보하며 반갑다고 꼬리를 흔들어댔다.

그러나 돈 까밀로는 타락하지 않겠다고 마음 먹었다.

"내가 먹은 것은 내가 내겠네."

그는 단호하게 말했다.

"부정하게 번 돈으로 먹을 수야 없지."

"나도 그렇게 하겠소."

뻬뽀네가 말했다.

"그러니 우리는 각자의 몫만 내면 되오. 악마도 맨 마지막에 뒤처진 놈만 좋아라고 잡아먹는다니까…. 그렇지만 스미르초는 자신과 번개의 몫까지 낼 거요."

"그럼 나는 자네 몫까지 내 주겠네. 그렇게 해야 스미르초와 내가 개들을 손님으로 초대한 셈이 되지 않겠나!"

그러고는 즐겁게 식사를 했다. 돈 까밀로는 자기가 한 말이 마음에 들어 음식값을 모두 내더라도 하나도 아깝지 않을 지경이었다.

비가 내리네

끊임없이 비가 내렸다. 며칠 동안 햇볕이 나서 땅이 마를 만하면 또다시 비가 쏟아졌다.

이 지긋지긋한 비가 시작된 것은 작년 7월 초였다. 밀이 가장 햇볕을 필요로 하는 바로 그 시기였다. 밀 농사는 완전히 망쳤으며, 무자비할 정도로 계속 쏟아지는 비는 포도도 여물지 못하게 방해하고 말았다.

가을이 되어도 농부들은 감히 씨 뿌릴 생각조차 하지 못했다. 크리스마스가 지나고 드디어 비가 그치자마자, 이번에는 예기치 않던 눈이 쏟아졌다.

그 눈이 녹자 또다시 비가 내리기 시작했고, 농부들은 이제

거의 미칠 지경이 되었다.

갓 돋아난 밀 싹은 누렇게 떴으며, 사탕무 파종은 시작도 못 하고 취소되었다. 억지로 소나 트랙터를 끌고 밭으로 나갔던 사람들은 늪에 빠진 꼴로 엉망이 되어 돌아오기 일쑤였다. 관개수로에서 넘친 물은 들판을 전부 뒤덮어, 광대한 갯벌이나 다름없었다.

농부들은 너나 할 것 없이 하느님을 원망하기 시작했다.

화요일은 장이 서는 날이었다. 그날 역시 비가 쏟아져서 농부들은 밭을 돌보는 대신 품을 팔러 장터로 나왔다. 그만큼 밭에는 할 일이 남아 있지 않았기 때문이었다.

장터에서도 비 때문에 엉망이 되어버린 올해 농사에 대한 이야기들이 단연 화젯거리였다.

"주님께서 우리 농부들한테 못마땅한 일이라도 있으신 건가!"

근처 찻집 앞을 지나치던 뻬뽀네가 이 말을 듣고서는 재빨리 머리를 굴려 정치적으로 이용할 방도를 찾아냈다.

"전지전능하신 하느님은 이 일에는 아무런 상관이 없으십니다. 친애하는 읍민 여러분, 주님께서는 당신이 해야 할 일을 하실 뿐이요. 괜히 그분께 화를 내지 마시고 그분의 피조물을 허공에 날려 버리고 있는 못된 자들한테나 화를 내십시오."

뻬뽀네는 타고난 선동가였다. 그는 사람들을 자극하기 위해서라면 언제, 어디에 끼어들어야 좋을지를 분간할 줄 알았다. 게다가 자신을 도와줄 조연으로 쓰기에 적합한 사람을 발견해내는 날카로운 눈도 지니고 있었다.

그날도 어김없이 그의 곁에는 그런 조연을 맡아줄 사람이 있었다. 근동에서 가장 나이 많은 농부 중의 한 사람인 지롤라 영감이 바로 그 사람이었다.

빼뽀네는 노인을 바라보며 큰소리로 물었다.

"영감님, 말씀 좀 해 주세요. 아흔일곱 해를 살아오시는 동안, 지금 같은 기상이변을 겪으신 적이 있었습니까?"

지롤라 노인은 고개를 가로저었다.

"없네. 엄청난 폭풍우나 홍수를 경험한 적은 있지. 하지만 그런 것은 단지 며칠 동안, 길어야 몇 주 동안 벌어진 현상이었네. 해를 거듭하면서까지 이어지는 이런 기상 이변은 내 평생 처음이야."

"왜 이런 현상이 일어난다고 생각하십니까?"

빼뽀네가 재촉하듯 물었다.

"낸들 아나."

그가 우물거리며 대답했다.

빼뽀네가 열을 올리면서 외쳤다.

"아뇨, 영감님은 그걸 아십니다. 벌써 몇 번씩이나 얘길 하셨잖습니까? 비는 주님이 원하실 때나 내리는 거지, 사람들 맘대로 되는 게 아니라고요. 그 말이 다 맞습니다. 하지만 이 심각한 기상 이변의 뒤편에는 인간들의, 특히 미국놈들의 잘못이 놓여 있습니다."

빼뽀네는 신문 하나를 꺼내더니 그것을 활짝 펼쳐 들었다.

"과학자들이 그걸 증명했단 말입니다!"

빼뽀네는 사람들을 향해 신문 이름이 적힌 윗부분을 펼쳐 보였다. 그것은 공산당 기관지가 아니라, 보수 성향의 신문에 실린 기사라는 점을 지적하려는 의도였다.

"이 이야기의 근거는, 다름 아닌 세계적인 과학 연구 결과입니다! 그 연구 결과에 따르면 미국놈들이 원자 에너지에 대한 통제력을 상실했기 때문에 결국 장차 우리가 어떤 파국에 이르게 될지 알 수 없게 됐다는 겁니다. 최근 스위스 과학자들은 깊이 있는 연구 끝에, 원자폭탄에 의해 지구의 균형이 위협을 받고 있다는 사실을 발표했습니다. '원자폭탄의 폭발은 방사성 물질을 양산하고, 대기권의 상층부에 북극으로 향하는 격렬한 기류를 만든다. 이 기류에 실린 방사성 물질이 북극에 도달해 눈과 얼음의 형태로 떨어지는 것이다. 이 같은 인공적인 강수 현상은 우리 행성에 불균형을 만든다. 실제로 현재 북극은 남극보다 18퍼센트 더 무거운 상황' 이라고 말입니다. 여러분, 제 설명이 이해됩니까?"

고개를 들고 의기양양한 표정으로 주위를 둘러보던 빼뽀네의 얼굴에 씁쓸한 기색이 스쳐지나 갔다. 청중 사이에 마음에 들지 않는 사람 하나가 끼어 있는 게 눈에 들어왔기 때문이다.

빼뽀네는 다시 시선을 신문으로 돌려, 기사를 계속 읽어 내려갔다.

“자, 그렇다면 이 같은 불균형에 의해 무슨 사태가 초래되겠습니까? 저는 솔직히 잘 모릅니다. 제가 전해드리는 것은, 네덜란드의 가장 위대한 과학자가 한 말입니다. ‘레베르쿠젠 화학연구소 소장인 슈나이더 박사는 다음과 같이 말했다. 폭발로 인해 대기 중에 내던져진, 방사성 조각들은 응결의 중심점들로서 움직이며 비와 눈을 내리게 한다.’ 그러니까 넓적다리만큼 굵은 눈발이 날리거나 몇 년에 걸쳐서 계속 비가 내리면 주님께 화를 내지 말고, 미국놈들한테 화를 내십시오!”

돈 까밀로가 빼뽀네 앞으로 다가와 섰다. 아까 빼뽀네가 발견한 사람은 다름 아닌 돈 까밀로였던 것이다.

빼뽀네는 빈정거리는 어조로 덧붙였다.

“여기 이 자리에 계시는 신부님께서 미국을 배려하시는 나머지, 차라리 주님께 화를 내는 것이 낫다고 여기시지만 않는다면 말입니다.”

돈 까밀로가 반발하며 나섰다.

“그럴 리가 있나! 주님은 인간들의 광기 어린 행동과는 아무런 상관이 없어! 하느님께서 인간들에게 머리를 주신 것은 이성을 갖고 생각하라는 뜻이지, 이치에도 맞지 않는 쓸데없는 생각을 하라는 게 아닐세. 우리는 그분이 아니라 우리 자신에게 화를 내야 하는 걸세.”

"잠깐, 입은 삐뚤어졌어도 말은 똑바로 합시다. 이 엄청난 범죄는 우리가 저지른 것이 아니라, 미국이 저지른 것이오. 우리는 지금 원자폭탄에 대해 말하는 중임을 잊지 마시오."

돈 까밀로가 고개를 흔들었다.

"읍장 동지의 말씀이 전적으로 옳소. 정치 선전의 목적으로 진실을 숨기기에는 상황이 너무나 심각하지. 여러분, 나는 인정합니다. 원자폭탄의 실험에서 생기는 그 끔찍한 재난에 대한 책임은 전적으로 미국에게 있습니다. 왜냐하면, 방금 읍장 동지께서 인정했듯이, 원자폭탄은 미국만 갖고 있으니까요."

뻬뽀네는 돈 까밀로가 쳐 놓은 함정에 여지없이 걸려들었다.

"신부님, 거짓말 마시오. 원자폭탄은 러시아인들도 갖고 있소. 그것도 미국놈들의 그것보다 백 배는 더 강한 걸 갖고 있지. 신부님이 사람들을 속이려고 거짓말을 해도 사실은 뒤바뀌지 않소."

돈 까밀로는 침착하게 고개를 가로저었다.

"그렇다면 말일세, 읍장 동무. 공정한 비판을 해야 하지 않겠나? 이렇게 비가 계속 오면, 주님께 화를 낼 게 아니라 오히려 미국인과 러시아인에게 화를 내야 한다고 말이야."

청중 사이에서 폭소가 터져 나오자 뻬뽀네는 이를 악물었다.

스미르초가 앞으로 나서서 뻬뽀네에게 말했다.

"대장, 공산당 학교에서 우리한테 직업적으로 선동하는 자들의 속임수에 놀아나지 말라고 가르치지 않았습니까? 그냥 놔두세요."

"그래, 직업적으로 선동하는 자들의 장난에 놀아날 필요야 없지. 하지만 여기 있는 신부 나리께서는 이 방면의 전문가는 못 되고, 단순한 아마추어 선동가일 뿐이네. 내 천천히 신부님이 잘못 생각하고 계시는 점을 지적해 보지."

빼뽀네는 평정심을 되찾았다. 그는 몸을 돌려 돈 까밀로를 향해 미소를 지었다.

"자, 신부님. 신부님 말씀에 따르면 원자폭탄으로 인한 재난의 책임은 미국에만이 아니라 러시아한테도 있다는 거죠? 두 나라가 모두 원자폭탄을 갖고 있으니까. 하지만 이건 어떻게 설명하실 수 있겠소? 왜 미국의 원자폭탄이 터지고 난 뒤인 지금에야 비로소, 이에 대한 경각심을 갖고 우려하는 여론이 일고 있느냐 말이오. 왜 지금에서야 원자폭탄의 위험을 항의하기 위해 전 세계의 과학자들과 정치인들로 구성된 위원회가 발족되었느냐, 이거요? 왜 열 달 전부터 계속 비가 내리고 있고 우리는 사탕무 씨앗도 심을 수 없는 거요?"

"읍장 나리, 그건 나도 모르겠는걸."

"내가 설명해 드리겠소. 전 세계의 여론과 과학이 개입하게 된 이유는 인상에 남을 만한 한 사건이 벌어졌기 때문이오. 미국의 원자폭탄 폭발실험은 미국놈들이 원자 에너지에 대한 통제력을 상실했다는 것을 보여 주는 증거요. 이제 그놈들은 무슨 일이 벌어질지도 모르는 채 폭탄을 마구 터뜨리고 있소. 이

것은 내가 말하는 것이 아니라, 세계적인 과학자들이 이구동성으로 주장하는 거요. 그래서 나는 이런 질문을 해보게 되오. 누가 과연 원자 에너지의 상호 통제체제를 정착시키기 위해 여러 해 동안 밤낮으로 분투하고 있는가? 러시아일까? 아니면 미국일까? 답은 러시아올시다, 신부님. 이번 기상이변은 원자 에너지에 대한 통제력을 상실한 미국 탓이 확실하오. 러시아는 그 같은 통제력을 상실하지 않았으니까 말이오."

돈 까밀로는 뻬뽀네의 이 같은 논리에 몹시 당황스러웠지만, 결코 물러서지 않았다.

"읍장 동지, 그러니까 미국 원자폭탄의 폭발력이 러시아 원자폭탄보다 더 우위에 있다는 걸 인정하는 것이구먼."

"꿈 깨시오!"

뻬뽀네가 날카로운 목소리로 언성을 높였다.

"러시아는 미국보다 더 강력한 원자폭탄을 갖고 있소. 하지만 그들은 미국놈들처럼 통제력을 상실하지는 않았소. 우연히 어떤 효과를 얻어 낸다는 사실과 계산에 따라 그런 효과를 얻어 낸다는 사실 사이에는 상당한 차이가 있는 법이니까."

돈 까밀로는 머리를 좌우로 흔들더니 이렇게 말했다.

"읍장 나리, 두 손을 써가면서 이 토론을 계속해도 괜찮겠나?"

"두 손을 쓰든, 두 발을 쓰든, 기관총을 쓰든, 대포를 쓰든, 뭐든 다 써 보시오! 뭔가 믿는 구석이 있나 본데…."

"오해하지 말게나. 비가 그쳐서 하는 말인데, 우리 게임이나 하세. 어때, 재미있지 않겠나?"

광장에는 얼마 전 마을 축제를 벌일 때 썼던 물건들이 아직 남아 있었다. 그중에는 곤봉으로 내려치는 게임기가 있었는데, 치는 힘의 강도에 따라 쇠로 된 무거운 격침이 위로 움직여, 0점부터 1,000점까지 점수를 표시하는 것이었다. 그리고 격침이 1,000점에 도달하면 작은 종이 울리게 되어 있었다.

돈 까밀로는 그 기계 근처로 다가가 말했다.

"나는 미국이고 자네는 러시아네. 괜찮겠나?"

사람들은 그 두 사람을 둥글게 둘러싼 채 숨을 죽이고 있었다.

"좋소!"

뻬뽀네가 의심스러운 표정으로 대답했다.

"축을 따라서 올라가는 이 격침은 원자 에너지일세. 내 설명이 이해가 되나?"

"이해되오."

"나는 미국일세. 나는 원자 에너지에 대한 통제력을 상실했으니까, 마구잡이로 발사하겠네. 그러니 어디 가서 폭탄이 떨어질지는 모르네. 하지만 자네는 러시아니까, 분별력 있게 발사할 테니 어느 곳에 떨어질지 미리 알 수 있을 걸세."

돈 까밀로는 호주머니에서 커다란 손수건을 꺼내더니 그걸 안대로 삼아 눈을 가렸다.

그는 사람들에게 곤봉을 하나 달라고 했다. 또 다른 곤봉 하나는 뻬뽀네가 집어 들었다.

"시작해도 될까?"

돈 까밀로가 물었다.

"하시오."

뻬뽀네가 대답했다.

돈 까밀로는 두 다리로 중심을 잡으며 단단히 버텨 섰다. 그는 곤봉을 들어 올리더니 거세게 내려쳤다.

작은 격침은 600점을 기록했다.

그러자 뻬뽀네도 힘껏 곤봉을 내려쳤고 700점에 도달했다.

돈 까밀로가 두 번째로 곤봉을 내려치자 810점까지 올라갔다.

뻬뽀네는 900점을 땄다.

돈 까밀로도 900점을 땄다.

그러다가 뻬뽀네가 실수로 다소 서툴게 곤봉을 내려치자 850점이 나왔다.

"러시아가 점수를 잃고 있네!"

어떤 저주받을 반동분자가 뻬뽀네의 등 뒤에서 빈정거리는 틈을 타서, 돈 까밀로가 910점을 올렸다.

뻬뽀네는 이를 악물고 젖 먹던 힘까지 다 쏟아 부어 모루를 부러뜨리기라도 할 듯 세게 곤봉을 내려쳤다.

격침은 하늘을 향해 마치 'V2* 미사일'처럼 치솟더니,

---

* 독일이 제2차 세계대전 말기 영국 공격에 쓴 장거리 로켓 미사일.

1,000점 표시를 확 넘어서 전기초인종의 스위치에 가서 딱 부딪혀 떨어졌다. 그와 동시에 뻬뽀네가 사로잡았던 격렬한 분노도 수그러들었다.

종이 울리자, 돈 까밀로는 곤봉을 내려놓고 두 눈에 둘렀던 손수건을 풀었다.

"승리가 러시아에 돌아갔구먼."

돈 까밀로가 말했다.

"내가 최고 점수에 먼저 도달했을 수도 있었겠지. 뭐, 아무래도 좋네. 이제 우리가 이렇게 파괴적인 짓거리의 최고치에 다다랐고 세상을 엉망진창으로 만들어 놓았으니까. 읍장 동지, 술이나 한 잔 마시러 가면 어떻겠나?"

뻬뽀네는 이 말을 듣고 순간적으로 잠시 당황했지만 이내 언성을 높였다.

"아니요 친애하는 신부님, 그런 비유는 맞지 않소! 이렇게 된 건 다 신부님 탓이오. 만일 우리가 원자력을 통제하기 위해 서로 합의를 보기라도 했다면, 우리 둘 중에 아무도 최고치에는 도달하지 않았을 테니까 말이오."

"물론일세."

돈 까밀로가 대꾸했다.

"하지만 과연 우리는 최고치가 어떤 건지 알 수 있을까? 그 최고치가 1,000점이 아니라 715점이나 603점이라면 어쩌겠나? 하느님께서 인내심으로 참으시는 한계의 최고치가 어느 정도인지 미국과 러시아의 과학자들이 어찌 알겠나?"

비가 다시 내리기 시작했다. 마치 세상의 종말과도 같았던 방금 전의 그 광경을 목격한 사람들은 하나둘씩 처마 아래로 비를 피하기 시작했다.

돈 까밀로와 뻬뽀네 두 사람만이 아까 시합할 때 쓴 그 '원자력 강도 측정기' 앞에 남았다.

"폭탄이 몽땅 지옥으로 가 버렸으면 좋겠네."

돈 까밀로가 중얼거렸다.

"이 문제는 이 세상에 미국하고 러시아가 동시에 있게끔 하신 주님 탓이오."

뻬뽀네가 기분 나쁜 듯이 대꾸했다.

"불경한 말은 하지 말게, 뻬뽀네."

돈 까밀로가 그를 엄하게 훈계했다.

"인류는 갚아야 할 빚이 길게 적혀 있는 빚 문서를 갖고 있어. 회사로 말하면 먼저 회사 운영을 맡았던 사람이 엉망으로 해놓은 경영상태의 짐을 떠맡을 수밖에 없는 처지지. 우리는 뒤늦게 이 회사에 도착한 셈이야. 자, 바로 이게 문제의 핵심이라고."

"그럼, 맨 마지막에 도착한 사람만 바보가 되겠구랴!"

뻬뽀네가 소 울음처럼 뚱한 목소리로 말했다.

"뻬뽀네, 내 말은 그게 아니야. 바보 천치는 저 세상에 가서 받을 좋은 자리를 어떻게 얻는지 모르는 사람이네. 저 영원한

세상 말일세."

빼뽀네가 옷깃을 여미며 투덜댔다.

"다 좋소. 하지만 우리가 저 세상 삶을 기다리는 동안에도, 비는 계속 온단 말이오!"

여름
Estate

6월의 밤

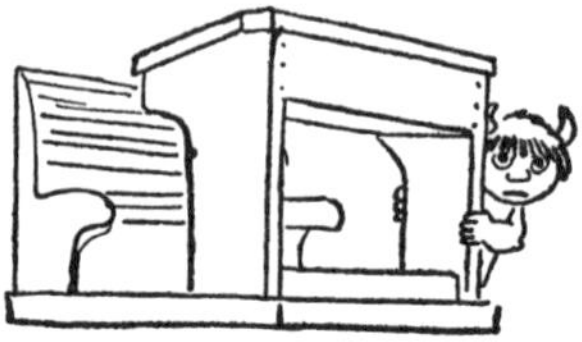

밝고 둥근 보름달이 울창한 미루나무 숲이 드리운 검은색 장막을 넘어, 뽀 강 물결 위에 황금빛 자취를 남기며 강을 건너고 있었다.

달빛은 노련한 화가의 능숙한 붓질처럼 짚단들을 거침없이 스쳐 가며, 이삭줍기가 막 끝난 밀밭 여기저기 흩어진 짚단을 하나하나 세고 있었다.

돈 까밀로는 창문을 통해 그 장관을 지켜보며 감탄하기 시작했다. 그러나 다른 한편으로는 기분이 사뭇 우울해지기도 했다. 옛날만큼 가치를 인정받지 못하는 밀을 보고 있으려니, 세월이 참 많이 흘렀고 자신도 이제 나이를 먹어가고 있다는 생각이 들었던 것이다.

나이 탓일까, 자꾸만 어린 시절의 추억이 떠올랐다. 입안에서는 이집트 콩 껍질의 신맛이 느껴졌다. 마르고 갈라진 땅에서 뽑아낸, 아직 부드럽고 신선한 옥수수의 향기와 초록빛을 머금은, 설익은 자두 과육의 단단한 촉감이 생생하게 기억났다.

돈 까밀로는 한숨을 내쉬며 창문을 닫은 뒤, 주방의 불을 켰다.

그날 저녁은 도무지 잠이 오지 않았다. 그래서 그는 불이 꺼진 벽난로 앞에 앉아 신문을 읽기 시작했다.

그렇게 반 시간쯤 지났을 때, 어디선가 번개가 낑낑대는 소리가 들려왔다.

돈 까밀로는 불을 끄고 주방 밖으로 나왔다. 천천히, 조심스럽게 걸어서 화덕이 있는 작은 안뜰 쪽으로 난 문 앞에 이르렀다.

그는 그림자처럼 소리 없이 움직였지만, 문밖에 있던 번개는 이미 그의 움직임을 다 파악하고 있었다. 번개는 좀 더 강렬하고 구슬픈 목소리로 낑낑대더니 앞발로 문짝을 마구 긁었다.

번개는 누군가의 위협에 굴복해 주인을 함정에 빠뜨릴 개가 결코 아니었기 때문에 돈 까밀로는 망설이지 않고 문을 열었다.

문밖에는 번개 혼자뿐이었다. 번개는 문지방 앞에서 몇 번 나지막이 짖더니, 뒤로 돌아서서 땔나무 창고 쪽으로 발걸음을 옮기기 시작했다. 돈 까밀로는 마지못해 번개가 있는 쪽으로 걸음을 옮겼다.

창고 앞에 선 번개는 다시 끙끙거리기 시작했다. 돈 까밀로는 손전등의 불을 켜고 창고 문을 활짝 열어젖혔다. 큰 창고 구석에 있던 무언가가 손전등의 불빛에 걸려들었다. 돈 까밀로는 금세 그것이 무엇인지 알아볼 수 있었다. 바로 눈물에 젖은 두 눈동자였다.

"지금이 몇 신줄 아니? 여기서 뭐 하는 게냐?"

돈 까밀로가 외쳤다.

그의 거친 태도에 번개는 재빨리 뒤로 돌아서서 항의하듯 으르렁거렸다.

번개가 그런 식으로 행동하는 데는 나름대로 충분한 이유가 있을 터였다. 돈 까밀로는 투덜대듯 말했다.

"좋다. 나를 따라오렴. 사제관으로 들어가서 얘기하자."

*

눈물에 젖은 두 눈동자의 주인은 오늘로 10세 6개월 2일째가 되는 아이였다. 돈 까밀로가 날짜까지 정확하게 기억하고 있는 이유는 자신이 직접 그 골칫덩이 녀석에게 세례를 주었기 때문이 아니라, 녀석의 세례식이 정말로 특별했기 때문이었다.

돈 까밀로가 위엄 있게 물었다.

"무슨 일이냐?"

녀석은 고개를 떨어뜨리며 더듬더듬 말했다.

"지, 지난주에 중학교 입학시험을 보았어요. 오, 오늘 아침에 결과를 보러 갔는데…."

녀석이 갑자기 울먹이기 시작했다. 번개는 돈 까밀로를 향해 다시 이빨을 드러내며 으르렁거렸다.

돈 까밀로는 번개 쪽을 바라보며 소리 질렀다.

"야 너 인마, 호들갑 떨기 전에 네 임무부터 제대로 했어야지. 창고에 못 들어가게 막는 건 네 일 아니냐?"

번개도 지지 않고 울부짖었다. 마치 이렇게 말하는 것 같았다.

'비록 내가 개이긴 하지만, 도움을 청하러 온 친구를 내쫓아 버릴 정도로 무정한 개자식은 아니란 말입니다. 내가 꼬마 앞에서 문을 쾅 닫고 들어가 버려야 했겠어요?'

성난 돈 까밀로가 일갈했다.

"쟤는 그냥 꼬마가 아니야! 읍장의 아들이라고. 그 몹쓸 인간하고 성가신 일로 또 옥신각신하고 싶지 않단 말이다!"

소년이 조금 안정을 되찾자, 돈 까밀로는 질문을 던지기 시작했다.

"오늘, 시험 결과를 보러 갔었지? 정기버스가 있었을 텐데, 왜 정오에 돌아오지 않았느냐?"

녀석이 속삭였다.

"걸어왔어요. 마을에 도착하자마자 여기로 온 거예요."

"다른 데로 안 가고 여기로 올 이유가 있었니?"

"저는 성당에 들어가고 싶었어요. 하지만 문이 잠겨 있어서…."

"당연하지! 성당은 호텔이 아니야! 그냥 곧장 집으로 갔으면 간단했을 거 아니냐?"

"그렇게는 못해요."

소년은 낙담한 듯 흐느꼈다.

"국어랑 역사 과목에서 낙제했어요."

번개는 '심각한 일인가요?' 라고 묻기라도 하듯 돈 까밀로를 쳐다보았다.

"심각하긴 뭐가 심각해!"

돈 까밀로는 대수롭지 않다는 듯이 말했다.

"그저 두 과목을 끝내는 시기가 10월로 미뤄졌을 뿐이야."

아침 7시에 집에서 떠났다면 녀석은 지금 끔찍하게 배가 고플 게 틀림없었다. 돈 까밀로는 찬장을 뒤져 빵, 치즈, 살라미 소시지 한 조각을 찾아 아이 앞으로 내밀었다.

"우선 이걸 먹어라. 엉뚱한 생각은 하지도 말고."

돈 까밀로는 포도주 반잔까지 따라 주었다. 그걸 냉큼 받아 마신 소년은 평소처럼 발그레한 혈색을 되찾았다. 기분도 훨씬 나아진 것 같았다.

"요즘 애들 머리통 속에는 도대체 뭐가 들어 있는지…."

돈 까밀로는 탄식했다.

"중학교 시험이 그렇게 만만한 건 줄 알아? 다른 과목을 전부 통과해놓고도 겨우 두 과목낙제를 했다고 이 난리를 피우다니.

얼빠진 짓 그만하고 집에 돌아가. 이 정도로 끝내란 말이다."

"집엔 못 들어가요, 신부님!"

녀석의 목소리엔 근심이 가득했다.

"아니, 왜?"

"아빠가…. 읍장은 읍민 중에서 1등 읍민이니까 아들도 학생 중에서 1등이 되지 않으면 안 된다고 항상 말씀하셨어요. 그런데…."

소년은 고개를 저으며 말했다.

"바로 그런 몰지각한 태도가 문제야!"

돈 까밀로가 소리 질렀다.

"너는 1등 읍민의 아들이 아니라 1등 멍청이의 아들이라고. 어쨌든 잘 알았으니, 우선 진정하고 한숨 자거라. 저기 왼쪽 작은 방에 가면 손님용 침대가 있을 게다. 네 아버지한테는 아침에 내가 직접 이야기하러 가마."

소년이 타박타박 발걸음을 옮겼다. 번개는 소년을 따라 걷다가, 문 앞에 멈춰 선 후 돈 까밀로의 허락을 구하기라도 하듯 뒤를 돌아보았다.

"맘대로 해."

돈 까밀로가 투덜거렸다.

"이번만이다. 다음엔 국물도 없어!"

벌써 시계가 밤 11시를 가리키고 있었다. 돈 까밀로는 남은 음식을 먹어치우고 주방을 정리했다. 그가 막 자려고 침실로 향할 때, 누군가 찾아와서 문을 두드렸다. 빼뽀네였다. 그의 표정은 무척 어두웠다.

"정치적인 입장은 버리고, 사제 대 신자로서 상담 좀 합시다."

"뭘 상담하고 싶은가?"

돈 까밀로가 반쪽짜리 토스카노 시가를 물어 불을 붙였다.

"우리 막내가 사라졌소. 아이가 아침 7시에 시내로 가는 버스에 올라타는 걸 보았다고들 하는데 지금까지 아무런 소식이 없소. 미친 듯이 여기저기 다 찾아보았지만 더 이상 어디 가서 물어봐야 할지 모르겠소."

돈 까밀로는 어깨를 으쓱했다.

"흐음, 시내로 가는 버스를 탔단 말이지? 그 애는 며칠 전에 중학교 입학시험을 치르지 않았나?"

"그렇소."

"그렇다면 무슨 일이 벌어졌는지 쉽게 상상이 되는군."

돈 까밀로는 시치미를 뚝 떼며 말했다.

"아마 시험 결과를 확인하러 갔겠지. 머리통 속에 온통 붉은 물이 들어서 제대로 생각도 못 하는 바보의 아들이니, 보나 마나 낙제했을 거야. 요즘 한참 신문을 장식하는 가출 청소년들처럼 그 애도 어디론가 도망쳐 버렸겠지. 아이들한테 공포심을 조성하는 폭력적인 아버지 때문에 종종 생기는 일이지."

빼뽀네가 펄쩍 뛰면서 격앙된 목소리로 말했다.

"생사람 잡지 마슈! 내가 왜 애한테 겁을 줍니까? 야단 한 번 친 적도 없는데!"

"그래? 1등 읍민의 아들은 학교에서도 1등이 되지 않으면 안 된다는 이야기는 뭐지?"

그의 얼굴이 창백해졌다.

"그걸 어떻게…? 말은 그렇게 했지만, 반쯤은 농담이고 격려하려는 의도였소."

"원래 아이들은 농담을 잘 이해하지 못하지."

돈 까밀로가 결론을 내리듯 말했다.

"그런데 너무 늦은 건 아닌지 모르겠군. 그 불쌍한 녀석이 뽀 강에 몸을 던졌을지도 모르고. 아니면 기차 바퀴 밑에라도."

뻬뽀네가 소파 위에 무너지듯 주저앉았다. 그제야 돈 까밀로는 자신이 지나치게 과장했다는 사실을 깨닫고 겁이 덜컥 났다. 그는 서둘러 말을 이었다.

"그게 아니라, 다른 집에 숨어 있을지도 모른단 말이지."

"그럼 어디에 말이오?"

뻬뽀네가 큰 소리를 질렀다.

"대체 어디 숨어 있다는 거요? 부하들을 풀어 마을을 이 잡듯이 뒤졌소. 이보슈 신부님, 사람 애간장 좀 태우지 말고 어서 말씀해 주시오."

"아이는 여기 있네."

뻬뽀네는 깜짝 놀라면서 눈을 접시처럼 크게 치켜떴다. 그리고 갑자기 오른손으로 왼쪽 가슴을 탁 치며 소리쳤다.

"마실 것 좀 주시오. 금방이라도 죽을 것 같소!"

돈 까밀로는 식탁 위에 있던 물병을 마지못해 그에게 내밀었다.

"그것 말고!"

뻬뽀네는 숨을 몰아쉬며 외쳤다.

"진짜 마실 거 말이오!"

돈 까밀로는 자리에서 억지로 일어나, 찬장을 뒤지며 투덜거렸다.

"이해할 수가 없어! 연기된 건 빌어먹을 공산당 아들의 시험인데, 어째서 내가 값비싼 포도주 한 병을 손해 봐야 하는 거지?"

뻬뽀네는 포도주 석 잔을 연거푸 마시더니 겨우 안정을 되찾은 목소리로 물었다.

"연기라니? 낙제한 게 아니고 연기가 된 거요?"

"10월로 연기되었네."

"몇 과목이나?"

"두 과목."

"중요한 과목이오?"

"중요한 과목은 아니야. 국어랑 국사 시험이 연기되었는데, 그 애한테 전혀 소용이 없는 분야지. 러시아를 추종하는 공산당원의 아들이 국어랑 국사 따위를 배워서 어디다 쓰게? 그저 러시아말만 잘하고 공산당식 제멋대로 역사에 대해서만 알고 있으면 되지."

빼뽀네는 논쟁을 벌이고 싶지 않았다.

"난 그저 그 애가 미친 듯이 책만 파다가 병드는 일이 없었으면 좋겠소."

"내가 알아서 아이를 진정시키겠네."

돈 까밀로가 위로했다.

"주님께서 부디 나를 구원해 주시기를."

빼뽀네가 신음하듯 내뱉었다. 그는 불쑥 내뱉은 말에 자신도 놀라면서 무의식적으로 돈 까밀로의 눈치부터 살폈다. 돈 까밀로는 빼뽀네의 심정을 이해한다는 듯 씩 웃으며 부드럽게 말했다.

"주님께서는 이미 자네를 구원하셨네."

잠시 후 빼뽀네는 슬그머니 자리를 떴다.

항상 기운이 넘치던 빼뽀네의 양어깨가 어쩐지 축 처져 있는 것이 돈 까밀로의 가슴을 아프게 했다. 그는 한숨을 내쉬면서 조용히 읊조렸다.

"휴우, 아무리 강한 사람도 자식 농사큼은 맘대로 할 수 없는 모양이구먼… 자식이란 게 뭔지 원, 쯧쯧."

사보타주

바세티 영감과 카놀라는 근방에서 꽤 큰 규모로 농사를 짓는 지주들을 한 자리에 불러 모았다. 카놀라가 입을 열었다.

"에에, 추수철이 다가오고 있소. 심장이 벌렁거릴 일이 다시 시작된다, 이거요. 늘 그래왔듯이 일꾼들이 일하다 말고 모든 걸 내팽개치고서 요구조건을 들이밀 거라는 말씀이오. 놈들의 요구를 들어주지 않으면 들판의 곡식을 추수할 방법이 없으니 큰 걱정거리요. 그런데 최근 우리나라에 외국산 최신 탈곡기가 두 대나 도입되었다고 합디다. 물론 가격이 꽤 나가겠지. 그래도 우리가 공동으로 구매하면 그걸 사들일 수 있을 거요. 그 기계만 있으면 우리는 일꾼들의 손을 빌리지 않고도 무사히 추수하고 탈곡할 수 있게 되오. 우리가 직접 곡식을 거두어들인다면, 그 어떤 비열한 작자도 거기 끼어들지 못할 테고 말이오."

그들은 한참을 토론한 끝에 농지의 면적에 따라 농기계 구매 비용을 분담하기로 결정했다. 모임이 비밀리에 이루어졌음에도 불구하고, 그 소문은 다음 날 마을 전체에 퍼졌다.

소식을 들은 뻬뽀네가 한달음에 카놀라의 집으로 달려갔다.

"자네 미쳤나? 가난한 사람들의 밥줄을 끊으면 어쩌자는 거야! 안 그래도 가뜩이나 부족한 일자리 때문에 골치를 썩이고 있는데, 불붙은 집에 부채질이라도 할 작정인가? 한 철 벌어서 먹고사는 사람들한테서 추수 일거리를 빼앗아 버리면 무얼 먹고 살라는 건가?"

카놀라는 어쩔 수 없다는 듯 양팔을 벌리며 대답했다.

"불가피한 일이오. 읍장님 말씀대로라면 제초기, 파종기, 재봉틀 등도 내다 버려야 되겠구랴. 이보시오, 읍장 나리. 시대가 변해가고 있소. 러시아의 영농 혁명을 언급하면서 이동식 탈곡기와 러시아제 트랙터를 자랑한 사람들이 도대체 누구요? 당신네 공산당들은 영농 기계화를 입에 침이 마르게 칭송하지 않았소? 당신은 이런 말을 할 자격이 없소."

뻬뽀네가 대답했다.

"러시아에서는 모든 농장이 전부 공동 소유일세. 수확이 많아질수록 노동자에게 돌아가는 몫이 커지기 때문에, 될 수 있는 대로 힘을 적게 들이고 많은 수확을 얻는 방법이 주된 관심사가 된 거지. 적어도 그곳에는 일을 못 해서 밥을 굶는 사람은 없어. 하지만 여기는 어떤가? 여기서 기계 한 대를 사용하면 백 명이 넘는 사람들의 밥줄이 끊긴단 말일세."

"세상에는 농사를 짓는 일꾼들만 산답디까? 공장 직공들도 먹고살아야 할 것 아니오. 기계를 사는 사람이 없어 공장 문을 닫으면 직공들은 어떻게 먹고살라는 거요?"

카놀라의 설득력 있는 항변에 뻬뽀네는 강경한 자세를 누그러뜨릴 수밖에 없었다.

"내 말은, 신중하게 행동하란 걸세. 어차피 자네 뜻대로 되겠지만 자네들 밭을 일구는 사람들의 입장도 좀 생각해 달란 말이야."

*

"이거야 원, 엄청나게 골치가 아프구먼."

날씨가 조금씩 더워져만 가던 어느 날, 이번에는 돈 까밀로가 바세티와 카놀라를 설득하기 위해 그들을 찾아갔다.

"정신 나간 러시아 놈들이 하는 대로 따라 하다니! 좀 더 신중히 처신하게."

카놀라는 억울하다는 얼굴로 돈 까밀로를 바라보며 외쳤다.

"신중하라니요. 빨갱이들의 집단행동에 굴하지 말라고 항상 주장하던 양반이 바로 신부님 아니오! 참다못해 용기를 낸 걸 가지고 왜 문제 삼는 거요?”

돈 까밀로가 고개를 저었다.

“이건 용기 문제도, 정치 문제도 아닐세. 자네 밭에는 많은 가난한 이들의 밥줄이 달려있어. 사람들을 굶주리게 하는 건 더 이상 용기가 아니라 횡포야. 권리 행사와 권력 남용을 혼동하지 말게나.”

바세티 영감은 그런 말은 빼뽀네라면 모를까 성직자가 할 소리는 아니라고 꼬집었다.

“횡포나 권력남용이란 말은 누군가의 권리를 침해할 때나 쓰는 말 아니오? 도대체 우리가 누구의, 어떤 권리를 침해했단 말이오?”

돈 까밀로가 대답했다.

“당신네는 지금 끼니를 걱정하는 사람들의 권리를 침해하고 있소.”

카놀라는 어쩔 수 없다는 듯 양팔을 벌리며 물었다.

“뭔가를 발명할 때마다 이런 식으로 훼방을 놓는다면 어디 제대로 된 기계가 남아나겠소?”

“사람들이 배고픈 것보다는 기계 따위가 없는 편이 차라리 낫네.”

돈 까밀로가 응수했다.

“이번 건은 기술의 발전과 같은 문제가 아닐세. 자네들이 기계를 구매하려는 이유는 오직 앙갚음하려는 의도 때문이니까."

"앙갚음이라니, 맙소사! 일꾼들이 지금까지 어떻게 해왔는지, 신부님도 잘 알지 않소? 우리는 그저 자위 수단을 마련한 것뿐이라오."

돈 까밀로가 미소를 지었다.

"자네는 자위 수단이라고 주장하지만 결국은 공격용 무기로 써먹게 될 걸세. 강도가 들었을 때, 권총이 있다면 안 쏘고는 배기지 못하는 것처럼 말일세."

카놀라는 어깨를 으쓱하며 중얼거렸다.

"흥, 내 물건을 훔치려는 강도는 당연히 쏴 죽여야지…."

"그것까지도 좋다고 해두자고. 하지만 지금 자네가 하려는 행동은 강도가 들 것 같다고 해서 미리 상대에게 권총을 쏴 대는 거나 마찬가지야."

바세티 영감이 고함치듯 물었다.

"그럼 대체 어쩌란 거요?"

"간단하오. 무조건 기계를 쓸 생각부터 하지 말고, 일꾼들을 불러 신사답게 말하시오. 일꾼들이 당신네 목을 조르는 짓을 할라치면, 일을 주는 대신 기계를 사용할 거라고 말이오. 정당방위란 이런 것이요."

"쳇, 웃기는 소리 마시오! 우린 기계 구입에 엄청난 돈을 썼소. 대체 손해는 누가 갚아 준단 말이오?"

"휴우, 알아서들 하시오."

돈 까밀로가 한숨을 내쉬며 말했다.

"난 그저 당신들의 경솔한 행동이 가난한 사람들을 굶주리게 할 수 있다는 걸 일깨워 주러 온 것뿐이니까…."

탈곡기가 도착할 날이 가까워졌다. 불길한 조짐이 여기저기서 일고 있었다.

일꾼들은 '도착하는 대로 박살을 내버리자. 그럼 얘기 끝나는 거지' 라며 단단히 벼르고 있었다.

거대한 트레일러 두 대가 마을에 도착한 것은 그런 분위기가 절정에 달한 어느 날 아침이었다.

휘파람이 울려 퍼지자 사방에서 사람들이 떼를 지어 모여들었다. 트레일러는 인파에 막혀 잠시 멈추어 설 수밖에 없었다.

그러나 더 이상은 아무 일도 일어나지 않았다. 모여든 사람들은 그저 감탄하며 아니, 거의 경외감을 가지고서 뚫어져라 기계를 바라볼 뿐이었다.

"굉장하군!"

뻬뽀네가 침묵을 깨며 소리쳤다.

"대장, 엄청나게 크네요. 러시아는 이런 종류의 기계를 만드는 데도 정말 무적이군요."

스미르초가 덧붙였다.

트레일러가 다시 움직이기 시작하자, 사람들은 길옆으로 물러섰다.

"비겁한 놈들! 하필이면 러시아산 기계를 살 게 뭐람!"

빼뽀네가 투덜거리자, 스미르초도 동조했다.

"그러게요, 러시아 동무들도 어디에 쓰일지를 알았더라면 저 돼지 같은 지주 놈들에겐 절대로 팔지 않았을 텐데!"

그날 저녁 돈 까밀로가 빼뽀네를 찾아왔다.

"안녕하신가, 읍장 동무."

"안녕하시오, 신부 동무."

빼뽀네가 불만스러운 얼굴로 말했다.

"할 말이 있으면 얼른 하시오. 하지만 무리한 부탁이라면 상대 안 할 거요."

"딱히 할 말은 없네. 앞으로 어떻게 할 건지, 자네에게 물어보고 싶었을 뿐이라네."

돈 까밀로의 목소리에는 근심이 가득했다.

"잘 모르겠소이다. 누군가 어리석은 짓을 할 것 같긴 하지만…."

빼뽀네가 대답했다.

"특히 여자들이 성이 났소. 누구는 내일 안으로 어떻게든 일이 마무리 되지 않으면 밭에다 불을 지를 거라고 말합디다. 알다시피 여자들이 좀 감정적이오? 이대로 기계가 돌아가기 시작한다면 내일 밤에는 분명히 사단이 날 거요."

돈 까밀로가 걱정했다.

"방화범은 감옥 간다는 걸 뻔히 알 텐데…. 그나저나 큰 문제로군."

*

밤 1시가 되도록, 빼뽀네는 잠을 이루지 못했다. 그때, 돌멩이 하나가 침실 창문을 때렸다. 그는 얼굴을 내밀어 누군지 확인하고는 바로 밖으로 나왔다.

"왜 그러시오?"

빼뽀네가 매섭게 물었다.

"쉿! 일단 집 안으로 들어가자고."

돈 까밀로가 속삭였다.

부엌으로 들어오자, 돈 까밀로는 호주머니에서 기도서를 꺼내 식탁 위에 올려놓았다.

"이 위에 손을 올리게."

빼뽀네는 돈 까밀로가 시키는 대로 솥뚜껑만 한 손바닥을 기도서 위에 얹었다.

"아무에게도 말하지 않겠다고 맹세하게."

빼뽀네는 잠시 머뭇거린 뒤 돈 까밀로를 힐끗 쳐다본 뒤 응수했다.

"뭔가 꿍꿍이가 있는 게로군! 어쨌든 사람들을 도울 수 있다면 백 번이라도 맹세하겠소. 맹세하오!"

트레일러는 바세티 소유의, 들판 쪽으로 창문이 달린 차고 안에 보관되어 있었다. 뻬뽀네는 차고 창문에 달린 쇠창살을 단숨에 절단기로 뜯어냈다. 그러고는 엎드린 돈 까밀로의 등을 밟고 재빨리 차고 안으로 뛰어 들어갔다.

돈 까밀로는 아카시아 나무 덤불 속에 몸을 숨기고 기다렸다. 가끔씩 창문 밖으로 뻬뽀네의 손이 내밀어지면, 그는 거기 들린 물건을 순식간에 낚아채 가져온 자루에 집어넣었다.

뻬뽀네가 작업을 마치고 차고를 빠져나올 때까지는 대략 한 시간 정도가 걸렸다.

모든 작업을 마친 두 사람은 죽 늘어선 포도나무 아래를 걸어 조심스럽게 사제관으로 향했다.

사제관 마당에 도착하자 돈 까밀로가 말했다.

"자루를 저기에 내려놓고 집으로 돌아가게. 그리고 이 일은 우리 둘 만의 비밀일세. 일을 깔끔하게 처리한 건 분명하지?"

"빼온 부품 절반만으로도 그 기계는 풀 한 포기조차 베어버릴 수 없을 거요."

돈 까밀로는 자루를 집어 창고에 감추고는 성당 쪽으로 발걸음을 옮겼다.

제대 앞에 도착한 돈 까밀로가 물었다.

"예수님, 낡은 부품이 가득 들은 자루를 마당에서 주웠습니다. 대체 누가 갖다 놓았을까요?"

예수님이 웃으며 대답하셨다.

"십중팔구 악마일 거다. 그런데 말이다, 돈 까밀로. 어째서 악마가 네 주소를 그리도 잘 알고 있는 거냐?"

돈 까밀로는 아차하면서 심장이 두근거렸다. 그렇지만 지금 이 자리에서 모든 사실을 고백하기에는 차마 용기가 나지 않았다.

"예수님, 때가 되면 밝히겠습니다. 하느님도 충분히 이해해 주실 것입니다."

아침이 오자, 돈 까밀로는 자전거를 타고 바세티의 집으로 달려갔다.

"분위기가 흉흉하오."

그는 바세티에게 찾아온 이유를 설명했다.

"일꾼들을 부리지 않으면 밭에다 불을 지를 거라는 소문까지 돌고 있나, 이 말이오."

바세티는 침울하게 말했다.

"그러지 않아도 일꾼들을 부릴 수밖에 없게 되었소. 밤새 도둑이 들어 기계의 주요 부품을 훔쳐갔으니 말이오."

돈 까밀로가 참견했다.

"별거 아니군! 모스크바에 전보를 쳐서 즉각 부품들을 보내 달라고 하시구려."

"농담할 기분이 아니오."

돈 까밀로가 제안했다.

"그렇다면 그냥 조용히 있는 편이 낫겠소. 일꾼들이 이 사실을 알면 예전처럼 무리한 요구를 할 테니까. 내가 전에 말한 대로 아무도 굶지 않게 하려고 일꾼들에게 추수 일을 맡기지만 꾀를 피우며 무리한 요구들을 하면 기계를 사용하겠다고 하면 어떻겠소?"

지주들은 한 자리 모여, 대책을 의논한 뒤 돈 까밀로의 의견을 따르기로 했다.

돈 까밀로는 이 결정을 알리기 위해 빼뽀네를 찾아갔다. 그는 쇠창살을 빠져나오면서 긁힌 팔꿈치에 붕대를 감고 있었다.

"좋은 소식을 가져왔네."

돈 까밀로가 말했다.

"카놀라, 바세티, 그리고 다른 지주들도 모두 내 말을 따르기로 했네. 즉, 굶주리는 사람이 생기지 않도록 기계 대신 일꾼들을 추수에 투입하기로 말일세."

빼뽀네가 비꼬았다.

"흥, 대단도 하셔라! 어차피 기계는 움직일 수도…."

"읍장! 맹세를 어길 셈인가?"

돈 까밀로가 으르렁거렸다.

"우리끼리 얘긴데, 뭘 그러시오."

"맹세는 반드시 지켜야 하네. 아무에게도 발설하지 말게. 나한테도 말이야!"

돈 까밀로가 빼뽀네의 어깨를 두들기며 말했다.

"그리고 일꾼들에게는 잘 얘기해 두게나. 꾀부리지 말고 부지런히 일하라고 말이야. 전처럼 한참 일하다가 파업을 벌이면 트랙터를 사용할 거라고 전하게!"

뻬뽀네가 웃음을 터뜨렸다.

"누구 맘대로! 어떻게 그 기계를 움직일 참이오?"

"주님의 도우심 덕택에 오늘 아침, 사제관 마당에서 부품이 가득 들은 자루가 발견되었네. 부품만 있다면 다시 조립하는 건 일도 아니지."

뻬뽀네는 주먹으로 식탁을 내려쳤다.

"내 이럴 줄 알았지. 혹시나 했는데 역시나군. 성직자들 심술이 어디 가나!"

"심술이 아니라 고귀한 성직자의 뜻일세!"

돈 까밀로가 정정했다.

뻬뽀네는 심술궂게 바라보았다.

"좋소. 하지만 이 공갈협박은 프롤레타리아 혁명의 날이 오면 반드시 대가를 치르게 될 거요!"

"그날이 오면, 갚겠네. 그날이 오면 말이야."

돈 까밀로가 여유만만한 태도로 대답했다.

돈 까밀로는 제대 앞의 예수님을 향해 무릎을 꿇었다. 그러고는 이번 일에 대해 낱낱이 고백을 하였다.

"예수님, 당신의 계명을 어겨 죄송합니다."

예수님이 물으셨다.

"진심으로 말이냐, 돈 까밀로?"

돈 까밀로는 고개를 숙인 채 웅얼거렸다.

"실은…, 가난한 사람들을 도우려는 뜻이었으니만치 큰 잘못을 저지른 것은 아니라고 생각합니다만…."

"뻔뻔한 돈 까밀로, 내가 너의 죄를 사하노라."

예수님이 미소를 지으며 말씀하셨다.

멜로 드라마

암탉들이 정오를 알리는 성당 종소리를 기다리며, 가끔씩 목청을 가다듬고 있었다.

그해 여름에는 살인적인 더위로 인해 개구리처럼 다리를 쭉 뻗고 길거리에 쓰러진 사람들에 대한 기사가 신문에 심심찮게 실렸다.

잔뜩 달궈진 아스팔트 도로에는 개미 새끼 한 마리 나다니지 않았다. 오직 다 쓰러져가는 오토바이를 끌고 가는 한 사람을 빼고는. 부릉부릉대다가 어느 순간 펑! 하며 오토바이가 멈춘 뒤로, 남자는 그것을 끌고 길을 걷고 있는 중이었다.

그는 오토바이를 들여다보지 않아도 무엇이 문제인지 잘 알고 있었다. 펑크가 난데다 휘발유마저 떨어졌던 것이다. 하지만 주유소나 정비소가 바로 옆에 있다 해도 땡전 한 푼 없는 처지인 그로서는 해결 방안이 없다는 데 문제의 심각성이 있었다.

그는 비지땀을 흘리며 오토바이를 끌고 사막 같은 거리를 지났다. 주위에 쉴만한 그늘이 있는지 둘러보았지만, 거리 양옆에는 가로수조차 없었다. 불타버린 그루터기만 덩그렇게 있을 뿐이었다.

현기증이 나기 시작했다. 지난 이틀 동안 아무 것도 먹지 못한 데다 뜨거운 태양이 내리쬐는 길로만 다니느라 그는 지칠 대로 지쳐 있었다.

그는 오토바이를 끌고 죽을 힘을 다해 걸었다. 드디어 건물 하나가 보였다. 그는 담벼락에 바짝 붙어 그늘에서 잠시 숨을 돌렸다. 벽에 등을 대고 있자니 빈약한 뗏목을 의지하여 표류하고 있다는 느낌이 들었다. 그것도 뒤집어진 뗏목을 말이다.

어느새 정오가 가까워지고 있었다. 길거리로 사람들이 하나 둘 나타나기 시작했다. 사람들은 보나 마나 담벼락에 바짝 붙어 쉬고 있는 남자를 이상하게 여길 터였다.

그는 다시 그늘을 벗어나 오토바이를 끌고 걷기 시작했다. 하지만 몇 발자국 옮기기도 전에, 이렇게 지친 상태로는 고장 난 오토바이를 끌고 집까지 갈 수 없으리란 것을 깨달았다. 그의 집은 여기서 35킬로미터나 떨어진 곳에 있었으니까 말이다.

무슨 일이 있어도 반드시 오토바이를 고쳐야 했다.

그가 삐뽀네의 작업장 앞에 도착했을 때 마침 정오를 알리는 종소리가 들려왔다.

한참 망치질에 열을 올리고 있는 삐뽀네를 보며 그가 말했다.

"이봐요. 여기에 두고 갈 테니, 천천히 손봐주시오. 펑크가 난 건지, 밸브가 떨어진 건지는 잘 모르겠소. 볼일 좀 보고 오후 늦게 올 테니까…."

삐뽀네가 오토바이를 잠시 살펴본 뒤 말했다.

"오늘 저녁에 찾으러 오슈. 쉽게 고칠 수 있을 것 같소. 수리비는 이따가 계산합시다."

남자는 행낭에서 낡은 가죽 봉투를 꺼내 들고 작업장을 나섰다.

사실 그는 걱정스러웠다. 휘발유를 살 돈도 없는데, 수리비를 내야 하니까 말이다. 그러나 지금 당장 해결해야 할 급선무는 사람들의 호기심 어린 시선에서 벗어나는 것이었다. 이렇게 작은 마을에서는 점심시간에 이리저리 배회하는 외지인은 금방 눈에 띄게 마련 아닌가.

그는 남들의 눈길을 피해 외진 울타리 그늘에 주저앉았다. 그 앞에는 물이 고인 작은 도랑이 흐르고 있었다. 그는 손수건을 물에 적셔 손과 얼굴을 닦았다. 풀숲처럼 헝클어진 머리를 다듬고 신발의 먼지도 털었다.

가방 안에 넣고 다니는 면도기로 면도까지 했다. 이렇게 옷매무새를 다듬고 나니 어디에 내놓아도 손색이 없을 정도로 품위가 있어 보였다. 먼지투성이에 헝클어진 머리를 하고 땀 냄새를 풀풀 풍기며 고장 난 오토바이를 십자가라도 되는 듯이 질질 끌고 다닐 때와는 달리 지금은 모든 것이 정상적으로 돌아온 것 같았다.

하지만 그는 지금의 상황이 더 안 좋다는 것을 분명히 깨닫고 있었다.

구두약과 비누를 누구한테 파나? 그것도 점심시간에? 그리고 설령 물건을 사기로 하고 계약서에 서명 한다 해도, 어느 누가 물건을 받기 전에 샘플만 보고 선금을 주겠는가? 막막한 노릇이었다.

저 고장 난 오토바이도 그의 것이 아니었다. 그는 필요할 때마다 그것을 싼 가격에 빌려서 주변 마을들을 돌아다니는 용도로 썼던 것이다.

그가 스물두 살 때 징집되었다가 포로생활을 마치고 5년 만에 귀향했을 때, 고향에는 아무것도 남아있지 않았다. 집은 폐허가 되었고 값이 나간다 싶은 물건들은 죄다 사람들이 들고 가버렸다. 전쟁 피해복구 비용 약간과 포로수용에 대한 보상금이 그가 가진 전부였고, 그는 이 돈으로 약간의 옷가지와 이불 그리고 겨우 살만한 방 한 칸을 마련했다.

그후 그는 작은 회사의 영업사원으로 취직했다. 그리고 구두

약이나 비누 같은 물건을 떼어다가 약간의 이문을 붙여 파는 것으로 생계를 유지했다.

물건을 팔기 위해 그가 자주 써먹는 선전 문구는 다음과 같았다.

"이 물건의 가격을 1천800리라입니다. 단골을 확보하기 위해, 제품 홍보 차원에서 파는 거라 가격이 무척 싸답니다. 손님도 관심이 있어 보이는데 이렇게 하시지요? 물건을 사기 전에 제가 미리 현금으로 300리라를 드리겠습니다. 그러면 손님께선 1천800리라가 아닌 1천500리라에 이 제품을 구입하시는 셈이 되지요."

현금을 받는다는 생각에 솔깃한 사람들이 가끔씩 물건을 구입하곤 했다. 그러나 일반 상점에다 물건을 파는 일은 그리 쉽지 않았다. 물건을 팔기 위해 상점을 들를 때마다 그는 '물건을 어떻게든 팔아봐야지.' 라고 생각하면서도, 주인에게 욕을 먹고 쫓겨나지나 않을까 늘상 두려워했다.

그러나 그를 발로 차 내쫓거나, 막말 하는 사람은 하나도 없었다. 비록 허름한 옷을 입었지만 잘생긴 데다 신사다운 행동거지를 갖춘 그를 함부로 대하기는 어려웠기 때문이다.

그가 앓아누운 것은 사흘 전, 키스텔레도에서였다. 허름한 여관에 누운 채 열이 펄펄 끓던 그가 겨우 기운을 회복했을 때 지갑 속에는 2천 리라밖에 남아 있지 않았다.

여관비는 2천 리라 하고도 조금 더 되었지만, 여관 주인은 그의 텅 빈 지갑을 확인하고는 혀를 차며 가진 돈만 내라고 하였다.

그는 자신의 행운을 기뻐하며 길을 나섰다. 하지만 카스텔레토에서 출발한 지 얼마 되지 않아 오토바이의 연료통이 텅 빈 것을 알았을 때, 더 이상 기뻐할 수만은 없었다.

이런 사연으로 인해 지금 그는 썩은 물이 고인 도랑 옆 그늘 아래 앉아, 어떻게 해야 기름통을 채우고 집으로 돌아갈지 고민하고 있는 것이다. 그러나 아무리 궁리해 봐도 돈 한 푼 없이 집으로 돌아갈 방법은 생각나지 않았다.

뭘 좀 팔아볼까도 했다. 그러나 구두약도 비누도 더 이상 남은 것이 없었다. 게다가 오토바이는 그의 것이 아니었다. 빌린 것을 팔면 감옥행이니, 썩 좋은 방법이라고는 볼 수 없었다.

그는 전쟁터와 포로수용소 시절을 떠올렸다. 차라리 그 시절이 좋았다. 그때는 희망이라도 있었으니까.

도랑을 바라보던 그의 눈이 잠시 빛났다. 저 너머로 뽀 강이 보였다. 강은 넓고 깊었다. 강물이 그가 뛰어들기를 기다리고 있는 것만 같았다. 해결책을 찾아낸 것 같아 차라리 기쁜 마음이 들었다.

'뽀 강물이라….'

벌떡 일어서자 머리가 핑 돌았다. 갑자기 갈고리로 쥐어뜯듯 위가 쓰리기 시작했다. 배고픔이었다. 절망적인 상황에서도 배고픔이 느껴지다니…. 그렇다. 배고픔이 그를 좀 더 살라고 붙잡은 것이다.

'이렇게 간절히 음식을 먹고 싶었던 때는 없었어. 죽을 때 죽더라도 음식과 포도주나 양껏 먹어보고 죽자.'

그는 마을로 발걸음을 되돌렸다. 눈앞에 '프라스카' 라는 이름의 멋진 음식점이 나타났다.

'먹고 마시는 거야 좋지만, 돈은 어쩌지?'

갑자기 픽 웃음이 터져 나왔다. 죽으려고 결심한 사람이 밥값을 걱정하다니 어이가 없는 노릇이었다.

그는 생각을 고쳐먹었다. 이것은 지금까지 그가 경험하지 못했던 모험이었다.

'물에 빠져 죽기 전에 이런 멋진 장난이 떠오르다니!'

한껏 기분이 유쾌해진 그는 음식점 안으로 당당하게 들어섰다. 그 자신도 이 사기 행각이 어떻게 끝날지 궁금해 미칠 지경이었다.

그는 자리에 앉아 주인에게 확신에 찬 목소리로 물었다.

"메뉴는 어떤 게 있소?"

식당 주인은 루치오라고 했는데, 그 역시 운이 지지리도 없는 사람이었다. 그는 지금까지 살아오면서 단 한 번도 웃어본 적이 없었다. 웃을 일이 생기지도 않았지만, 그랬다 하더라도 턱 근육이 워낙 단단하게 뭉쳐 있어서 잘 웃지도 못했다.

루치오가 음울한 목소리로 메뉴를 설명했다.

"돼지고기 수프, 살라미 그리고 양파 튀김이 있소."

"모두 다 주시오. 그리고 포도주도."

음식이 나오자 남자는 게 눈 감추듯 접시를 비워나갔다. 수프를 단숨에 후루룩 마셔버리고, 튀김과 살라미를 헐레벌떡 집어삼켰다. 뜨거운 음식을 급히 먹어 속에서 불이 나는지, 포도주를 마치 음료수처럼 벌컥벌컥 들이켰다. 취기가 오른 그는 어질어질한 기운을 느끼며 설핏 잠이 들었다.

*

"괜찮소?"

루치오의 냉랭한 목소리가 그를 깨웠다. 더 이상 어지럽지는 않았지만 입안이 바짝 말랐다.

그가 물 반병을 들이켜고 나서 물었다.

"몇 시나 됐소?"

"7시요."

잠에서 깨자마자 걱정이 다시 밀려왔다. 오토바이 수리비도 문제지만, 당장은 밥값이 더 큰 걱정이었다. 배짱 좋게 음식을 먹으러 들어왔을 때와는 달리, 루치오의 어두운 표정과 큰 손을 보자 왠지 기가 죽었던 것이다. 그는 뽀 강을, 그를 기다리고 있을 강물을 떠올리며 마음을 추슬렀다.

그런 뒤에 독한 포도주 한잔을 더 청해 마시고는 호기롭게 말했다.

"계산서 주시오."

루치오는 펜을 집어 들고 테이블 위에다 뭔가를 긁적거리기 시작했다. 몽둥이처럼 굵직한 손가락을 보며 남자는 생각했다.

'이 판국에 뭐가 중요한가? 뽀 강에 몸을 던지면 모두 끝날 텐데….'

"610리라요."

계산을 끝낸 루치오가 고개를 들며 말하자, 남자는 잠시 머뭇거리다 대답했다.

"유감이오."

루치오는 영문을 알 수 없었다.

"계산이 틀렸단 말이오? 그럼 직접 확인해보시구려."

"계산이 틀렸다는 게 아니라, 내가 돈이 없다는 말이오."

루치오는 천천히 테이블로 다가왔다. 그는 커다란 주먹을 냅킨 위에 올려놓더니 으르렁대기 시작했다.

"돈이 없다고?"

"없소."

"한 푼도?"

"한 푼도 없소."

루치오는 하도 어이가 없어 실눈을 뜨며 외쳤다.

"땡전 한 푼 없이, 그 많은 음식을 다 먹어 치웠단 말이야?"

남자는 어쩌겠느냐는 듯이 양팔을 벌렸다.

"지금껏 이런 식으로 내게 시비를 건 놈은 하나도 없었어."

루치오가 테이블을 걷어차며 소리쳤다. 그래도 남자는 눈 하나 까딱 않고 앉아있었다. 열이 오른 루치오는 남자의 멱살을 잡고 일으켜 세웠다.

한 대 치려는 찰나에 누군가 끼어들었다.

"루치오! 겨우 600리라 때문에 문젯거리를 만들지 말게."

루치오는 주먹을 펴고 돌아서며 말했다.

"내가 싸움꾼이 아니란 걸 당신도 알잖소. 돈 한 푼도 없이 음식을 시켜먹은 놈이 잘못한 거지!"

남자가 말했다.

"첫 번째로 마주친 식당이었을 뿐이오."

"그렇다면 왜 배가 고픈데 돈이 없다고 솔직하게 말하지 않은 거야? 나도 그렇게 야박한 사람은 아니란 말이야."

"여태껏 먹을 걸 구걸해본 적은 없었소. 게다가 포도주를 마시고 싶었소, 그것도 실컷."

"구질구질한 이야기는 집어치워! 밥값 대신 뭐라도 내놓지 않으면 한 발자국도 못 나갈 줄 알아!"

식당 구석에서 카드 게임을 하던 서너 명의 남자들은 흥미진진한 구경거리가 생겼다는 듯이 그들을 유심히 지켜보았다. 화가 치민 식당 주인이 한바탕 벌이려고 들자, 남자는 담담함을 넘어 지금 상황에 대해 사악한 즐거움마저 느꼈다. 그는 마치 다른 사람에게 벌어지는 일을 구경하는 것처럼 말했다.

"값이 나갈 만한 건 하나도 없소. 원한다면 이 재킷이라도 벗어드리지.”

“넝마 조각은 필요 없어!”

“가방하고 만년필은 어떻소?”

“그걸 어디다 쓰라고?”

남자는 될 대로 되라는 듯 팔을 벌리며 말했다.

“밥값 대신 내줄 게 없으니….”

그의 시선이 벽을 향했다. 벽에는 데스데모나의 목을 조르는 오델로, 팔을 들고 노래 부르는 리골레토 등 오페라의 등장인물들을 주제로 삼은 볼품없는 그림들이 걸려 있었다. 순간 그는 포로수용소 시절의 기억을 떠올렸다. 〈오, 솔레미오!〉라는 노래를 불러 독일군 장교에게서 군화 한 켤레를 얻어 신은 적이 있었던 것이다.

“이보시오, 괜찮다면 노래를 한 곡 불러드리겠소.”

활활 타오르는 장작에 기름을 끼얹은 격이었다. 그러나 이미 뱉은 말을 돌이킬 수 없는 법이다. 루치오가 다시 주먹을 움켜쥐며 외쳤다.

“노래 한 곡으로 밥값을 대신하겠다?”

“그렇소. 포로시절에 독일군한테 내 노래를 들려주고 군화 한 켤레, 빵 자르는 칼에다 담배까지 받은 적이 있소.”

루치오는 잠시 고민하다가, 뒤로 물러서더니 식당 구석에 있는 의자에 앉았다.

“빌어먹을, 노래 한 곡에 600리라라니…. 할 수 없지. 까짓

거, 일단 한 번 들어나 보자…."

그는 두어 번 고개를 주억거렸다. 목청을 가다듬으며 식당 안을 둘러보다가, 벽에 걸린 그림 속의 한 인물과 눈길이 마주쳤다. 그는 그 인물을 뚫어지라 바라보았다. 그림 속의 눈은 마치 다이아몬드처럼 반짝였다.

그는 온정신을 집중하며 마음의 준비가 끝나기를 기다리고 있었다. 순간, 그림 속의 눈동자에서 빛이 났다. 아니, 그런 것 같다고 그는 생각했다. 남자는 베르디의 저 유명한 아리아, 〈여자의 마음〉을 부르기 시작했다.

노래를 부르는 동안, 그는 그 빛나는 눈동자에서 시선을 떼지 않았다. 입에서 나오는 목소리는 그의 것처럼 느껴지지 않았고, 호흡은 폐가 아니라 심장에서 뿜어져 나오는 듯했다.

포도주 때문일까? 너무 독했던 걸까? 아니면 그 깊고 푸른 강물 때문이었을까?

아름다운 노래는 길게 이어지다가, 그의 마음속에서 빛나던 두 보석의 광채가 스러짐과 함께 끝났다.

루치오는 탁자에 팔꿈치를 괴고 털이 숭숭한 큰 손을 꼭 움켜잡고 숨도 쉬지 못하며 앉아 있었다. 구석에 무리를 짓고 있던 서너 명의 사람들도 루치오와 약속이라도 한 듯 똑같은 자세를 취하고 있었다.

남자는 조용히 몸을 일으켜 문가로 다가갔다. 강으로 가기 위해서였다. 그가 옆을 지날 때 루치오는 고개를 절레절레 흔들더니, 벌떡 일어나 돈 통을 열고 390리라를 꺼내 내밀었다.

"손님, 거스름돈이오."

남자는 예상치 못한 루치오의 행동에 깜짝 놀랐다. 그러나 그 역시 자신의 노래로 인한 감동의 물결에 휩싸여 있었기 때문에, 미소를 지으며 대답했다.

"거스름돈은 팁으로 넣어두시오."

"감사합니다, 손님."

루치오의 눈이 기쁨으로 반짝였다. 평생 그렇게 많은 팁을 받아본 것은 처음이었다.

밖에는 들판을 불태울 듯 내리쬐던 태양이 어느새 수그러들고, 자연의 섭리에 따라 멋진 석양이 하늘을 물들이고 있었다.

남자는 강가로 다가갔다. 웬일인지 강이 그를 밀쳐내는 느낌이 들었다. 강물은 아까나 지금이나 똑같았지만, 그의 마음속에 있는 무언가가 달라진 것이다.

"여기 다 됐소."

남자가 몸을 돌렸다.

빼뽀네가 그의 뒤에 오토바이의 핸들을 잡고 서 있었다.

남자는 무어라고 말하려 했으나, 빼뽀네는 말할 틈을 주지 않았다.

"모두 고쳤소. 바퀴도 손봤고, 기름도 채워 넣었소."

남자는 당황스럽다는 듯 팔을 펼쳐보였다. 빼뽀네는 고개를 저으며 말했다.

"염려 마시오. 셈은 끝났소. 나도 그 노래를 들었으니까."

그들은 국도로 연결되는 내리막길을 향해 걸음을 옮겼다.

"내가 어떻게 노래를 하던가요?"

"잘 모르겠소. 대체 사람 목소리 같지 않습디다. 믿기지 않을 정도로 훌륭했소. 하지만 이상하게도 노래를 어떻게 불렀는지는 기억이 나지 않소."

"포도주에 잔뜩 취해 있었는데…."

"취중에 부른 노래라니, 말도 안 되오! 취객들이 부르는 노래가 어떤지는 나도 잘 알고 있단 말이오."

남자는 잠시 흘러가는 흰 구름을 바라보더니 고개를 숙였다. 앞바퀴 쪽에 커다란 땜질 자국이 남아 있었다.

"그걸 다시 페인트칠할 시간 여유는 없었소. 양쪽 다 금이 가서 갈라졌기에 용접해서 붙였소. 그 상태로 500미터만 더 갔어도 큰일 날 뻔했소이다. 기름이 딱 맞게 떨어진 게 천만다행이었소."

남자는 크게 다칠 수도 있었다는 생각에 순간 아찔했다. 얼굴이 창백해지고 두 손이 다 떨릴 지경이었다.

"그럴 리가…!"

"그럴 수도 있소. 정말 믿기 어려운 일투성이요, 오늘은."

뻬뽀네가 잠시 침묵하다가 결론짓듯 말했다.

"이보시오, 정치 따위는 제쳐 두고 한마디 하겠소. 이래서 사람들이 하느님은 늘 전지전능하시다고 말하는 게 아니겠소."

오토바이에 올라탄 남자가 내리막길을 따라 미끄러지듯 달려가며 시동을 걸자, 엔진에서 경쾌한 소리가 났다. 그 엔진 소리는 마치 아름다운 교향곡처럼 대기 중에 울려 퍼지다 천천히 사라졌다.

무제

오랜만에 내리는 비였다. 농부들은 모두 즐거워했다. 신부인 돈 까밀로도 즐거워해야 할 일이었다. 하지만 그는 즐겁지가 않았다. 뭔가 딱 꼬집어 말하기 힘든 불쾌함이 그의 몸에 눅눅히 배어 오고 있었다. 그는 우산을 접어 현관에 던져 놓고 축축이 젖은 옷차림으로 제단 앞을 슬그머니 지나가려고 했다. 그러나 뭔가 불쾌해하는 돈 까밀로의 표정을 예수님이 모르실 리 없었다.

"돈 까밀로, 무슨 일이라도 있느냐?"

"아뇨, 없습니다."

"그럼 왜 오만상을 쓰고 있느냐?"

"아, 제가 그랬던가요. 저는 늘 주님을 공경하고 명랑하고 엄숙한 얼굴로 미사에 임하고, 신자들에겐 즐겁고 믿음 굳게 대하려고 노력하고 있습니다. 하지만 가끔 그렇지 못할 때도 있긴 합니다. 예수님도 가끔 실수를 하시는데…."

"돈 까밀로, 무슨 횡설수설을 하느냐. 너는 내 질문에 대답하지 않았느니라. 그래 뭐 특별한 사람을 만났느냐?"

"뭐, 특별한 건 없지만, 제로니모를 만났을 뿐입니다."

"오, 그 착한 농부 말이냐?"

"착한 농부라니요? 그는 사탄입니다."

돈 까밀로는 눈을 부릅뜨고 큰소리로 반박했다.

"돈 까밀로, 네가 나에게 눈을 부릅떴느냐?"

"아닙니다, 예수님. 제가 감히 그럴 리 있겠습니까? 저는 저 불경한 제로니모를 생각하고…."

"제로니모가 너한테 특별히 나쁜 일을 한 건 없지 않느냐?"

"나쁜 일을 하지 않다니요? 그자는 하느님을 우습게 알고 예수님을 욕하고 교회를…."

"돈 까밀로, 말을 똑바로 해라, 제로니모가 교회에 오진 않았지만 나를 욕하는 소리는 듣지 못했느니라. 없는 말을 지어내면 무슨 죄가 되는지 아느냐?"

"예, 압니다. 유언비어 죄죠."

"그래, 그가 뭐라고 하던?"

"아닙니다. 한마디도 하지 않았습니다."

"그럼, 뭐 기분 상할 것도 없겠구나?"

"그렇지 않습니다. 오늘은 제로니모가 굉장히 기분이 좋아 싱글벙글 하고 있었습니다."

"그가 싱글벙글 해서 네가 기분이 나쁘다 이거냐?"

"예, 그는 하느님을 모독하는 자이므로 행복하면 안 됩니다."

돈 까밀로는 평소와는 매우 달랐다. 이성을 잃고 흥분된 어조로 말하고 있었다. 예수님은 그를 측은한 듯이 바라보았다.

"돈 까밀로, 내 아들아! 갑자기 사탄의 유혹에라도 빠진 것 같구나. 그래 남의 행복을 저주하는 신부가 이 세상에 있다는 말을 나는 듣지 못했구나."

돈 까밀로는 예수님의 말에 화가 난 듯 대들었다.

"예수님, 저는 교회를 위해 평생을 살아 왔습니다. 그런 저를 사탄의 주구로 모는 것은 정말 곤란합니다. 생각해 보십시오. 제로니모가 저에게 얼마나 큰 잘못을 했는지를요. 공식석상에서 늘 교회를 우습게 알고, 자기 딸마저 성당에 못 오게 폭력을 휘두르고, 저를 길에서 만나기만 하면 뭐 더러운 거라도 본 듯 고개를 확 돌리고…. 오늘만 해도 그렇습니다. 혼자 싱글벙글 하면서 걸어가다가 저를 보더니 껄껄 웃으며 경멸하는 눈초리를 던져 왔습니다. 비가 와서 땅이 질척거리지만 않았다면…."

"날쌔게 달려가 한 방 갈겼을 거다 이거냐?"

"그야 그렇진 않습니다." "네 속을 내가 다 안다."

"그럼 제로니모 속도 아시겠군요."

"돈 까밀로, 갈수록 태산이구나."

예수님이 엄한 소리로 꾸짖었다.

"감히 나를 시험하려 들다니."

"죄송합니다. 엉겁결에 그렇게 여쭈었을 뿐입니다. 다만…."

"다만, 제로니모가 즐거워하는 이유를 알고 싶다 이거지?"

"예."

"갑자기 생기를 얻은 돈 까밀로가 양팔을 벌리며 대답했다.

"그거야 간단하지 않겠니? 네가 직접 가서 물어 보면 어떨까? 관계 개선도 할 겸. 너, 제로니모와 대화를 한 지가 얼마나 됐지?"

이 말에 돈 까밀로는 황당하다는 표정을 지었다. 그건 정말 오래된 옛날의 일이었기 때문이다.

"약…."

"약으로 말고 정확히 말해…."

"예, 정확히 15년 됐습니다."

"음, 그렇게 오랫동안 대화를 갖지 않고 어떻게 신자로 만들 수 있지? 정치 활동만 하고 선교 활동은 아예 집어치웠는가 보구나?"

"예수님, 그 영감은 정말 말이 통하지 않는 사람입니다. 어느 누구도 공식적인 일 말고는 그와 대화를 한 적이 없답니다. 말을 걸면 노려볼 뿐 대답을 하지 않습니다. 웃지도 않고 화내지도 않고 그야말로 무표정이죠. 정말 먹통인 영감탱이입니다. 그런 그가…."

"그래, 그런 그가 신나서 싱글벙글 웃었다 이거냐? 그러니 한번 말을 걸어 볼 만하지 않겠느냐? 선교할 좋은 기회가 아니겠니?"

*

돈 까밀로는 생각보다 쉽게 제로니모를 만날 수 있었다. 그를 만나러 갈까 말까 망설이며 길을 걷고 있는데, 공교롭게도 제로니모가 잡화점에서 나오고 있었다. 근래 10년 동안 한 번도 보지 못한 밝은 미소를 지으면서 말이다.

돈 까밀로는 한길 가에서 제로니모가 정면으로 오는 걸 지켜보았다. 그는 거대한 까마귀(돈 까밀로)가 서 있는 걸 보자 퉁명스레 한마디 던졌다.

"어서 길 좀 비켜주시오!"

제로니모가 말을 걸었다는 것은 그 자체가 정말 대단한 사건이었다. 돈 까밀로의 가슴이 쿵쾅 쿵쾅 울렸다. 저 골치 아픈 공산당 읍장 뻬뽀네와 맞붙을 때보다도 더 위험한 순간이었다. 돈 까밀로는 심호흡을 하면서 천천히 말을 걸었다.

"제로니모 씨, 뭐 즐거운 일이라도 있습니까?" "즐거운 일? 암, 있다 뿐이겠소."

제로니모는 거드름을 피우면서 말했다.

"하지만 거짓말쟁이 신부와는 상대하고 싶지 않소이다."

돈 까밀로는 화가 났지만 꾹 참고 다시 물었다.

"무슨 즐거운 일인지 알고 싶군요?"

"내가 즐거우면 안 된다고 성경에 씌어 있습디까?" "천만에요. 그럴 리 있겠습니까."

돈 까밀로는 엉겁결에 양손까지 흔들며 급하게 대답했다.

"그럼, 이만 가겠소이다."

제로니모는 돈 까밀로의 어깨를 부딪치며 지나가 버렸다. 그 바람에 뚱뚱한 돈 까밀로는 휘청거리며 진흙탕으로 넘어질 뻔했다. 그때 누군가가 돈 까밀로를 받쳐 주었다. 뒤를 돌아보자 그것은 불행하게도 빼뽀네였다.

"어, 고맙네. 읍장 동무."

"천만에요, 신부님!"

돈 까밀로는 옷매무새를 추슬렀다. 그러고는 저 멀리 쿵쾅거리며 걸어가는 조바니 제로니모를 쳐다보면서 입맛을 쩝쩝 다셨다.

"신부님, 입맛이 씁니까?"

"입맛이 쓰다니? 그럴 리 있나."

"그렇지 않다고요? 내 보기에 신부님은 교회를 안 다니는 제로니모가 즐거워하는 게 영 못마땅한 것 같은데요."

"무슨 말을 그렇게 하나? 내가 보기에는 오히려 읍장 동무가 그런 표정인데 그래."

"흥, 엉뚱하게 둘러대지 마시오."

빼뽀네는 아무렇지도 않은 듯 뒷짐을 지고 점잖이 걷고 있었으나, 뭔가 초조함을 감추지 못하고 있었다. 성당 가까이 오자 뻬뽀네가 은근하게 말을 걸었다.

"신부님, 제로니모가 왜 싱글벙글 하는지 알고 싶지요?"

"알고 있다는 말인가?"

"그럼요, 이 마을에서 일어나는 일 중에 내가 모르는 일은 없답니다."

"하기야 자넨 독재자처럼 수많은 정보원을 거느리고 있으니 모를 리 없겠지, 안 그런가?"

돈 까밀로는 저도 모르게 뻬뽀네를 비꼬아 버렸다. 하지만 순간 제로니모의 비밀을 알고 싶은 욕망 때문에 마지막 '안 그런가'는 그렇게 상냥할 수가 없었다.

뻬뽀네도 이번에는 성질을 꾹 눌러 참았다.

"제로니모의 무남독녀인 마리안느가 곧 결혼을 한답니다. 베드로의 아들 레오하고요."

"으흠, 그래서 읍장 동무의 얼굴이 오만상이었군그래?"

"그런 억지소린 하지 마시오."

뻬뽀네는 태연스레 이야기했지만 꼭 그런 것만은 아닌 것 같았다. 왜냐하면 제로니모는 교회에 안 다니는 사람들한테는 강력한 영향력을 갖고 있었고, 베드로는 독실한 신자인 것이다. 이번 같은 사태에 누가 좋으냐 할 것 같으면 그야 물론 공산당 두목인 뻬뽀네보다는 기독교민주당 고문격인 돈 까밀로 쪽인 것이다.

돈 까밀로는 저절로 흥이 나서 한마디 했다.

"별 것도 아닌 거구먼그래. 읍장 동무, 안 그렇소?"

"뭐든지 알고 보면 별거 아니랍니다. 그러나 만사가 신부님 뜻대로 되진 않을 겁니다."

뻬뽀네는 마지막 말에 힘을 주어 말하고는 횡하니 가 버렸다.

예수님한테의 보고는 정말 유쾌한 것이었다.

"그래, 돈 까밀로. 부인을 잃고 15년 동안 혼자 기른 딸이 남자와 사랑을 해서 곧 결혼한다 이거지."

"예."

"안됐구나, 돈 까밀로. 너는 그 기쁨이 얼마나 큰지 모를 테니 말이다."

"무슨 말씀이십니까? 제가 결혼은 안 했어도 그들의 기쁨과 슬픔이 무엇인가는 잘 알고 있습니다. 그렇지 않다면 어떻게 이 막중한 신부 노릇을 하겠습니까."

돈 까밀로가 항의하자 예수님은 빙그레 웃으며 말씀하셨다.

"알았다. 내가 말을 심하게 했나 보구나. 나도 결혼은 안 했으니 그 점은 너무 섭섭하게 생각하지 말거라."

예수님은 돈 까밀로가 만족해하는 모습을 보자 흔쾌히 말을 계속하셨다.

"아무튼 참 기쁜 일이구나. 목석같은 제로니모도 기뻐할 만한 일이야. 그리고 돈 까밀로 너도 오랜만에 마리안느에게 축복을 해줄 수 있게 됐구나. 15년 전 세례도 네가 주었으니 말이다."

"암요."

"하지만 모든 일이 네 뜻대로 되는 것은 아니란다."

예수님의 이 말에 돈 까밀로는 뭔가 섬뜩함을 느꼈다. 조금 전 빼뽀네가 한 말과 똑같은 것이지만, 이번은 예수님의 말씀이 아닌가. 돈 까밀로는 십자가의 예수님을 물끄러미 바라보았다. 예수님은 이제 더 이상 말씀이 없었다.

*

소식은 2주일 뒤에 왔다.

자정을 넘은 한밤중이었다. 사제관 문을 두드리는 소리에 돈 까밀로는 눈을 떴다. 촛대에 불을 켜고 문을 열자, 비바람이 휙 하니 안으로 휘몰아쳐 들어왔다. 문밖에는 장대같이 꼿꼿한 그림자가 서 있었다.

"신부님, 들어가도 좋습니까?"

"당신은 누구요?"

"조바니 제로니모요."

"당신은 하느님을 믿지 않잖습니까? 여기 들어올 자격이 없는데요."

"예. 하지만 내 딸 마리안느는 들어갈 자격이 있지요."

"물론이오. 그렇지만 당신은 마리안느가 교회에 나오지 못하게 했잖소. 아무튼 딸을 데려왔으면 들여보내도 좋고 같이 들어와도 좋습니다."

제로니모는 한동안 말이 없었다. 비바람이 그의 등짝을 후려쳤다. 그는 꼿꼿이 서 있었다. 60이 넘은 노인이라고 여겨지지 않았다. 이윽고 장대 같은 제로니모는 뭔가 결심한 듯 다리를 움직여 사제관 안으로 들어왔다. 촛대에 비친 그의 얼굴은 잔뜩 일그러져 있었다. 그는 무겁게 입을 열었다.

"딸은 안 왔습니다. 마리안느는 죽어가고 있습니다. 신부님 부탁합니다. 내 딸을 살려 주십시오."

"아니, 그게 무슨 말씀입니까? 마리안느는 곧 레오와 결혼하잖습니까?"

"레오요? 그놈은 사기꾼입니다. 사탄입니다. 그놈은 마리안느를 유혹해 놓고 이번에는 버렸답니다. 아, 나쁜 놈. 천사같이 고운 내 딸은 상심한 끝에 지금 서서히 죽어가고 있어요."

"의사한테 보였습니까?"

"의사? 그런 놈들은 아무 짝에 쓸데없는 인간들입니다. 보였지만 속수무책이지요. 똥이나 먹을 놈들. 기껏 한다는 소리가 신부님을 찾아가 보라더군요."

제로니모는 예전의 제로니모가 아니었다. 꼿꼿한 자세, 그리고 오만한 눈초리와 굳게 다문 입술은 이제 자취도 없었다. 하기야 쉰 살에 얻은 외동딸이 죽어가고 있는 마당에 무슨 체면이 있을 수 있겠는가.

돈 까밀로는 서둘렀다. 제로니모의 저 형편없는 태도를 보아 마리안느가 보통 위험한 지경이 아님을 깨달았던 것이다.

과연 마리안느는 위독한 상태였다. 꺼져 들어가는 눈동자와 핏기 없는 얼굴엔 벌써 죽음의 그림자가 깃들고 있었다. 얼마 전만 해도 생생했을 소녀가 첫사랑에 실패했다고 해서 이런 지경이 됐다는 것은 산전수전을 다 겪은 돈 까밀로도 놀랄 일이었다.

"마리안느, 나를 알아보겠니?"

"네, 신부님. 신부님을 왜 모르겠어요. 그래요, 신부님이 오실 줄 알았어요. 신부님은 저를 데리러 오셨죠. 제가 성당에 나가지 않으니까. 저를 데리러 오셨죠?"

마리안느의 정신은 맑았다. 하지만 그녀는 이미 죽음을 맞이하고 있었다. 10여 년 동안 교회에 나오지 못한 죄책감이 사랑의 실패 속에 깊이 배어 있음을 볼 수 있었다.

"아니, 마리안느. 네가 교회에는 나오지 않았어도 하느님을 믿는 마음은 내가 잘 알고 있어. 어려서 유치원에 다닐 때, 네가 예수님을 얼마나 사랑했는지 내가 잘 알고 있잖아!"

"그렇지 않아요."

마리안느는 천장을 멍하니 쳐다보며 중얼거렸다.

"제가 성당에 나가지 않으니까 하느님이 노하신 거예요. 레오가 나를 버린 것도 모두 하느님이 시키신 일이지요."

"딸아, 내 딸 마르안느야! 내가 잘못했다. 이제 성당에 나가도 좋다."

옆에서 훌쩍거리던 제로니모가 갑자기 끼어들었다. 그의 눈빛은 어느 때보다도 번쩍이고 있었다. 다만 애원의 정이 듬뿍 담겨 있는 게 달랐다.

"돈 까밀로, 내 딸을 위해 기도해 주십시오. 레오보다 훨씬 더 멋진 청년과 결혼할 수 있도록 도와주십시오. 젖소를 팔아서라도 양초를 한 아름 봉헌하리다. 아니 큰 종을 바칠 수도 있습니다."

"영감님, 고정하십시오. 하느님은 그런 걸 받지 않고도 은혜를 베푸시는 분입니다. 제가 기도를 해 드리지요. 걱정하지 마십시오. 제가 기도하겠습니다."

돈 까밀로는 마리안느의 손을 잡고 기도를 했다. 이어 간곡히 타일렀다.

"마리안느, 사랑에 실패하면 누구나 상심해서 죽음을 생각한단다. 그러나 그것을 한 발 딛고 일어서면 더 큰 사랑이 있음을 알 수 있지. 마리안느는 그것을 알게 될 거야. 더 큰 사랑을 말이야. 하느님은 고통 받는 사람에게는 언제나 더 큰 축복을 내리시지 않니?"

마리안느는 조용히 고개를 끄덕였다. 작은 미소를 짓기도 했다. 그러더니 눈을 감고 잠에 빠져들었다. 제로니모는 그런 딸의 모습을 지켜보며 찔끔찔끔 눈물을 흘렸다. 지난날, 하느님을 괄시하던 무언의 왕지답지 않은 모습이었다. 순박한 늙은 아버지일 뿐이었다.

돈 까밀로는 베드로의 집 문 앞에 서 있었다. 아직도 어둠은

걷히지 않고 있었고, 베드로는 한참 자고 있는 모양이었다. 그가 부스스한 눈으로 문을 열었다.

"신부님 이 한밤중에 웬일이십니까?"

"레오를 만나러 왔습니다."

"아들 말이요? 아, 제로니모의 딸 때문입니까? 어제는 그 무신론자가 와서 온통 난리를 치더니 오늘은 신부님 차례군요. 설마 신부님이 그 사람 편을 드는 것은 아니겠죠?"

"그렇지 않습니다. 레오는 어디 있습니까?"

"여기 있습니다. 신부님이 오실 줄 알았습니다."

레오는 자기 방문 앞에 서 있었다. 잠을 자지 않은 듯 평복 차림이었다. 돈 까밀로는 성큼성큼 걸어 레오의 방으로 들어갔다. 베드로와 뒤늦게 나와 두꺼비처럼 놀란 표정인 그의 부인이 따라 들어오려는 것을 문으로 쾅 닫아 막았다.

"신부님!"

"그래, 레오."

레오는 긴박한 초조 속에서 허우적거리고 있었다.

"네 잘못이라고 생각하지 않아. 그래, 마리안느를 사랑하지 않니?"

"사랑이요? 그럼 저는 뭐라고 말씀드려야죠. 신부님, 이웃을 사랑하라고 하셨죠? 그런 말씀을 늘 하셨죠? 저는 그런 마리안느를 좋아하고 잘 대해 줬던 것뿐이에요. 사랑은 다른 거지요."

"어째서."

"어째서라뇨. 저는 진작에 레나하고 교재하고 있었는걸요."

"오! 레나."

돈 까밀로는 저 깜찍한 소녀를 생각했다. 아버지 없이 엄마와 단둘이 사는 가겟집 소녀, 언제나 웃음을 잃지 않고 있는 청초한 소녀 말이다.

"저는 레나와 결혼하기로 벌써 약속했습니다. 마리안느 때문에 그녀를 버릴 수는 없어요."

"그렇구나, 하지만 마리안느는 죽어가고 있단 말이야."

"신부님, 그건 제 잘못이 아닙니다. 어떻게 해야죠. 알려 주세요. 순진하고 착한 마리안느가 죽는 건 저 역시 싫습니다. 어떻게 해야죠?"

다시 침묵이 흘렀다. 레오는 눈물을 흘리고 있었다. 돈 까밀로는 목상처럼 앉아 있었다. 레오가 하소연하듯 돈 까밀로의 옷자락을 잡았다.

"신부님, 저는 마리안느와 결혼할 수도 있습니다. 하지만 그렇게 하면 이번엔 레나가 죽을 겁니다."

돈 까밀로는 생각했다.

'뽀 강 근처에 사는 사람들은 죄다 그래, 참 묘한 사람들이지. 지독히도 오래 살고, 죽는 걸 하찮게 여기기도 하고, 참 이상한 사람들이란 말이야.'

오랜 기도 속에 잠겼던 돈 까밀로가 떼기 싫은 입을 천천히 열었다.

"레오, 그저 한번 가서 마리안느한테 사랑한다고 해 줄 수는 없을까?"

레오는 처음 어리둥절했다. 그러나 곧 그 뜻을 알아챘다.

"그 무슨 말씀이세요, 신부님! 저한테 거짓말을 하란 말씀이신가요."

"거짓말이 아니야."

"아닙니다. 거짓말입니다. 전 거짓말을 못해요. 죽으면 죽었지."

'그 말도 옳아.'

돈 까밀로는 생각했다.

'참 나는 아무런 능력도 없는 한심한 신부로구나. 나이 먹을수록 더 그렇군. 거짓말을 사주하다니.'

돈 까밀로는 일어났다.

"잘 있게, 레오. 내가 잘못 생각했네."

방문 앞에는 눈이 화등잔만한 베드로 부부가 서 있었다. 뭔가 입을 열어 말을 하려는 눈치였으나 돈 까밀로는 엄숙한 표정으로 그 기회를 낚아 버렸다. 그리고 그들 옆을 스쳐서 집 밖으로 나왔다.

비가 내리고 있었다. 비를 맞았다. 비에 젖어 뚱뚱한 돈 까밀로는 뒤뚱거리면서 걸었다. 비는 점점 거세어졌다.

사제관의 시계는 4시를 가리키고 있었다. 돈 까밀로는 옷을 갈아입을 생각도 않은 채 의자에 앉아 있었다. 옷에서 빗물이 떨어져 발밑에 흥건히 괴었다. 어둠이 걷히고 밖이 환해지기 시작했다. 벽시계가 땡땡 5시를 쳤다.

그때 사제관 문이 살그머니 열렸다. 비에 흠뻑 젖은 레오였다. 그는 돈 까밀로 앞에 오더니 나지막하게 말했다.

"신부님, 제가 잘못 생각했습니다. 마리안느한테 가서 사랑한다고 말을 하겠습니다."

돈 까밀로는 물끄러미 레오를 쳐다봤다. 그는 무릎을 꿇고 돈 까밀로의 옷자락을 잡고 부르짖었다.

"거짓말이면 어떻습니까. 마리안느가 살기만 한다면 말입니다. 그건 하느님도 벌하지 않으실 거예요. 이번 주 고해소에서 용서를 빌겠습니다."

돈 까밀로는 미소를 지었다. 레오도 웃었다. 눈물과 빗물이 뒤섞인 얼굴이었다.

*

마리안느는 이틀 뒤에 죽었다. 레오의 거짓 사랑 고백도 소용이 없었다. 그녀는 진짜 미소를 띠며 이렇게 말했다.

"레오, 당신을 미워하지 않아요. 나는 당신이 거짓말하고 있는 것도 알아요. 당신이 레나를 버리면 그 애도 나처럼 죽게 되어요. 내가 죽는 것은 당신 책임이 아니에요."

마을 사람들 모두 그녀의 죽음을 슬퍼했다. 베드로 가족만 빼고 모든 마을 사람들이 장례식에 참석했다. 장마철이어서 그랬는지 마리안느의 죽음이 서글퍼서 그랬는지 장례식 날에도 장대 같은 비가 내렸다. 장례식은 빗속에서 거행됐다.

비를 맞으면 생기가 돌으련만, 이날만은 그러하지 못했다. 장례식에서 돌아온 돈 까밀로는 흠뻑 젖은 몸 그대로 의자에 파묻었다. 십자가의 예수님도 말을 거시지 않았다. 그날 하루 종일 비가 내렸다. 그렇게 비만 내렸다.

뽀 강의 찬가

후작은 마을에서도 유명한 음악 애호가로, 어려서부터 음악에 미쳐 있었다. 그는 채 서른도 되지 않은 나이에 아무리 써도 바닥나지 않을 충분한 재산과 커다란 저택을 선친으로부터 물려받은 덕분에, 영지를 관리하며 즐거운 인생을 살게 되었다.

비록 영지 관리를 핑계 삼아 도시에서 하던 공부를 집어치우고 마을로 돌아왔지만, 후작은 클라리넷과 음악에 대한 열정을 조금도 잃지 않았다. 그는 일주일에 두세 번씩, 도시의 저명한 음악가를 불러다 엄청난 돈을 지불해 가며 음악 교습을 받았다. 그것은 후작이 누리는 가장 큰 호사였다.

후작을 가르치기 시작한 지 7년째 되던 어느 날, 음악가가 한숨을 쉬며 말했다.

"저로서는 더 이상 후작님께 가르쳐 드릴 것이 없습니다. 이제부터는 저보다 나은 선생님에게서 배우시기 바랍니다."

"시골에서 농사나 관리하며 사는 사람이 무슨…. 이걸로 충분합니다."

후작은 겸손하게 대답했다.

그러나 후작은 얼마 지나지 않아, 혼자 클라리넷을 연주해서는 음악의 진정한 즐거움을 누릴 수가 없다는 것을 깨달았다. 클라리넷은 멋진 악기이고, 특별한 장점을 가진 훌륭한 악기였지만 피아노가 가진 음역에 비하면 단조롭기 짝이 없는 악기였던 것이다.

후작은 오랫동안 고민한 결과, 클라리넷을 잊는 게 가장 낫겠다는 결론을 내렸다. 그가 다시 클라리넷에 매달리게 된 것은 결혼하고 1년쯤 되면서부터였다. 신혼의 즐거움이란 잠시 동안 머물다 가는 나그네와 같은 법. 어느새 귀찮아져 버린 아내를 떼어놓기 위해 그는더욱 클라리넷에 몰두하게 되었다. 그러나 이제 그것도 시들해졌다. 혹을 떼려다가 혹 붙였다는 표현은 이럴 때 쓰는 말이다.

후작이 마을 악단을 만들겠다고 결심한 것은 이러한 고민과 음악에 대한 애정이 한데 뒤섞인 결과였다. 어쩌면 당시 서른을 갓 넘었을 뿐인 그의 젊은 치기가 악단이라는 새로운 모험에 망설이지 않고 뛰어들게 했던 것인지도 모른다.

후작은 어려서부터 하고 싶은 것은 꼭 해야만 직성이 풀렸다. 그는 자신의 일꾼들에게 음악을 가르치기로 마음먹고 나자, 악기를 사들이고 선생을 초빙해 일꾼들을 훈련시켰다. 후작의 일꾼들은 금쪽같은 휴식시간을 희생해가며 음계 연습을 해야 했고, 음악 선생은 마치 흑인 노예처럼 쉴 틈도 없이 그들을 열심히 가르쳤다. 그렇게 3년쯤 지난 어느 날, 음악 선생은 후작에게 악단이 아주 뛰어나지는 않지만 사람들 앞에서 유쾌한 곡을 연주할 수 있을 정도가 되었다고 보고했다. 후작은 악단의 실력이 어느 정도나 되는지 궁금하다며 자신 앞에서 시연해보라고 지시했다. 연주가 끝난 뒤, 그는 자신의 의견을 밝혔다.

"이걸 연주라고 하나! 이래서는 사람들 앞에 나서봐야 망신거리밖에는 안 돼. 돼지우리 앞에서나 연주할 수준이라고. 선생, 당신은 당장 이 일을 집어치우고 고향으로 돌아가시오. 내가 발로 지휘하며 가르쳐도 이것보단 낫겠어. 자, 5번 협주곡을 다시! 이봐, 날 보라고!"

단원들은 3년에 걸친 자신들의 노력과 불쌍한 선생의 수고를 단 몇 마디의 말로 깎아내린 저 고약하고 건방진 후작을 발로 걷어차고 싶었다. 그러나 모두 이를 악물고 화를 삼키며, 악보를 따라 협주곡을 연주하기 시작했다.

협주곡 5번에는 클라리넷이 독주를 선보이는 대목이 있다. 흥분한 클라리넷 주자가 그 대목에서 실수를 범하자, 후작은 연습을 잠시 중단시켰다.

그는 당황한 클라리넷 주자에게 즉각 명령했다.

"자네는 내일부터 콘트라베이스를 연습하게."

그러고는 콘트라베이스 연주자를 향해 말했다.

"자네는 저 친구에게 콘트라베이스를 넘기고 계단 청소나 하게. 그리고 당장 마차 있는 데 가서 포장지에 싸인 클라리넷을 가져오게."

그는 클라리넷을 받아 들고 단원들에게 처음부터 다시 연주하라고 지시했다.

다들 후작이 클라리넷에 미쳐있다는 사실을 알고 있었다. 하지만 저택의 구석방에 틀어박혀 연습하는 후작의 실력을 직접 확인한 사람은 아무도 없었다. 단원들은 '어디 한 번 해보라지. 실수라도 하면 맘껏 비웃어줄 테니까' 하는 눈빛을 서로 주고받으며 다시 연주를 시작했다.

그 운명적인 클라리넷 독주의 순간이 오자, 후작은 도입부부터 악보를 따라 충실히 연주하더니 가장 어려운 부분을 독창적인 변주로 해석해 가며 깔끔하게 마무리 지었다. 그러고는 다시 합주 부분으로 돌아와 단원들에게 연주를 계속하라는 신호를 보냈다. 그러나 모두 그의 탁월한 연주 솜씨에 놀란 나머지, 입이 쩍 벌어진 채 가만히 제자리에 앉아 있었다.

잠시 뒤, 콘트라베이스 연주자는 이때껏 클라리넷을 연주하던 단원에게 콘트라베이스를 넘겨주고 청소도구를 찾아 나섰다. 악단에서 잘린 불쌍한 선생은 뒤도 돌아보지 않고 서둘러 저택을 떠났다. 그 날부터 후작은 혹독하게 단원들을 단련시켰다. 입에서 악기를 뗄 겨를도 없이 몇 달을 시달리고 나서야, 단원들은 대중 앞에 나가 연주해도 좋다는 허락을 받았다. 그러나 정작 후작 자신은 공연 당일이 되어도 모습을 드러내지 않았다. 자신의 악단이 사람들에게 손가락질을 당하지나 않을까 두려워했던 것이다. 다음, 그리고 그다음 연주회에도 마찬가지였다.

네 번째 연주회가 열리던 날, 후작은 마침내 굳은 결심을 하고 마을 광장으로 나섰다. 단원들은 모두 준비를 마치고, 그를 기다렸다.

광장에 도착한 후작은 클라리넷을 꺼내어 단원들에게 시작 신호를 보냈다. 애정 없는 결혼 생활에 지친 후작 부인이 도시를 향해 떠난 것은 그의 클라리넷 독주가 광장 전체에 울려 퍼지던 바로 그 순간이었다. 어쨌든, 그 날의 연주회는 성황리에 마무리되었고 후작의 음악 인생이 새롭게 꽃을 피우고 있음을 만방에 알렸다.

후작은 부인이 떠난 뒤, 홀가분한 기분으로 작곡가로서의 영감을 최대한으로 발휘해서 마을을 대표하는 교향곡을 작곡하기에 이르렀다. 〈뽀 강의 찬가〉라고 명명된 그 곡은, 시간의 흐름에 따라 변화하는 뽀 강의 모습을 담은 훌륭한 곡이었다.

〈뽀 강의 찬가〉는 마을 사람들의 열렬한 지지를 받았음은 물론, 마을 행사 때엔 빠짐없이 연주되는 애창곡이 되었다. 후작을 아무리 싫어하는 사람이라도 종달새의 지저귐을 연주하는 클라리넷을 듣고 나면 그를 칭찬하지 않고는 배길 수가 없었다. 그가 비록 대토지의 영주임에도, 양배추 네 개에 10리라를 내는 것이 아까워 벌벌 떠는 구두쇠였을지라도 말이다.

후작은 악단을 위해서라면 최선을 다했다. 악기가 낡아 못 쓰게 되면 기꺼이 새것을 구입해 주는 등 지원을 아끼지 않았다. 1915년에 전쟁으로 잠시 중단된 악단은 1920년에 다시 활동을 재개해 다음 전쟁이 발발할 때까지 계속했다.

후작은 악단이 연습하는 날마다 자동차를 타고 마을로 향했다. 운전기사가 차 문을 연 뒤 클라리넷을 들고 그의 뒤를 따르는 모습은 마을의 명물이나 다름없었다. 석양이 찾아올 때까지 말이다.

다시 전쟁이 일어나, 사람들이 전쟁터로 소집되자 악단의 모든 활동은 중단되었다. 시기가 시기이니만큼 군가를 제외한 음악은 어디서도 연주할 수 없었다.

전쟁이 끝난 1945년의 어느 날 아침, 남은 재산을 계산하고 있던 후작에게 소위 악단의 대표라고 주장하는 사람들이 찾아왔다. 두 명의 노인과 스물두셋가량의 청년이었다. 목에 붉은 스카프를 두르고 험상궂은 얼굴을 한 청년, 팔게토가 말했다.

"악단을 다시 결정하기로 했소. 당신이 가지고 있는 악기를 다 내놓으시오."

"자기 물건이라도 찾으러 온 말투로군."

늙은 후작은 침착하게 대응했다.

"자네가 악단의 일원이었는지 몰랐구먼."

팔게토가 빈정거렸다.

"모르는 게 당연하오. 난 죽어도 당신네 악단에 낄 수 없었으니까. 후작께서는 다른 클라리넷 연주자와 경쟁하는 걸 싫어하셨잖소."

후작의 눈매가 올라갔다.

"그래, 이제 기억이 나네. 오카리나를 연주하던 거만한 젊은이로군."

"흥! 내가 뭘 연주하든 무슨 상관이오? 우린 의논을 하러 예까지 온 게 아니오. 악기를 내놓으시오. 그럼 순순히 물러가겠소."

"저 악기들은 내가 돈을 내고 산 걸세만…."

후작은 그들의 행동을 제지할 생각이 별로 없었다.

"허허, 아무려면 어떤가. 필요하다면 가지고들 가게."

악기는 낡은 가구와 잡동사니들이 가득한 방안 여기저기에 흩어져 있었다. 팔게토 일행은 그것을 모아 한 아름씩 팔에 안고 밖에 세워 둔 트럭에 옮겨 실었다.

그들은 엄청난 양의 악보도 죄다 끄집어냈다.

"그 폐지들은 고물상에 팔아버리는 게 나을걸. 알아보기도

힘들 텐데."

후작이 중얼거렸다.

"우리가 알아서 할 거요."

팔게토는 악기와 악보 일체를 다 옮긴 뒤에 마지막으로 한 번 둘러보았다.

"아, 저것도 있었네."

그는 한쪽 구석에 다소곳이 놓인 검은색 클라리넷 케이스 곁으로 다가가며 말했다.

갑자기 후작이 그의 앞을 가로막으며 흥분한 목소리로 외쳤다.

"저건 자네랑 상관없어! 손대지 말게. 내 클라리넷이란 말일세."

팔게토는 받아칠 말을 찾지 못해, 잠자코 뒤로 물러섰다.

세 명이 트럭에 올라타자 후작은 저택의 문을 닫았다.

"어이, 이것 보쇼!"

팔게토가 고함쳤다.

"그 검은 물건 도둑맞지 않게 잘 지키쇼!"

악단이 제법 들어줄 만한 소리를 내기까지는 3개월이 걸렸다. 연주 준비가 완료되자마자, 지휘자 겸 단장인 팔게토가 단원들에게 말했다.

"다들 준비가 되었소? 오늘 저녁 후작의 집으로 세레나데를 한 곡 연주하러 갑시다."

저녁 11시경 악단은 저택 철문 앞에 내려, 〈붉은 깃발〉이라는 공산당 행진곡을 연주하기 시작했다. 단원들은 더 이상 숨을 쉴 수 없을 정도로 지칠 때까지 같은 곡을 반복해서 연주했다.

늙은 후작은 이 소동을 태연히 받아넘겼다. 한밤중에 창문을 열고 고개를 내밀어 멍청이들을 꾸짖어 봐야 아무 소용이 없다는 것을 알고 있었기 때문이다.

한바탕 분탕질을 하고 나서, 팔게토가 소리쳤다.

"이건 맛뵈기일 뿐이오. 진짜는 나중에 때가 되면 보여주지!"

후작이 다시 팔게토와 마주한 것은 그 후로 2년이 지난 농민 총파업 때였다. 파업의 여파로 들판 여기저기에 건초가 쌓이고 가축들은 축사를 벗어나 방치되자, 후작은 도시에서 일용직 노동자들을 불러왔다. 언제 파업하는 무리가 못된 장난을 칠지 모를 노릇이었기 때문에, 후작은 일용직 일꾼들을 보호하기 위해서 권총을 들고 들판으로 나갔다.

팔게토를 필두로 한 파업 주도 농민들이 들판에 나타났다. 비록 나이를 먹을 만큼 먹었지만, 후작은 서른 살 젊은이로 돌아간 듯 팔게토 일당 앞에 당당하게 버티고 섰다.

팔게토가 거만하게 말했다.

"일하고 있는 저놈들을 돌려보내시오. 안 그러면 큰코다칠 거요!"

"그렇게는 못하겠네."

노인이 팔게토를 향해 총구를 겨냥하며 침착하게 말했다.

"어서 사람들을 물려! 그렇지 않으면 자넬 쏠 테니까."

팔게토는 새하얗게 얼굴이 질렸다. 늙은 후작은 결코 만만한 상대가 아니었다. 다른 일행들에게 뒤로 물러서라는 신호를 보낸 팔게토는 총구를 노려보며 한참을 후작과 대치했다. 잠시 후 사이렌을 울리며 경찰차가 도착하자 후작은 그제야 팔게토를 풀어주었다.

"한심한 클라리넷 연주 실력만큼이나 어리석은 혁명가로군."

후작이 뒤돌아서는 팔게토에게 인사말처럼 말했다.

"내 집에서 멀찍이 떨어져라. 안 그러면 내 자네 버릇을 단단히 고쳐 줄 테니까."

공산당들이 호시탐탐 후작에게 복수할 기회를 노리고 있었기 때문에, 경찰은 그 이후로도 꽤 오랫동안 저택을 경비해야만 했다. 세상은 혼란의 도가니에 빠져 있었고, 후작에게는 힘든 날이 계속되었다. 그러나 후작은 끝까지 영지를 포기하지 않았다.

"누구나 때가 오면 죽는 법이지. 하지만 난 바로 여기, 내가 태어난 이곳에서 죽을 거야."

그가 클라리넷을 연주할 기력을 모두 잃었을 때도, 위대한 뽀 강이 들려주는 음악은 마음속에 남아 결코 사라지지 않았다.

몇 해가 지난 어느 날 후작이 숨을 거두었다는 소식이 마을에 전해지자, 팔게토는 이렇게 부르짖었다.

"이런! 언제 한 번 꼭 손봐주려고 벼르고 있었는데, 그런 식으로 도망쳐 버리다니!"

그는 잔뜩 독이 올라 후작이 살아 있을 때보다도 훨씬 더 후작을 증오하는 것처럼 굴었다.

이틀 후, 말끔하게 옷을 차려입은 신사 하나가 팔게토의 집으로 찾아왔다. 그는 밀랍으로 봉인된 상자를 팔게토에게 건넸다.

"후작님께서 돌아가시기 직전에 이 물건을 당신에게 전해주라고 지시하셨습니다."

팔게토는 봉인을 뜯어 후작이 무엇을 남겼는지 확인했다. 상자 안에는 후작의 그 유명한 클라리넷이 들어 있었다.

"모를 일이군."

팔게토가 중얼거렸다.

"납득이 안 가기는 저도 마찬가지입니다. 후작님께서는 '자네가 이 물건을 팔게토라는 이름의 젊은이에게 갖다 주게나'라고 하셨을 뿐, 다른 말씀은 일절 남기지 않으셨습니다. 너무 위독하셔서 물어볼 수도 없었죠."

팔게토는 클라리넷을 이리저리 움직여가며, 혹시 편지라도 들어있지 않은지 살펴보았다. 아무것도 들어 있지 않았다.

"증인들 앞에서 제가 직접 포장하고 밀랍으로 봉인한 겁니다."

신사가 말했다.

팔게토는 후작이 죽어가면서 저지른 영문 모를 행동에 황당한 기분마저 들었다. 그는 다락방으로 올라가 혼자서 후작이 전하고 싶었던 것이 무엇인지를 다시 한 번 생각해보았다.

후작은 그를 오카리나 주자라고 부르며 모욕하고, 그의 가슴에 총을 겨누기도 했다. 그 저주받을 늙은이는 틀림없이 그를 증오했던 것이다. 그런데 죽기 직전에 그를 떠올리고 유산으로 클라리넷을 남겨주다니, 도대체 무슨 뜻인 걸까?

'늙은 후작은 날 보고 대체 어쩌란 거지?'

팔게토는 꼬리에 꼬리를 물고 이어지는 의문을 떨쳐내기라도 하려는 듯 고개를 흔들더니, 보석처럼 선명하게 반짝거리는 클라리넷을 바라보았다. 진정한 음악가나 소장할 자격이 있는 멋진 악기가 분명했다. 팔게토는 클라리넷을 불어보고 싶다는 유혹을 참을 수 없었다. 그는 클라리넷에 입을 대고 차분히 연주하기 시작했다. 그 소리는 팔게토에게 소름이 돋게 할 정도로 명징하고 아름다웠다. 그는 〈뽀 강의 찬가〉 악보를 놓고 클라리넷을 불어보았다. 아름다운 색과 맑은 영혼의 음률이 그곳에, 그의 가슴에 머물기 시작했다. 붉은 깃발의 도전적인 공산당 행진곡을 연주할 때와는 전혀 다른 감동이 그의 심장과 영혼을 뒤흔들었다. 그는 왜 후작이 자기에게 클라리넷을 남겼는지 비로소 그 이유를 알 수 있었다.

저택에서 마을까지 이어진 길은 뽀 강을 따라 길게 나 있다. 후작은 강을 벗 삼아, 자신의 마지막 여행을 나섰다.

돈 까밀로는 성가를 부르며 운구 행렬을 이끌고 있었다. 강가에 막 들어서자 저 멀리 뭔가 반짝반짝 빛나는 것이 눈에 들어왔다. 후작이 지나가기를 기다리고 있던 악단이었다. 팔게토는 운구 행렬이 지날 수 있도록 잠시 길에서 비켜섰다.

돈 까밀로는 악단이 서 있는 곳을 지나친 뒤, 행렬을 멈추고 악단의 연주를 기다렸다. 드디어 〈뽀 강의 찬가〉가 울려 퍼지기 시작했다.

쏟아지는 햇빛이 가득한, 어느 한적한 정오를 연상시키는 도입부에서부터 시작된 연주는 꿈 같은 저녁과 달의 세레나데가 울리는 밤을 지나, 여명을 알리는 수탉의 울음소리와 종달새의 지저귐에까지 이르렀다.

종달새의 지저귐처럼 다소곳한 클라리넷 소리에는 후작의 고집스러운 장인 정신과 팔게토의 애증이 뒤섞인 마음, 마을 사람들의 거칠지만 순박한 기질, 그리고 산과 강 사이에 살아가는 모든 존재의 기운이 깃들어 있었다.

은으로 된 가느다란 실 같은 높은 음의 여운을 뒤로 남기며 클라리넷이 멈추자, 낮은 음을 내는 코넷을 시작으로 트럼펫과 트롬본의 소리가 울려퍼졌다. 활기차고 풍요롭게 울리는 〈뽀 강의 찬가〉는 비록 작은 마을에 살지만, 넓은 마음을 지니고 있는 사람들이 참여하는 악단을, 미소 띤 얼굴의 주세페 베르디가 지휘하는 것 같은 느낌마저 들었다.

'좋았어.'

후작의 후렴이 속삭이는 듯했다. 그러자 영구 마차는 다시 가던 길을 향해 떠나기 시작했다.

그 뒤로 여전히 〈뽀 강의 찬가〉가 은은하면서도 길게 연주되고 있었다.

가을

Autunno

빼뽀네의 슬픔

안개비가 추적추적 내리는 어느 늦은 가을 밤, 강둑 주변은 죽은 듯이 조용하고 인적도 없었다. 근처에 사는 사람들은 일찌감치 문을 걸어 잠그고 코빼기도 내밀지 않았다. 이런 날 거리에서 비명이 들려오기라도 하면, 사람들은 밖으로 나가 무슨 일이 생겼는지 살펴보는 대신 침대로 달려가 베게 밑에 머리를 처박고 귀를 틀어막을 것이다.

돈 까밀로는 서재에서 화재, 강도, 열차 탈선과 같은 각종 사건사고 기사가 실린 신문 사회면을 읽고 있었다. 그런데 갑자기 들창을 톡톡 치는 소리가 들려왔다. 그는 누가 찾아왔나 싶어 창가로 다가가 밖을 내다보았다.

창문 앞에는 무릎까지 진흙을 잔뜩 묻히고 흠뻑 젖은 오버코트를 휘감은 뻬뽀네가 어두운 표정으로 서 있었다.

"읍장 동지, 이 늦은 시간에 그런 꼴로 무얼 하는 건가? 공산혁명이라도 일어난 겐가?"

"농담할 기분이 아니오! 실은 내가 무언가를 죽인 것 같소."

"무언가라니?"

"사람 하나를 두들겨 팼소. 만약 말이 죽었다면 수의사한테 가지, 왜 신부님을 찾아왔겠소?"

"그렇다면 차라리 경찰 서장을 찾아가 자초지종을 털어놓는 편이 낫지 않겠나?"

"특별히 얘기할만한 건 없소."

뻬뽀네가 중얼거렸다.

"보르게토 거리를 가로질러 집으로 돌아가던 길에, 오늘 아침에 붙인 선전물을 떼어내고 있는 반동분자 네놈과 마주쳤소. 어찌나 화딱지가 나던지, 누군지 확인도 하지 않고 그놈들에게 덤벼들었소."

"이봐, 뻬뽀네. 내가 고해성사라도 해주길 바라는 건가?"

"일단 들어나 보시오. 냅다 달려가 벽보를 떼어낸 놈에게 주먹을 날렸더니, 녀석들이 한꺼번에 덤벼들었소. 비겁한 자시들! 4대1로 정정당당하게 싸울 수 있다고 생각하시오? 몇 발짝 물러나다 보니 마침 몽둥이가 근처에 있습디다. 그걸 주워들고 몇 번 휘둘렀지. 한 놈이 땅바닥에 뻗자, 나머지 놈들은 도망가

버렸소. 자빠진 놈 멱살을 잡고 일으켜 세우는데 숨을 쉬지 않습디다. 사람들이 몰려오는 소리가 들리기에 그 길로 도망쳤소. 갈 데가 없다 보니 여기까지 오게 된 거요."

돈 까밀로가 말도 안 된다는 듯이 고개를 가로저었다.

"큰 실수를 저질렀군, 읍장 동지."

"선전물을 건드린 건 그놈들이지, 내가 아니오!"

"자네가 주먹을 먼저 날렸지 않나. 그냥 한 놈만 붙잡아서 경찰서에 갔으면 깨끗하게 해결할 수 있었을 것을…. 쯧쯧."

뻬뽀네는 돌이킬 수 없다는 듯이 어깨를 움찔했다.

"그 순간엔 경찰은 생각도 하지 못했소."

"'살인하지 말라'는 주님의 계명을 기억하고만 있었어도 그 지경까지 안 갔을 텐데…."

"이건 정치 문제요. 하느님하고는 아무런 상관도 없는 문제란 말이오. 지금 이 마당에 꼭 그런 얘기를 꺼내야 하겠소? 문제는 그놈이 죽었느냐, 아니면 살았느냐 하는 거요."

"숨을 쉬지 않고 있었다면 사망했을 확률이 높네. 어떻든 곧 소식이 들려오겠지."

뻬뽀네는 혼잣말처럼 한숨을 내쉬었다.

"제길, 이제 어쩌면 좋지?"

"그런 질문은 사람을 패기 전에 떠올렸어야지. 자네 같은 범죄자에게는 쇠고랑 차고 벌을 달게 받는 일만 남았네."

"범죄자라니! 함부로 말하지 마시오. 난 잘못한 게 하나도 없소!"

"그래, 맞아. 자네는 잘못한 게 하나도 없네. '살인하지 말라' 는 주님의 계명이 잘못된 거지."

뻬뽀네가 눈을 치켜뜨며 대들었다.

"흥, 계속 그렇게 빈정댈 거요? 오늘까지 나는 사람들의 잘못을 이해하고 용서를 해주는 게 성직자들이 할 일이라고 알고 있었소만, 알고 보니 그게 아니로군!"

그러자 돈 까밀로가 화를 냈다.

"사람을 죽여 놓고도 범죄를 저지른 게 아니라고 주장하는 파렴치한 작자를 이해하고 용서하라고? 언어도단도 이만저만이 아닐세!"

"그런 게 아니오! 내가 정말 죽일 각오를 하고 그놈을 때렸다면, 순순히 범죄를 저질렀다고 인정하겠소. 난 그저 뜨거운 맛을 보여주려고 했을 뿐, 죽이려고 했던 건 아니오. 놈은 내가 아니라 몽둥이에 맞아 죽은 거고, 난 양심에 털끝 하나만큼도 거리끼는 게 없소. 아무리 법적으로 살인이라는 판결이 날 수도 있다고 해도 그렇지, 신부님은 정말로 내가 살인죄로 감옥으로 잡혀가야 속이 시원하겠소? 진정한 성직자라면 그자를 살려달라고 주님께 기도해야 마땅하지 않소!"

돈 까밀로는 한숨을 내쉬었다.

"알았네. 불쌍한 자네 신세를 생각해서라도 그자의 목숨이 붙어있게 해달라고, 혹시 죽었다면 살려놔 주십사고 하느님께 기도드리도록 하지.”

빼뽀네는 다소 마음이 놓인 듯 푸념을 늘어놓기 시작했다. 그는 비에 흠뻑 젖은 생쥐 꼴을 하고 있어, 무척 처량해 보였다.

“거참, 이제 어디로 간담? 도망친 놈들이 분명히 내 얼굴을 알아봤을 거야. 이대로 집으로 돌아가면 분명히 마누라와 아이가 보는 앞에서 체포될 텐데, 이런 난감할 데가…. 마땅히 숨을 장소도, 믿을만한 사람도 없으니….”

“빼뽀네, 설마 나더러 은신처를 제공해달라는 건가? 나는 살인자를 숨겨줄 수는 없네.”

“막무가내로 숨겨달라는 게 아니오. 아직 그놈이 죽었는지 살았는지도 모르잖소? 확인되는 대로 자수하겠소. 지금 당장 감옥에 들어가면, 사람들이 읍장을 무어로 보겠소? 나도 사회적 지위와 체면이 있는 사람이오. 사건의 전말이 확실해질 때까지만 좀 숨겨주시오. 지금 심정으로는 날 잡으러 오는 경찰을 향해 총을 쏠 것만 같소. 며칠, 단 며칠 동안만 있다가 갈 테니까. 지금은 또 무슨 짓을 저지를지, 도무지 스스로 조절할 자신이 없소.”

돈 까밀로가 양초에 불을 붙이며 투덜거리듯 말했다.

“그만 입 다물고 잠자코 날 따라오게.”

위층에는 간이침대가 놓인 작은 다락방이 있었다.

“여기는 아직도 옛날 그대로군. 생각해보니 신부님이 독일

놈들에게 쫓기는 나를 기꺼이 숨겨주었던 때도 있었구려."

"지금하곤 경우가 달라. 적어도 그때는 정당한 명분이나 있었지."

"지금은 아니란 말이오? 그럼 내가 정당한 일을 한다는 확신도 없이 오늘같이 비 내리는 밤에 공산당 선전벽보를 뜯어대는 반동분자들을 잡으러 다녔을 것 같소?"

돈 까밀로는 뻬뽀네의 멱살을 움켜잡으며 말했다.

"자네가 예뻐서 숨겨주는 줄 알아? 한 가지만 기억해둬, 먼 훗날 주님의 재판정에 나설 때는 내가 도와주고 싶어도 그럴 수 없을 거라는 점을 말이야!"

다음 날 정오경, 돈 까밀로가 다락방에 모습을 나타냈다.

"어떻게 됐소?"

뻬뽀네는 침대에서 벌떡 일어나며 물었다.

돈 까밀로는 의자 위에 물병과 음식이 든 냄비를 내려놓았다.

"쇠몽둥이로 얻어맞아, 뇌진탕을 일으켰대. 지금 혼수상태라더군."

"말두 안 돼! 이건 중상모략이오. 그 몽둥이는 나무였단 말이요!"

"쇠든, 나무든 무슨 몽둥이였는지는 내가 알 바가 아니야. 그 자가 아직 의식을 회복하지 못했다는 게 문제 아니겠나."

"나를 찾고들 있소?"

"그럼, 당연하지!"

빼뽀네는 다시 간이침대에 벌렁 드러누우며 소리쳤다.

"망할 놈의 정치!"

저녁이 되자, 돈 까밀로가 음식을 들고 돌아왔다.

"어떻게 됐소?"

"의사 말로는 오늘 밤이 고비라는군. 뇌출혈이 아닐까 걱정하고 있네. 그건 그렇고, 자네 통 먹질 않는데 괜찮겠나?"

"이런 판국에 음식이 목구멍으로 넘어갑니까?"

빼뽀네는 무척 지친 얼굴로 말했다.

"다른 소식은 또 없소?"

"지금 수배령이 떨어졌네. 경찰이 자네를 찾고 있어. 자네 집 지하실부터 곡식 창고까지 샅샅이 뒤졌고, 2시간 동안 자네 아내를 심문했다더군. 아직 자네가 어디 숨었는지 아는 사람은 아무도 없네."

빼뽀네는 뭔가를 물으려다가, 입을 다물었다.

"아니, 그들은 아-무-것-도 찾아내지 못했네."

돈 까밀로는 '아무것도' 라는 부분을 한 음절씩 끊어가며 말했다.

"하지만 결국 찾아내고야 말걸. 경찰서장은 읍장 나리네 집을 뒤져볼 기회를 호시탐탐 노려왔거든."

"흥, 맘대로 하라지. 난 뒤가 구린 일을 한 적이 하나도 없으니까 말이오!"

"거기에 대해서는 자네가 가장 잘 알겠지. 숨겨둔 물건을 들켜, 자네 부인이 잡혀간다고 해도 나야 상관할 이유가 있나. 그저 자네 아들이 혼자 남을까 봐 걱정인 게지. 자, 이걸 좀 먹고 기운을 차리게."

그날 밤, 돈 까밀로가 침대에 막 누우려는데, 뻬뽀네가 계단 끝에서 고개를 내밀고 그를 불렀다.

돈 까밀로는 뻬뽀네가 있는 다락방까지 한달음에 달려가 화를 벌컥 냈다.

"자네 미쳤나? 남들한테 들키면 어쩌려고 그러나?"

"이것 보쇼, 돈 까밀로 신부님."

"왜, 그런가?"

"작업장 구석에 보면 빨간 뚜껑이 끼워진, 꽉 찬 드럼통 두 개가 있을 거요. 그 통을 강물 속에 빠뜨려 주시오. 부탁이오."

"어째서?"

"지금 상세히 말씀드리긴 좀 곤란하오. 그저 기름의 출처가 불법적이라고만 해둡시다."

돈 까밀로가 투덜거렸다.

"시도는 해보겠네. 하지만 이것만은 분명히 하자고. 자네도 알다시피 이건 지저분하고 불법적인 일이야. 난 다만 자네 아들 녀석이 혼자서 길에 나앉지 않도록 하려는 선한 뜻에서 이 일을 하는 걸세. 아, 그리고 하나 더, 만약 감시가 심하면 나는 근처에도 안 갈 거야!"

빼뽀네는 이제나저제나 하며 부탁한 일의 결과를 기다렸지만, 돈 까밀로는 이튿날 저녁 무렵에야 모습을 나타냈다.

"지금까지 자네 집에 있다가 돌아오는 길일세. 자네 아내와 얘기를 좀 나누었는데, 상황이 점점 나빠져서 어떻게 해야 좋을지 모르겠네."

빼뽀네는 두 손으로 머리를 감싸 쥐었다.

"기름통은 전혀 손을 쓸 수 없는 상황일세. 집이 밤낮으로 감시당하고 있어."

"마누라는 뭐라고 합디까?"

"그놈의 정치 때문에 온 집안이 다 망하게 되었다고 말하더군."

"우리 애는요?"

"문 앞에서 앉아 아빠가 돌아오기만을 애타게 기다리더라고."

"집으로 가겠소!"

빼뽀네가 자못 비장한 태도로 말했다.

"잘 생각했네. 경찰이 자네를 기다린 지도 벌써 며칠째가 되어간다네."

"신부님, 격려는 해 주지 못할망정 사람 기운을 이렇게 빼놓기요?"

빼뽀네는 일어서려다가 털썩 주저앉으며 근심스럽게 한 마디 했다. 며칠 동안을 굶었더니, 얼굴이 홀쭉해졌고 눈은 지쳐 보였다. 하지만 그의 약해진 모습에도 불구하고 돈 까밀로는 꿈쩍도 하지 않았다.

"주님께서는 사람들에게 축복을 주시지만, 시련을 내리기도 하신다네. 지금이라도 늦지 않았네. 기도를 올리게. 고통 속에서 하는 기도는 큰 위안을 준다네. 자네가 겪는 고통이 크면 클수록 얻는 것도 충분히 많을 걸세. 언젠간 자네도 주님의 뜻을 깨달을 날이 오겠지."

뻬뽀네는 쏟아지는 피로를 이기지 못하고 잠이 들었다.

다음 날 아침 10시경, 그는 구슬프게 울리는 종소리를 들으며 잠에서 깨어났다.

30분쯤 지나, 돈 까밀로가 방문으로 고개를 내밀고 말했다.

"그가 마침내 세상을 떴네. 게다가 경찰은 기름통을 찾아냈고."

"마누라는 어찌 되었소?"

"바로 체포당해서, 벌써 감옥에 들어가 있네."

"이럴 수가! 그녀는 아무런 상관이 없어! 이를 어쩌면 좋겠소?"

"내가 관여할 수 있는 범위를 넘어선지 이미 오래일세."

"애는 어떻소?"

"아직 자네 모친이랑 함께 집에 있네. 특별히 잘못된 건 없고."

빼뽀네가 일어섰다.

"잘못되어도 단단히 잘못됐어! 경찰서에 가서 자초지종을 설명하겠소. 그렇지만 먼저 우리 애를 살펴보고 나서…."

"생각은 좋지만, 조금만 더 날이 어두워지길 기다리게. 이대로 나갔다간 바로 체포될 게 분명하지 않겠나. 변호사를 찾아가 조언을 듣거나, 당분간 은신하고 있는 게 나을지도 몰라."

"내 변호사는 주님이오!"

빼뽀네가 말했다.

"그분은 내가 요 며칠 동안 얼마나 고통스러워했는지, 그리고 앞으로 어찌 될지 알고 계시오. 분명히 나를 도와주실 거요."

돈 까밀로는 빼뽀네의 말에 큰 감동을 받았다.

"그래, 분명히 그분이 도와주실 걸세. 자, 우선 면도부터 하게나. 기분이 좀 나아질 거야. 이 꼴로 가 봐야 아이한테 겁만 줄 뿐이야. 평소와 다름없이 아빠가 건재하다는 걸 보여 줘야 아이가 불안해하지 않을 것 아닌가."

지평선에 어스름이 깔리기 시작하자, 돈 까밀로는 남들의 이목을 주의하며 빼뽀네를 밖으로 데리고 나왔다. 빼뽀네는 울타리를 훌쩍 뛰어넘은 뒤 그 너머로 솥뚜껑 같은 손을 내밀어, 돈 까밀로와 세상을 전부 찌부러트릴 만한 기세로 굳세게 악수를 나눴다. 그는 마치 최후의 성전에 나서는 성당 기사단원 같았다.

빼뽀네가 저 멀리 사라지고 나자, 돈 까밀로는 성당으로 달려갔다. 그는 제대 위의 예수님 앞에 무릎을 꿇고 말했다.

"예수님. 빼뽀네의 말을 듣고 너무 감동적이라 심장이 터지는 줄 알았습니다. 보이십니까? 아직도 제 눈에 감동의 눈물이 가득한 것을요."

"불쌍한 빼뽀네."

예수님은 한숨을 내쉬셨다.

"그래, 보지 않아도 눈에 선하구나. 빼뽀네가 들판을 가로질러 집안으로 들어서면, '아, 당신 왔어요? 일은 잘 해결됐고요?' 라고 묻는 아내와 마주치겠지. 빼뽀네가 '무슨 일 말이야?' 하고 되물으면, 그녀는 '당신이 도시에서 써서 부친 편지에서 지시한 일 말이에요.' 라고 대답할 테지. 그런 다음 '있잖아요, 당신과 이미 얘기했다면서 돈 까밀로 신부님이 기름통 두 개를 가져갔어요.' 라고 덧붙이고 나서, 그간 마을에 있었던 일에 대해서도 차근차근 알려주겠지. '2~3일 전에 저 멍청한 필레티가 포스터를 찢어버리는 바람에 당신 부하 중 누군가에게 몽둥이찜질을 당했대요. 별로 다치진 않았다나 봐요. 밤톨만한 혹이 생긴 게 전부래요. 그런데 사람들 말로는 당신이 한 짓이라는 거예요. 그래서 내가 도시에서 보낸 당신 편지를 보여주었더니 다들 암말도 못하더라고요. 그리고 오늘 아침에는 코리니 할아버지가 돌아가셨어요. 당신이 장례식에 안 나타나니까, 돈 까밀로 신부님이 언제나처럼 당신이 당의 명령으로 외국으로 갔다느니 어쩌느니 하며 쓸데없는 소리를 하더라고요.' 라고 말이다. 돈 까밀로야, 이런 우스꽝스러운 짓을 벌여서 얻은 소득이 무엇이냐?"

"여러 가지입니다, 예수님."

"어떤 것들 말이냐?"

"저는 기름 대신 장총, 권총, 탄약 등이 잔뜩 든 드럼통 두 개를 얻었습니다. 그리고 폭력을 사용하는 이에게 주먹을 남용하면 어떤 결과가 오는지를 가르쳐 주었습니다. 마지막으로 잃어버린 줄 알았던 가족과 인생을 되찾아 주었습니다. 예수님, 이번 일은 못된 장난을 치려던 것이 아니라, 악인의 영혼을 구하려고 어쩔 수 없이 꾸며낸 연극이었습니다. 앞으로 그자는 두 번 다시 누군가를 몽둥이 찜질할 엄두를 내지 못할 것 아니겠습니까? 뻬뽀네도 그만큼 큰 시련을 겪었으니, 제가 왜 그렇게 행동했는지를 곧 깨닫게 될 겁니다."

예수님이 다시 한숨을 내쉬며 말씀하셨다.

"돈 까밀로야, 너는 정말 변명에는 천재로구나!"

*

며칠 뒤, 인민의 집 앞에서 뻬뽀네가 돈 까밀로와 마주치자 으르렁거렸다.

"정말 씹어 먹어도 시원치 않을 신부 같으니라고!"

돈 까밀로가 미소를 지으며 다독거렸다.

"자네, 아직도 그 경험으로부터 교훈을 얻지 못했나? 행동으로 옮기기 전에 더 생각해보라고. 그런 일은 한 번으로 족하잖아?"

뻬뽀네는 이내 기가 죽어 조용히 대꾸했다.

"신부님을 죽일 생각은 없소. 하지만 계속 그런 식으로 내일을 방해하다간 언젠가는 한번 된통 당하게 될 거요."

그러나 뻬뽀네는 강바닥에 가라앉아 진흙투성이가 된 기름통 안의 물건들에 대해서는 더 이상 언급하지 않았다.

빨간 슬픔

"아니, 그래 봐야 개는 그저 개일 뿐 아닌가!"
번개 때문에 신경 쓰느라 초췌해진 돈 까밀로의 모습을 본 사람들은 이해할 수 없다며 수군거렸다. 마을 사람들은 모이기만 하면 이렇게 한마디씩 했다.

그렇다. 사람들이 지적하는 것처럼 번개가 개라는 건 분명한 사실이다. 마찬가지로 참새도 그저 참새에 불과할 뿐이다. 그렇지만 겨우겨우 자신이 감당할 수 있는 최대한의 무게를 버티고 있는 대들보 위에 참새 한 마리가 내려앉으면, 어이 없게도 그 대들보는 무너져 버리고 만다.

번개가 그 사건에 얽혀 들어갔을 때, 돈 까밀로의 입장이 바로 그 대들보와 같았다.

사냥 시즌을 공식적으로 하루 앞두고, 정오쯤 갑작스레 집을 나간 번개는 저녁 무렵이 되도록 돌아오지 않았다. 다음 날 아침에도 모습을 보이지 않자, 돈 까밀로는 번개를 찾아 미친 듯이 온 마을을 헤집고 다녔다. 그러나 어디에도 번개가 보이지 않았기 때문에 결국 빈손으로 돌아올 수밖에 없었다. 돈 까밀로는 저녁식사조차 하기 싫을 정도로 기분이 축 처져버렸다.

그는 속으로 생각했다.

'누군가 번개를 훔쳐 간 게 틀림없어. 그렇다면 벌써 피에몬테나 토스카나쯤에 가 있겠지.'

갑자기 현관문 밖에서 인기척이 들려 뒤를 돌아보았더니, 번개가 겸연쩍은 표정을 지으며 현관문을 앞발로 긁고 있었다. 돈 까밀로가 성난 눈길로 노려보았다. 그러자 번개는 자신이 뭔가 큰 잘못을 저질렀다는 걸 깨달았는지 차마 집 안으로 들어오지 못하고 주둥이만 절반쯤 들이민 채, 문턱에 멈추어 섰다.

"들어와!"

돈 까밀로가 버럭 고함을 질렀다. 그러나 개는 털끝만큼도 움직이려 들지 않았다.

"어서 들어오지 못해!"

그는 다시 한 번 소리쳤다.

이번 명령에는 거부할 수 없는 힘이 실려 있었기 때문에, 번개는 고개를 푹 숙이고 천천히 안으로 걸어 들어왔다. 개는 돈 까밀로의 발밑까지 와서는 걸음을 멈추고 처분을 기다렸다.

바로 이 사건이 돈 까밀로에게는 결정타였다. 누군가 번개의 몸뚱이를 빨갛게 칠해 놓았던 것이다. 같은 사냥꾼끼리 다른 사냥꾼의 개를 건드려서는 안 된다는 불문율이 있다. 개를 건드리는 것은 사냥꾼을 모욕하는 가장 저질스럽고, 비열한 짓이기 때문이다. 번개를 본 순간 돈 까밀로는 바로 억장이 무너져 내렸다. 그는 뼈에 사무치는 고통과 치밀어오르는 분노를 느끼며 창가로 걸어가 차가운 공기를 듬뿍 들이마셨다.

분노가 순식간에 사라지고, 우울하고 서글픈 생각이 마음속에 가득 찼다. 그는 자리로 돌아와 앉더니 손수건을 꺼내 땀으로 범벅이 된 이마를 닦았다. 그리고 번개의 등을 쓰다듬어 주었다.

붉은색 칠은 이미 바싹 말라 있었다. 틀림없이 그건 전날 칠해진 게 분명했다. 번개는 자신이 그런 일을 당할 때까지 가만히 있었다는 게 부끄러워서 집으로 돌아오지 못했던 것이다.

"불쌍한 녀석, 그래 세상 물정 모르는 하룻강아지처럼 꼼짝도 못하고 당했단 말이냐?"

말을 뱉고 나서 생각해보니, 번개는 절대로 낯모르는 사람들에게 곁을 허락하거나 고깃덩어리 따위에 홀려 순순히 말을 듣는 개가 아니었다. 번개는 워낙 혈통이 좋은 개라 아무나 따라다니지 않았다. 개가 믿고 따르는 이는 오직 둘뿐이었다. 그렇다면?

생각이 거기까지 이르자 모든 것이 분명해 보였다. 돈 까밀로는 솟구치는 화를 참을 수가 없어 자리를 박차고 일어섰다. 번개는 부끄럽다는 듯이 그를 뒤쫓았다.

빼뽀네는 꽤 늦은 밤까지 일하고 있었다. 돈 까밀로가 마치 유령처럼 나타나 그의 앞에 우뚝 섰다. 그래도 빼뽀네가 그를 무시하며 망치질을 계속하자, 돈 까밀로는 모루의 다른 쪽에 버티고 서서 물었다.

"빼뽀네, 우리 번개가 어쩌다 이 모양 이 꼴이 되었는지 혹시 아나?"

빼뽀네는 번개를 흘끗 쳐다보더니, 모르겠다는 듯이 어깨를 으쓱했다.

"내가 어찌 그걸 알겠소? 아마 어디 금방 페인트칠을 한 벤치에라도 걸터앉았거나 그랬겠지."

"물론, 그럴 수도 있겠지. 그런데 내 생각엔 말이야, 아무래도 자네가 이 일과 직접적인 연관이 있지 않나 의심스럽거든. 그래서 곧장 이리로 달려온 걸세."

빼뽀네가 능글맞게 웃으며 말했다.

"난 기계공이지, 칠장이가 아닙니다. 페인트를 지우고 싶으면, 광장 건너편 가게에 가 보시오."

"그렇지만 어제 나한테 사냥하게 개를 좀 빌려달라고 했다가 거절당하자 그 앙갚음으로 만행을 저지른 범인이 바로 내 앞에 있거든!"

삐뽀네는 망치를 내려놓더니 두 주먹을 옆구리에 척 얹고 서서 돈 까밀로를 노려보았다.

"아니, 지금 대체 무슨 말을 하고 싶은 거요?"

"진정한 남자라면 결단코 하지 않을 비열하고 천박한 짓을 자네가 저질렀다는 말이지!"

돈 까밀로는 지나치게 격분한 나머지 숨조차 쉴 수 없었다. 그는 삐뽀네가 뭐라고 고함치는 것을 들었지만 한 마디도 알아들을 수 없었다. 머리가 핑핑 돌고 어지러워서, 작업장 한쪽의 바람 빠진 타이어에 기대 간신히 균형을 잡았다.

"신부님, 술 취하셨소? 주정은 작작하고 사제관으로 돌아가서 한숨 주무시오. 여기보다 시원하니, 술이 금방 깰 거요."

돈 까밀로는 이 마지막 몇 마디만을 간신히 알아들을 수 있었다. 그는 남은 기운을 추슬러 겨우겨우 집으로 향했다. 어떻게 돌아왔는지 모르지만 아무튼 사제관에는 무사히 도착했다.

돈 까밀로가 사제관 바닥에 큰 대자로 뻗어 있는 30분 동안, 번개는 쉬지 않고 계속 짖어댔다. 어찌나 시끄러웠는지 참다못한 종지기가 사제관으로 달려왔을 정도였다. 그는 문이 열린 채 불이 환하게 켜져 있는 사제관 안으로 들어서다가 깜짝 놀라 외마디 비명을 지르고 말았다. 돈 까밀로가 마치 시체처럼 부엌에 쓰러져 있는데, 그 옆에서 번개가 미친 듯이 짖어대고 있었던 것이었다.

돈 까밀로는 즉시 구급차에 실려 도시에 있는 병원으로 옮겨졌다. 마을 사람들도 놀라서 구급차를 함께 타고 도시로 간 간호사가 돌아올 때까지 밤잠도 자지 않고 기다렸다.

"어디가 잘못됐는지 아직 모르겠대요."

간호사가 돌아와서 전했다.

"심장하고 간, 그리고 신경계통에 이상이 생긴 것 같아요. 게다가 넘어질 때 머리를 세게 부딪쳤던 것 같더라고요. 도시로 실려 가는 구급차 안에서 번개를 시뻘겋게 칠해놓은 놈을 가만 놔두지 않겠다고 고함을 치면서 연신 헛소리를 해댔으니까요."

"불쌍한 돈 까밀로!"

마을 사람들 모두가 안타까워하면서 집으로 돌아갔다. 그런데 이튿날 아침 정말로 번개의 몸뚱이가 빨갛게 칠해진 것을 보고, 돈 까밀로의 말이 망상에 빠진 사람의 헛소리가 아니었음을 깨닫게 되었다. 그들은 그의 건강에 대한 걱정을 하면서도, 개 때문에 극성이 이만저만 아니라고들 생각했다. 모두 그래봤자 '그래도 개는 그저 개일 뿐 아닌가!' 하고 대수롭지 않게 여겼다. 다들 참새 한 마리가 대들보를 무너뜨릴 수 있다는 사실을 깨닫지 못했던 것이다.

*

누군가 매일 저녁마다 도시로부터 돈 까밀로의 경과를 적은 쪽지를 가지고 돌아왔다. 그 쪽지에 적힌 말은 늘 한결같았다.

'대단히 위독함. 면회 사절.'

돈 까밀로가 쓰러지고 나자, 번개는 매일 새벽마다 뻬뽀네의 작업장에 나타나서 문간에 웅크리고 앉아 슬프고 우울한 눈길로 뻬뽀네를 바라보기 시작했다. 매일 아침 적어도 두 시간씩은 앉아 있다가, 사람들이 붐비는 8시경이 되면 마지못해 자리를 떴다. 뻬뽀네도 처음에는 그냥 있어도 없는 듯 번개를 무시했다. 하지만 그 일이 꼬박 20일 넘도록 계속되자, 뻬뽀네는 더 이상 참지 못하고 녀석에게 고함을 질렀다.

"야 인마, 제발 날 좀 그만 괴롭혀라! 네 주인은 병이 난 것뿐이야! 그게 전부야. 궁금한 게 있으면 네가 직접 가서 주인을 만나보면 될 거 아니냐?"

뻬뽀네가 일을 시작했는데도, 번개는 꼼짝도 않고 그를 뚫어지라 쳐다보고만 있었다. 7시쯤 되자 뻬뽀네는 도저히 번개의 우울한 눈길을 견딜 수가 없었다. 그는 다시 세수를 하고 가장 좋은 옷을 꺼내 입은 뒤, 사이드카를 타고 길을 떠났다.

뻬뽀네는 2킬로미터쯤 가다가 잠시 사이드카를 멈추고 휘발유가 충분히 있는지, 오일과 타이어는 멀쩡한지를 점검했다. 그러다가 갑자기 무언가 중요한 일이 떠올랐는지 메모지를 꺼내 무언가를 끄적였다. 그런데 얼마 후 번개가 기진맥진해서 혀를 길게 내밀고 헐떡이면서 뻬뽀네가 있는 곳까지 달려오더니 훌쩍 사이드카에 뛰어 올라타는 것이었다.

"너하고 네 주인 때문에 미치겠다!"

빼뽀네는 투덜거리며 다시 엔진에 시동을 걸고 앞으로 달려갔다.

8시에 그는 병원 앞에 도착해서, 번개에게 사이드카를 지키게 한 다음 안으로 성큼 걸어 들어갔다. 그러나 병원의 수위는 시간이 너무 이르다며 면회를 거부했다. 그리고 그가 찾아온 환자 이름을 듣고 나서는, 기다려 봐야 아무런 소득이 없을거라고 말했다. 돈 까밀로의 병이 무척 위독한 상태여서 아무도 그의 병실에 들여보내 줄 수 없다는 이야기였다.

빼뽀네는 쓸데없는 데서 고집을 피우는 사람이 아니었다. 그는 다시 사이드카를 잡아타고 곧장 주교관으로 달려갔다.

여기서도 그는 안으로 들어가지 못한다고 제지당했지만, 그의 단호한 태도와 위협적이면서도 우악스러운 주먹을 보고 난 비서가 생각을 고쳐먹는 데는 그리 오랜 시간이 걸리지 않았다.

주교는 예전보다 훨씬 더 작고, 더 늙어 보였다. 그는 정원을 거닐며 화려하게 피어난 꽃들의 아름다움을 구경하고 있었다.

"자칭 존경하는 주교님의 개인적인 친구라는 깡패 같은 사람 하나가 찾아왔는데요."

비서가 숨 가쁘게 달려와 보고했다.

"경찰을 부를까요?"

늙은 주교는 양팔을 벌리며 말했다.

"경찰은 무슨? 자네는 평소, 내 친구를 경찰에 넘겨야 한다고 생각할 정도로 날 우습게 여겨왔단 말인가? 그 친구를 어서 들어오라고 하게."

몇 초도 지나지 않아 뻬뽀네가 쏜살같이 정원으로 달려 들어왔다. 늙은 주교는 덤불 숲 뒤에서 지팡이를 내밀어 그를 멈춰 세웠다.

"주, 주교님! 죄송합니다. 상황이 상황이니만큼…."

뻬뽀네가 더듬거렸다.

"말씀하시게. 읍장 동지. 대체 무슨 일인가?"

"제게 문제가 있는 건 아닙니다. 다 돈 까밀로 때문입니다. 벌써 3주일째나…."

"그 문제라면 나도 이미 알고 있네, 전부 다 말일세."

주교는 한숨을 내쉬며 그의 말을 가로막았다.

"나는 벌써 문병을 다녀왔다네. 불쌍한 돈 까밀로!"

뻬뽀네는 두 손으로 모자를 쥐고 이리저리 돌려댔다.

"주교님, 무슨 조치를 해야 합니다."

"뭘 말인가?"

주교가 어쩌겠느냐는 듯이 양팔을 벌리며 말했다.

"오직 주님만이 돈 까밀로를 위해 조치를 하실 수 있다네."

그러나 뻬뽀네는 그 나름대로 생각이 있었다.

"주교님이 하실 수 있는 일이 있습니다. 예를 들면 그의 회복을 비는 특별 미사를 올려주실 수는 있지 않습니까?"

주교는 의외라는 듯 재미있다는 표정을 지으며 그를 바라보았다.

"주, 주교님."

삐뽀네가 다시 말을 더듬거리며 재촉했다.

"제발 제 마음 좀 이해해 주십시오. 제가 개를 새빨갛게 칠해 놓은 것 때문에 돈 까밀로가 그렇게 됐단 말입니다."

삐뽀네의 고백에도 불구하고 주교는 아무런 대답도 하지 않았다. 그는 말없이 깊은 생각에 잠겨 정원 내의 오솔길을 천천히 거닐 뿐이었다. 바로 그때, 비서가 다가오더니 아침 식사가 준비됐다고 알렸다.

"아니, 됐네! 지금은 아니야."

주교가 퉁명스레 대답했다.

"우리 둘만 있도록 물러가게!"

정원 안뜰과 맞닿은 오솔길의 끝에는 주교만이 사용하는 개인 소성당이 하나 있었다. 그곳에 다다르자 주교는 걸음을 멈추고 말했다.

"저리로 가서 복사를 맡을 사람을 보내달라고 하게."

"주교님. 괜찮으시다면 제가 하겠습니다. 지도 어릴 적에는 자주 복사를 해봐서 어떻게 하는지 잘 아니까요."

"특별한 미사에 특별한 복사라."

주교가 혼잣말로 중얼거렸다.

"그럼 어서 들어와 문을 잠그게. 그리고 이건 자네와 나만 아는 비밀일세. 전지전능하시고 선하신 하느님께서는 물론 아시겠지만 말일세."

*

빼뽀네는 주교관을 급하게 빠져나왔다. 그는 번개가 여전히 사이드카 옆자리에 앉아 보초를 서고 있는 것을 발견했다. 그는 운전석에 올라타더니 다시 병원으로 달려갔다. 이번에도 수위는 빼뽀네를 들여보내지 않으려고 손을 들어 제지했다. 그러나 빼뽀네는 물러서지 않았다.

"좋소, 어떤 일이 일어나든 우린 아무런 책임도 지지 않겠소."

병원 측 사람들이 말했다.

"환자가 악화되기라도 하면, 그 책임은 전부 당신 몫이오."

그들은 병동 1층 끝에 있는 병실 문 앞까지 안내하더니, 빼뽀네를 남겨두고 돌아가 버렸다.

병실 안은 대낮처럼 밝은 빛으로 가득했다. 빼뽀네는 돈 까밀로의 모습이 눈에 들어오자마자 깜짝 놀란 듯 뒷걸음질을 치기 시작했다. 돈 까밀로같이 덩치 큰 사람이 겨우 이십일 정도 앓았다고 그 정도로 초췌해지리라곤 상상도 하지 못했기 때문이었다. 빼뽀네는 살금살금 발끝으로 걸어 들어가 병상 옆에

섰다. 돈 까밀로는 두 눈을 감고 있었는데, 마치 죽은 사람처럼 파리해 보였다. 그러나 눈을 뜨자, 눈빛만은 여전히 예전과 마찬가지로 살아 있었다.

"유산이라도 남겨 달라고 왔나?"

돈 까밀로가 기운 없는 목소리로 말했다.

"자네에게 물려줄 거라고는 번개 말고는 아무것도 없어…. 자네는 빨갛게 칠해진 개를 볼 때마다 나를 기억하게 되겠지…."

"빨간색은 거의 다 지워졌소."

뻬뽀네는 어찌할 바를 모르고 고개를 숙였다.

"내가 매일같이 휘발유로 문질러 닦아주고 있소."

돈 까밀로는 씁쓸한 미소를 지었다.

"내 개를 칠장이가 아니라 자네에게 데려가길 잘했구먼."

"신부님, 그 사건은 제발 잊어주시오. 번개가 저 아래에 와 있소. 녀석도 신부님을 만나보고 싶어 하지만, 도무지 여기 사람들이 들여보내 주지 않습디다."

돈 까밀로는 천장이 꺼질 듯이 한숨을 쉬었다.

"참 이상한 사람들이군. 훨씬 더 개에 가까운 자네는 들여보내 주면서, 번개는 들여보내 주지 않다니…."

뻬뽀네는 고개를 끄덕여 동의했다.

"말 몇 마디 하고 나니 좀 나아진 것처럼 보이네? 어떻소, 신부님. 기운이 좀 나는 거요?"

"며칠 뒤면 저 구름 너머 천국에서 펄펄 날아다니는 나를 볼 수 있을 걸세. 더 이상 기운이 없어. 자네한테 화낼 기력조차 없군."

바로 그때, 간호사가 작은 컵에 수프를 담아서 들어왔다.

"고맙지만. 배고프지 않소."

돈 까밀로가 모깃소리만큼 가늘게 말했다.

"이건 마시는 거예요."

"목도 별로 마르지 않소."

"아무리 싫어도 억지로라도 드셔야 해요, 신부님."

돈 까밀로는 하는 수 없이 몇 모금 홀짝거리는 모습을 보였다. 간호사가 방을 나서자마자 그는 얼굴을 찡그렸다.

"수프, 죽, 크림…, 25일째 계속 이런 것만 먹었네. 마치 내가 새라도 된 것 같다니까…."

그는 비쩍 마르고 창백해진 손을 내려다보았다.

"이렇게 뼈만 남아서…. 주먹다짐을 하려고 해도 자네 상대로는 무리겠지?"

빼뽀네는 고개를 숙이며 말했다.

"신부님, 그런 생각은 그만두시오!"

돈 까밀로는 천천히 눈을 감았다. 다시 잠에 빠져든 것 같았다. 빼뽀네는 몇 분 동안 가만히 기다리다가 돌아가기 위해 자리에서 일어났다. 딴에는 조심스럽게 움직였는데도 손으로 돈 까밀로의 팔을 건드리고 말았다.

돈 까밀로가 깨어나 속삭였다.

"뻬뽀네, 자네는 정직하고 선량한 사람인가 아니면 비열하고 더러운 자식인가?"

"그걸 질문이라고 하시오? 난 정직하고 선한 사람이오."

뻬뽀네가 대답했다.

돈 까밀로는 가까이 오라고 손짓을 하더니, 뻬뽀네가 다가가자 그의 귀에 대고 무언가를 속삭였다.

아주 놀랄 만한 얘기임에 틀림없었다. 왜냐하면 뻬뽀네는 화들짝 놀라 용수철처럼 펄쩍 튀어 올라 이렇게 외쳤기 때문이다.

"신부님! 그건 범죄 행위나 마찬가지 아니오?"

돈 까밀로는 뻬뽀네의 눈을 똑바로 들여다보았다.

"자네도 역시나…."

돈 까밀로가 숨을 헐떡거리며 말했다.

"내가 이대로 죽기를 바라나?"

"난 아무도 죽기를 원하지 않소."

뻬뽀네가 대답했다.

"그런데 그건 부탁이오, 아니면 명령이오?"

"명령일세!"

돈 까밀로가 괴로워하며 말했다.

"그렇다면 뜻대로 해드리지!"

뻬뽀네는 은밀하게 속삭이며 방을 나섰다.

*

빼뽀네의 사이드카가 낼 수 있는 최고 속도는 시속 110킬로미터였다. 그런데 지금 사이드카의 계기판은 130킬로를 가리키고 있었다. 이건 달리는 게 아니라 차라리 날아가는 것에 가까웠다.

오후 3시가 되자 빼뽀네는 병원으로 되돌아왔다. 이번에는 스미르초도 함께 동행했는데, 수위는 오전 나절에도 그랬듯이 그들을 막아섰다.

"유산 상속에 관해 급히 의논할 것이 있소. 이번에는 공증인도 데리고 왔소!"

돈 까밀로의 병실 앞에 이르러, 그는 스미르초에게 지시했다.

"자넨 여기 남아서 아무도 들어오지 못하게 지키고 있게. 누가 묻거든 병자성사 중이라고 둘러대고 말이야."

돈 까밀로는 잠들어 있는 것처럼 보였지만, 깊은 잠에 빠져 있지 않았으므로 금방 두 눈을 떴다.

"어떻게 됐나?"

돈 까밀로가 조급하게 물었다.

"신부님이 원하는 걸 전부 준비해왔소. 그렇지만 난 아직도 이걸 살인 행위나 다름없다고 생각하오."

빼뽀네가 대답했다.

"두려운가?"

"아니요."

뻬뽀네는 외투 아래에 감춰 가지고 온 꾸러미를 꺼내 조심스레 포장을 풀었다. 그는 꾸러미에 담겨있던 것들을 죄다 침대 맡의 협탁 위에 내려놓더니, 돈 까밀로를 일으켜 앉히고 등 뒤에 베개를 대주었다. 그리고 환자의 무릎 위에 냅킨을 펼치고 물건을 하나씩 올려놓기 시작했다. 갓 구운 빵 한 덩어리와 돼지 넓적다리를 저민 햄 몇 조각이 냅킨 위에 얹혀졌다. 뻬뽀네는 람부르스코 포도주의 마개를 땄다. 은은한 향기가 퍼져나오자, 돈 까밀로는 포도주의 향기를 마음껏 음미하기 시작했다. 그는 오래간만에 맛보는 진짜 음식이라고 해서 허겁지겁 달려들지 않았고 포도주를 마실 때도 한 모금, 한 모금씩 음미하며 천천히 목구멍으로 넘겼다. 이것은 차라리 음식을 즐기는 것이라기보다는 음식을 통해 마치 고향의 냄새, 추억을 섭취하는 의식과도 같았다.

햄 한 입을 베어 물고 포도주 한 모금을 삼킬 때마다, 돈 까밀로는 그윽하게 밀려오는 뽀 강의 물결에 휩싸이는 듯한 기분에 사로잡혔다. 강 옆에 펼쳐진 황금빛 들녘, 강둑을 따라 촘촘히 자라난 미루나무들의 아름다운 자태, 포근한 물안개가 장막처럼 펼쳐진 아침 하늘, 외양간에서 들려오는 황소의 구슬픈 울음소리, 멀리서 들리는 트랙터와 탈곡기의 시끄러운 소리를 연상시켜, 그를 짙은 향수에 젖게 해주었다.

정말 오랜만에 느껴보는 편안함과 느긋함이었다. 병원에 있는 동안, 이 모든 즐거움들은 마치 다른 세상의 것처럼 아득하기만 했었다. 밋밋한 병원 음식과 독한 약이 그의 마음속에서 고향을 억지로 쫓아냈던 것이다.

돈 까밀로는 느긋하게 식사를 마치고 난 뒤, 뻬뽀네에게 말했다.

"시가를 주게!"

뻬뽀네는 진땀을 흘리며 돈 까밀로가 그의 앞에서 당장 죽지나 않을까 하고 잔뜩 겁에 질린 눈으로 바라보았다.

"안 돼! 시가만은 안 돼요!"

그러나 결국 뻬뽀네는 돈 까밀로에게 굴복하고 시가를 건네줄 수밖에 없었다. 돈 까밀로는 겨우 몇 모금을 뻐끔뻐끔 피우더니 시가를 마룻바닥에 떨어뜨리고 깊은 잠에 빠져들었다.

*

돈 까밀로는 사흘 뒤에 병원에서 퇴원했다. 그러나 그는 완전히 회복된 후에나 마을로 돌아가기로 했다. 원상태로 복귀하기까지는 두 달 정도가 더 걸렸다.

그는 전과 하나도 달라진 것 없는 모습으로 보무당당하게 마을로 돌아왔다.

번개는 미친 듯이 열렬하게 주인을 환영했다. 자신의 몸이 이전처럼 말끔해졌다는 것을 과시하기라도 하듯 돈 까밀로의 주위를 맴돌았다. 뻬뽀네는 우연히 사제관 앞을 지나다가 번개가 요란하게 짖어대는 소리에 무슨 일인가 싶어 재빨리 달려왔다.

"자, 보시오. 번개도 정상으로 돌아왔으니 우리 사이의 빚은 없는 거요!"

"정말 그렇군."

돈 까밀로가 말했다.

"흠, 아주 말끔하게 씻어냈군. 이젠 자네들 차례야, 빨간색으로 완전히 물든 나머지 개들을 깨끗이 닦아줄 차례지."

뻬뽀네가 싱긋 웃으며 중얼거렸다.

"이 썩을 놈의 신부, 아주 팔팔해졌군. 아니, 오히려 지나치게 팔팔해져버린 게 문제야."

휘파람 소리

언제나 사냥을 갈 때면 그렇듯이 돈 까밀로는 오늘도 채소밭으로 난 문을 지나 길을 나섰다. 그런데 성당 바로 뒤편의 그루터기 위에 걸터앉아 있는 한 소년의 모습이 눈에 들어왔다.

"저도 따라가면 안 돼요?"

소년은 일어나 이쪽으로 다가오며 물었다.

돈 까밀로는 그쪽을 쳐다보고 단박에 그가 누구인지 알아챘다.

"저리 비켜라!"

돈 까밀로가 거칠게 쏘아붙였다.

"하느님을 믿지 않는 불경한 꼬마를 내가 사냥에 데리고 갈 것 같으냐? 어서 비켜라!"

그러나 그 애는 돈 까밀로의 위협에도 도망가지 않고 그루터기에 앉아서 들판 한가운데로 멀어져 가는 돈 까밀로와 번개를 뚫어지게 바라보았다.

피노 바시는 아직 열세 살도 채 안 되었지만 벌써 공산당에 등록된 정식 당원이었다. 그들은 아이를 자기네 청소년 조직에 가입시켜 홍보물을 돌리거나, 적을 비방하는 낙서를 휘갈겨 쓰는 일을 맡기곤 했다.

피노는 다른 아이들보다 훨씬 적극적으로 활동했다. 다른 애들이 모두 집에서 거들어야 하는 일이 많았는데 반해, 피노만은 온종일 거리에서 살다시피 했기 때문이다.

피노의 어머니이자 치노 바시의 미망인인 바시 부인은 남편의 직업을 물려받았다. 그녀는 매일 아침 짐마차에 말을 묶고 질그릇과 냄비, 다양한 색의 천과 잡동사니를 팔러 이 마을 저 마을로 돌아다녔다. 그 일은 무척 고되었기 때문에 폐가 좋지 않은 피노에게 일을 돕게 할 수가 없었다. 그래서, 그녀는 할머니의 손에 아들을 맡겼다. 하지만 아이가 하도 밖으로 쏘다니는 통에, 점심 때면 피노를 찾아 돌아다니는 할머니의 모습을 종종 볼 수 있었다.

언젠가 돈 까밀로가 그녀를 불러 세워 아들 간수를 좀 더 잘하라고, 그렇지 않으면 어울리는 패거리들 때문에 골치 아픈 일이 생길지도 모른다고 경고했다. 그러나 그녀는 돈 까밀로의 말을 이렇게 받아쳤다.

"아이가 공산당원들을 따라다닌다는 건 성당에 가는 것보다 훨씬 더 재미있어서일 거예요."

돈 까밀로는 더 이상 말해 봐야 소용이 없다는 것을 알았다. 하루 종일 뙤약볕 아래서, 가끔은 비를 맞아가며 먹고살기 위해 몸뚱이가 닳도록 고생하는 불쌍한 여자에게 설교를 늘어놔 봐야 소용없는 노릇이었다.

돈 까밀로는 그녀의 짐마차가 지나가는 걸 볼 때마다 자신의 둘도 없는 친구이자 자신의 눈앞에서 죽어간 치노 바시를 생각했다. 그리고 번개와 함께 사냥을 갈 때마다 늘 그 불쌍한 친구를 떠올렸다. 그가 번개를 알았더라면 무척이나 기뻐했을 것이라는 생각조차 들었다.

치노는 타고난 사냥꾼이자 알아주는 명사수였다. 그는 사냥터를 제집 들듯이 돌아다니며, 원하는 것이라면 뭐든 잡을 수 있었다. 치노가 비둘기 맞히기 대회나 클레이 사격 대회에 나갈 때면, 마을 사람들의 절반가량이 축구팀을 따라다니는 서포터스처럼 그를 따라 나서곤 했다.

치노는 돈 까밀로가 꼽는 최고의 사냥 친구이기도 했다. 그런데 어느 날 둘이서 사냥을 나갔다가 치노가 발을 헛디뎌 웅덩이에 빠지면서 자기 총구 위로 구르는 사고가 일어났다. 그 사고로 치노는 자신의 탄환을 가슴에 맞고 돈 까밀로의 팔에 안겨 숨을 거두었던 것이다.

이런 죽음은 바시 집안의 비극적인 운명과도 같았다. 치노의 아버지 역시 사냥 시합 중에 오발 사고로 죽었고 치노도 같은 운명을 맞았다. 숨을 거두기 직전에 치노는 속삭이듯 돈 까밀로에게 말했었다.

"총은 자네가 갖게. 부디 조심해서 다뤄주게나…."

치노의 어린 아들놈이 사냥에 데려가 달라는 모습을 보면서, 돈 까밀로는 세상을 뜬 친구를 떠올릴 수밖에 없었다. 그래서 피노가 따라가면 안 되느냐고 물어 왔을 때, 자기 아버지의 명성에 누를 끼치는 녀석을 한 대 후려갈겨서 정신을 차리게 해주고 싶다는 생각이 굴뚝처럼 일어났던 것이다.

"번개야."

돈 까밀로가 단호하게 말했다.

"요다음에 저 악당 녀석을 만나거든 혼구멍을 내주자. 저 괘씸한 놈이 우리 화를 돋궈 약 올리려고 저러는 수작이 눈에 훤히 보이지 않니?"

번개 역시 동의한다는 듯이 나지막하게 짖었다.

너덧 새가 지나, 다시 사냥을 나서던 돈 까밀로는 같은 장소에서 자신을 기다리던 피노 바시와 또다시 마주쳤다.

"그만 두었어요. 이젠 따라가도 되지요?"

"그만두다니, 뭘 말이냐?"

"전 탈당했어요."

돈 까밀로는 한 방 얻어맞은 기분으로 아이를 굽어보았다. 녀석은 왼쪽 눈 아래 시커먼 멍을 달았고, 옷은 엉망진창이었다.

"무슨 일을 당한 거냐?"

"그만둔다니까, 다른 아이들이 저를 때렸어요. 걔네들하곤 더 이상 놀지 않을 거니 상관없어요. 이젠 따라가도 되지요?

"따라와서 뭘 하게?"

"그냥 총 쏘는 걸 구경하고 싶어요."

돈 까밀로가 걸음을 떼자, 아이는 그림자처럼 조용히 뒤를 따랐다. 성가시지도 않았고, 발걸음 소리조차 울리는 법이 없었다. 심지어 주머니 속에는 빵을 가득 넣어와, 그들이 돌아다니는 그 오랜 시간 동안 저녁 먹으러 가자고 칭얼대지도 않았다.

그날 사냥은 썩 괜찮았다. 돈 까밀로의 사격솜씨가 치노에게 미치지는 못했지만 그리 나쁘지 않은 수확을 올렸다. 게다가 번개도 말을 안 듣거나 귀찮게 구는 법이 없었다. 그저 몇 차례 허탕 치는 것에 귀찮다는 기색을 내비쳤을 뿐이다.

평소보다도 나은 성과를 올린 돈 까밀로가 만족스러운 표정을 지으며 집으로 돌아갈 채비를 하는 데, 갑자기 번개가 경계 태세에 들어갔다. 새로운 사냥감이 나타난 것이다.

"신부님, 한 번 쏴봐도 돼요?"

피노가 엽총을 손으로 가리키며 물었다.

"꿈도 꾸지 마라! 너는 총을 들어올릴 힘도 없잖아."

번개가 조심스레 앞으로 몇 발짝 걸어 나와, 사냥감이 있는 방향을 노려보기 시작했다.

"어서 이리 주세요!"

소년이 낮은 목소리로 외쳤다.

돈 까밀로는 엉겁결에 아이의 손에 총을 건넸지만 이미 때는 늦었다.

새가 이미 들판 저 멀리 훌쩍 날아오른 뒤였던 것이다. 헛방을 날리고도 자랑스러워하는 멍청한 사냥꾼이 아니라면 지금 총알을 날리는 일을 하지는 않으리라. 그게 아니라면 오직 전설의 사냥꾼 치노 바시 같은 명사수만이 그런 새를 감히 쏠 수 있는 것이다.

그러나 피노는 포기하지 않고 총을 들어 탄환을 발사했다. 그러자 날아오르던 새가 힘없이 툭 떨어졌다. 그 아버지에 그 아들이라고, 녀석도 자기 아버지처럼 사격솜씨가 보통이 아니었다.

갑자기 식은땀이 주르르 흘렀다. 치노가 죽게 된 것은 이 총 탓이었다는 사실이 새삼스레 돈 까밀로의 뇌리를 스쳤다. 그는 심장이 졸아드는 것 같았다. 자기 아버지를 죽게 한 총을 손에 쥐고 의기양양한 표정을 짓는 아이를 보게 되다니!

돈 까밀로는 아이의 손에서 거칠게 총을 빼앗았다.

그동안 번개는 쏜살같이 달려가서 소년의 발 앞에 갓 잡은 메추라기를 물어다 놓았다. 아이가 허리를 굽히고 머리를 쓰다듬어 주자, 개는 다시 들판 끝까지 달려가며 역동적인 자태를 뽐냈다. 그러고는 그 자리에 멈춰 서서 아이를 기다렸다.

바로 그 순간 아이는 돈 까밀로가 치노와 함께 사냥을 다니던 그 시절 이후로는 한 번도 들어본 적 없었던 바시 집안 특유의 묘한 휘파람 소리를 냈다. 번개가 즉시 휘파람에 반응을 보이자, 돈 까밀로는 얼음물이라도 뒤집어쓴 듯 소름이 쫙 끼쳤다.

소년은 메추라기를 내밀었다. 돈 까밀로는 아이에게 퉁명스레 말했다.

"네가 잡았으니, 네가 가져가거라!"

"엄마는 제가 사냥 다니는 걸 싫어하세요."

녀석은 힘없이 중얼거리더니 재빨리 어디론가 사라져 버렸다.

돈 까밀로는 메추라기를 사냥 자루에 아무렇게나 쑤셔 넣고 까불거리는 번개를 앞장세웠다. 얼마쯤 걸었을까, 갑자기 번개가 그 자리에 굳은 듯 멈춰서는 바람에 돈 까밀로도 급히 정지했다.

멀리서 아까 들었던, 소름 끼치는 휘파람 소리였다. 번개는 정말 번개처럼 달려나갔다.

"번개야!"

돈 까밀로가 고함을 치자, 개는 잠깐 걸음을 멈추고 그를 돌아보았다.

"번개, 이리 돌아오지 못해?"

그러나 다시 휘파람 소리가 들려오자, 번개는 변명하듯 컹컹 짖고서 서둘러 달려가 버렸다.

찜찜한 기분에 사로잡힌 돈 까밀로는 곧장 집으로 향하는 대신, 샛길로 접어들었다. 한참을 걸은 그는 어느 웅덩이에 이르러서야 비로소 걸음을 멈추었다.

마침 헐벗은 나무의 앙상한 가지 사이로 저녁노을이 드리워졌다. 석양은 눈이 시리도록 붉은빛으로 하늘을 온통 물들이고 있었다.

바로 그 웅덩이 곁에는 치노가 자기 총에 맞아 숨진 장소가 검은 나무 십자가로 표시되어 있었다. 돈 까밀로는 성호를 긋고 자루에서 메추라기를 꺼내 십자가 밑에 내려놓았다.

"치노, 자네 솜씨가 여전하다는 건 알겠네."

돈 까밀로는 속삭였다.

"하지만 이런 짓은 두 번 다시 하지 말게."

돈 까밀로는 더 이상 사냥하러 갈 기분이 나지 않았다. 피노의 사건 때문에 놀란 가슴은 이제 벽 위에 걸어놓은 엽총만 봐도 쿵쾅거렸다. 그 뒤부터 돈 까밀로는 사냥 대신 가끔씩 번개를 벗 삼아 산책하는 것을 유일한 소일거리로 삼았다.

돈 까밀로에게 한바탕 혼난 일로 기가 꺾인 번개는 어찌나 점잖게 행동을 했는지, 돈 까밀로가 퍼부은 위협적인 말들을 처음부터 끝까지 모두 알아듣고 마음에 깊이 새기며 반성하는 것처럼 여겨질 지경이었다.

이따금 주인이 잠시 바람을 쐬러 밖으로 나가기라도 하면, 번개는 꼭 뒤를 따라 나왔다. 그러나 꼬리는 항상 아래로 늘어뜨린 채였다.

그러던 어느 날 오후, 돈 까밀로가 시가를 피우며 마당을 거닐고 있는데 예의 그 휘파람 소리가 들려왔다.

돈 까밀로는 동작을 멈추고 번개를 바라보았다. 번개는 미동도 하지 않았다. 휘파람 소리가 또 한 번 들려왔다. 그러자 이번에는 번개가, 비록 몸통은 움직이지 않았지만 꼬리를 바짝 세워 살랑거렸다. 돈 까밀로가 버럭 고함을 지르자 번개는 그제야 정신없이 흔들어 대던 꼬리를 내려놓았다.

휘파람 소리가 세 번째로 들려왔다. 불안해진 돈 까밀로는 번개를 집안으로 끌고 들어가려고 개목걸이를 잡았다. 그러나 번개는 미끄러지듯 돈 까밀로의 손을 벗어나 울타리를 뛰어넘어 사라져버렸다.

피노는 커다란 느릅나무 뒤에서 번개를 기다리고 있었다. 그들은 몰리나초를 향해 함께 걸어가기 시작했다. 몰리나초는 한때 물방앗간으로 사용되었던 곳이었다. 하지만 50~60년째 물이 흐르지 않아 개천에는 그저 돌무더기만 남아 있었다.

피노는 번개를 데리고 다 쓰러져 가는 물방앗간으로 향했다. 문이 떨어져 나간 흔적이 남아있는 벽 앞에 서더니 돌 몇 개를 들어냈다. 그 안에서 좁고 기다란 상자가 나타났다.

아이는 상자에서 기름 헝겊에 둘둘 말린 물건을 하나 꺼냈다. 번개는 이상하다는 듯 보고 있었지만, 이내 그것이 무엇인지를 알아차렸다.

헝겊 속에는 구식 장총이 한 자루 들어 있었다. 어찌나 관리가 잘 되어 있었든지 새것처럼 반짝반짝 윤이 났다.

"내가 우리 집 다락방에서 찾아낸 거야. 이건 증조할아버지의 총인데, 당시에는 그분이 최고 사냥꾼이셨대. 화약을 직접 집어넣고 장전해야 하는 번거로움이 있기는 하지만, 쏘는 맛 하나는 기가 막혀."

소년은 중얼거리며 장총을 꺼냈다. 그러고는 화약통을 호주머니에 넣고, 총을 짧은 망토 아래 감춘 뒤 번개를 앞장세우고 자리를 떠났다.

저녁 무렵 총을 다시 제자리에 갖다놓으러 몰리나초로 돌아오는 소년의 호주머니는 메추라기로 터질 듯 부풀어 있었다.

"난 이걸 집으로 가져갈 수 없어. 엄마나 외할머니가 아시면 울고불고 난리를 칠 거야."

소년이 설명했다.

"그러니 잡은 걸 모두 읍내의 사냥꾼에게 갖다 주고 대신 화약이나 총알 같은 것들로 바꿔오자고."

이날부터 번개의 이중생활이 시작되었다. 개는 고분고분 얌전하고 충실하게 성당 문지기의 역할을 수행하다가도, 어느 때든 피노의 휘파람 소리만 들리면 만사를 제쳐 놓고 성당 뒤쪽의 들판을 향해 달려나갔다. 그럴 때는 누구도 번개를 붙잡을 수가 없었다.

돈 까밀로는 참다못해 번개를 집 밖으로 쫓아냈다.

"계속 그런 행동을 한다면 내 집에는 한 발자국도 들여놓지 못할 줄 알아라."

심지어 그는 본때를 보여주기 위해 번개의 궁둥이를 발로 걷어차기도 했다. 그러나 번개는 오히려 내심 기쁜 눈치였다. 왜냐하면 이제는 마음 내키는 대로 사냥하러 다닐 수 있게 되었기 때문이다.

피노는 이제부터 꿩을 잡겠다고 마음을 먹었다.

"도요새나 메추라기를 잡는 건 이제 지겨워."

녀석은 번개에게 자신의 심정을 털어놓았다.

"난 좀 더 그럴듯한 걸 잡고 싶어. 우선 꿩이 어디 있는지 찾아야겠어. 꿩 한 마리도 못 잡으면서, 어디 가서 제대로 된 사냥꾼이라는 소리를 들을 수가 있겠니?"

그들의 사냥터에서 그리 멀지 않은 곳에 꿩이 있었다. 거길 가려면 철망 울타리를 넘어 수렵 금지 구역으로 넘어들어가기만 하면 되었다. 그 안에 있는 수백, 수천 마리의 꿩들은 '날 잡아 잡수시오.' 하고 기다리는 듯했다. 그렇지만 그 구역은 감시인이 붙어 있어 밤낮으로 경계가 심했다.

그래도 꿩을 쏘아 맞힌다는 건 상상하는 것만으로도 몸이 떨릴 만큼 매력적인 일이었다.

어느 날 피노와 번개는 결국 철조망을 넘기로 했다. 그날따라 안개가 짙게 끼어 남들의 눈에 뜨일 염려도 없었고, 총소리도 멀리 퍼져나가지 않을 것 같았는데 그것이 행운인지 불행인지는 모를 노릇이다.

아이는 철조망을 끊는 절단기를 들고 땅바닥에 엎드려 자신과 번개가 겨우 들어갈 만큼의 개구멍을 만들었다. 그러고 나서 그들은 풀숲에 몸을 숨기고 꿩을 찾아 움직였다.

얼마 지나지 않아, 피노는 살찐 꿩을 한 마리 발견하고 총알을 날렸다. 총에 맞은 꿩은 끈 떨어진 연처럼 아래로 추락했다. 그러나 꿩은 털썩 소리가 날 정도로 세게 땅에 떨어졌는데도 다시 날갯짓을 하더니 덤불 속으로 모습을 감췄다.

번개가 그 꿩을 쫓아가려 할 찰나 피노가 낮은 소리로 제지했다. 누군가 고함을 치며 쫓아오고 있었다. 피노는 고개를 숙여 모습을 숨기며 쏜살같이 도망쳤고, 번개도 그 뒤를 따랐다. 그러나 워낙 안개가 짙은 데다 굉장히 흥분했던 탓에 피노는 자신이 구멍을 뚫은 개구멍보다 약간 오른쪽으로 달려오고 말았다.

마음이 급해지니 몸도 말을 잘 안들었다. 더듬더듬 구멍을 찾아낸 아이가 철조망 밖으로 나가려고 몸을 굽히는 순간, 감시인의 총알이 날아왔다.

피노는 비명소리 조차 내지 못하고 땅바닥에 쓰러졌다. 온몸에서 힘이 빠져나가는 것을 느끼면서도 어떻게든 개구멍으로 나가 보려고 애를 썼다. 바로 그때, 감시인이 도착했다. 번개는 소년 앞에 버티고 서서 이빨을 드러내고 으르렁거렸다. 남자는 그 자리에 주춤하고 서더니 피투성이인 채로 땅바닥에 쓰러진 소년을 보고는 얼굴이 창백해졌다.

피노는 아직도 두 손으로 땅을 긁어대며 철조망을 빠져나가려고 애쓰고 있었다. 번개는 감시인에게서 눈길을 떼지 않은 채 구멍 밖으로 빠져나가 아이의 옷깃을 이빨로 잡아당겼다. 감시인은 망연자실한 얼굴로 잠시 서 있다가 숲 속으로 달아나 버렸다. 피노는 겨우 철조망 밖으로 나왔지만, 이제는 숨이 끊어진 듯 꼼짝도 하지 않았다.

번개는 미친 듯이 짖어대며 마을을 향해 달렸다.

돈 까밀로는 막 아기에게 세례를 주려던 참이었다. 갑자기 뛰어들어온 번개가 그의 옷자락을 물고 늘어지며 문가로 잡아끌었다. 번개는 마치 사자처럼 엄청난 힘으로 돈 까밀로를 밖으로 끌고 나왔다.

일단 문밖까지 나오자 번개는 옷자락을 놓아 주고는 앞으로 달려가다가 멈추어 서서 따라오라는 듯 짖어댔다. 그리고 다시 돌아와서는 옷자락을 물고 잡아당겼다. 급한 일이니까 따라오라는 몸짓이 분명했다.

돈 까밀로는 마음이 급해져 번개를 뒤쫓기 시작했다. 신부복

차림에 한 손에는 기도서를 든 채였다. 돈 까밀로가 마을의 큰 길을 달려가는 동안 사람들이 하나둘씩 밖으로 나와 그의 뒤를 따랐다.

*

돈 까밀로가 축 늘어진 아이를 양팔에 안고 마을로 돌아왔다. 사람들은 말없이 행렬을 지어 따라왔다. 돈 까밀로가 조심스레 아이를 침대에 내려놓자, 아이의 할머니는 죽어가는 손자를 보며 울부짖었다.

"너도 그런 팔자였구나! 하느님도 무심하시지, 모두들 이렇게 죽다니…."

의사는 그저 아이가 편안하게 세상을 뜨도록 놔두는 수밖에 다른 방법이 없다고 선언했다. 사람들은 맥이 풀린 듯, 죽어 가는 소년을 바라보고 있을 뿐이었다. 번개는 어디론가 모습을 감추었다가 갑자기 다시 나타나 넓은 방 한가운데에 버티고 섰다.

번개의 입에는 수렵 금지 구역에서 잡은 꿩이 물려 있었다. 번개는 그것을 문 채 침대로 가더니 대리석처럼 굳어가는 아이의 오른손 옆에 내려놓았다. 그러자 아이가 눈을 뜨더니 손가락을 움직여 그것을 쓰다듬고는 엷은 미소를 띤 채 숨을 거두었다.

번개는 그다지 슬퍼하는 것처럼 보이지 않았다. 그저 바닥에 웅크리고 엎드려 있을 뿐이었다.

그러나 다음날 사람들이 피노를 관에 넣으려 할 때, 그들은 돈 까밀로를 불러와야만 했다. 번개가 아무도 아이 근처로 다가오지 못하게 으르렁거렸기 때문이었다. 돈 까밀로가 아이를 관에 눕혀야 한다고 하자, 번개도 알아들었는지 주인이 하는 대로 내버려 두었다. 마치 자기 주인만이 아이를 만질 수 있다고 여긴 것 같았다.

장례식에는 마을 사람들 모두가 참석했다. 돈 까밀로가 관 앞에 서서 세상을 떠난 아이의 영혼을 위한 기도를 올릴 때, 번개가 시선을 아래로 향한 채 꿩을 물고 아이 곁으로 다가섰다. 관이 구덩이 안으로 내려질 때 번개는 맨 앞에서 지켜보고 있다가, 사람들이 흙을 한 움큼씩 집어 관 위로 던지자 피노가 묻힌 구덩이 안으로 꿩을 떨어뜨렸다.

모두들 이 개의 범상치 않은 행동에 소름이 끼쳐 서둘러 묘지를 떠났다.

마지막으로 자리를 뜬 사람은 돈 까밀로였다. 그 뒤에는 번개가 고개를 푹 숙인 채 뒤따랐다. 그들이 묘지 밖으로 나오자마자, 번개는 어디론가 사라졌다.

*

수렵 금지 구역의 감시인들은 경찰서에서 이틀 밤낮 동안 지독한 심문을 받았지만, 그들의 대답은 한결같았다.

"우린 모릅니다. 그날은 안개가 아주 짙게 끼었기 때문에 순찰 도중에 아무것도 보거나 들을 수가 없었단 말이오. 분명히 다른 밀렵꾼의 짓일 거요."

세 사람은 모두 증거 불충분으로 풀려났다.

그 뒤, 번개는 낮에는 종일 사제관에 웅크리고 앉아 있다 밤이 되면 사라져 새벽녘에야 돌아오는 일을 반복했다.

스무날 동안 계속된 번개의 기이한 행동은 세 명의 감시인 중 한 사람의 집 창문 아래서 짖어대기 위한 것이었음이 밝혀졌다. 그동안 번개는 어디에 숨어있는지 모습을 드러내지 않고 그 감시인의 집 근처에서 끊임없이 짖어댔던 것이었다.

21일째 되던 날 아침, 그 감시인은 결국 경찰서를 찾아가 자수했다.

"차라리 나를 잡아 가두시오. 난 그 애를 죽일 생각은 없었지만, 어쨌든 총을 쏜 건 나였소. 어떻게 하든지 마음대로 하시오. 하지만 저놈의 개가 짖어대는 소리만은 더 이상 참을 수 없소!"

*

모든 것이 예전처럼 돌아왔다. 돈 까밀로도 다시 번개와 함께 사냥을 나서게 되었다. 그렇지만 이따금씩, 아무도 없는 외딴 숲 한가운데에 이르면, 번개는 갑자기 걸음을 멈추고 가만히 앞을 응시하곤 했다.

그러면 조용한 가운데 불쌍한 바시 집안 남자들만이 불 수 있었던 그 독특한 휘파람 소리가 정적을 깨고 들려오는 것이었다.

돈 까밀로와 뻬뽀네의 어린 시절

놈들은 돈 까밀로가 경건한 마음으로 미사를 거행하는 틈을 노려 일을 저지르기로 마음을 먹었다. 녀석들은 사람들의 눈을 피해 사제관에 딸린 채소밭 울타리와 맞닿은 들판을 가로질렀다. 이미 어디선가 자두나무와 버찌나무 서리를 성공적으로 마친 그들의 다음 목표는 성당 앞뜰에서 자라고 있는 사과나무였다. 놈들은 전지가위를 손에 들고 바닥에 바짝 엎드린 채 울타리에 구멍을 뚫기 시작했다.

여섯 명의 꼬마 서리꾼들을 통솔하는 대장은 하얀 바탕에 빨간색 줄무늬가 그려진 가벼운 반소매 셔츠를 입고 곱슬머리를 왼쪽 눈 위로 늘어뜨린 말썽꾸러기 소년이었다. 온통 긁힌 자국으로 가득한 다리와 여기저기 뜯어진 바지, 그리고 얼핏 엉덩이가 내비치는 바짓가랑이에 난 구멍은 녀석이 얼마나 전문적인 서리꾼인지를 알려주는 징표였다.

원래 성당에는 성가대 자리 뒤쪽으로 노란색과 푸른색으로 장식된 창문 두 개가 달려있는데, 지금은 둘 다 활짝 열려 있었기 때문에 제대 앞에 서 있는 돈 까밀로가 오른쪽으로 시선을 돌리기만 하면 이 꼬마 악당들의 위험천만한 장난은 금세 탄로 나게 되어 있었다. 게다가 꼬마 도둑들의 목표인 사과나무 주변에는 딱히 숨을 만한 곳도 없었다.

울타리에 개구멍이 뚫리자, 대장은 신호를 보내 먼저 부하 한 명을 정찰 보냈다. 명령을 받은 소년은 밭고랑 사이를 조심스럽게 기어 사과나무 아래에 이르렀다. 그러고는 원숭이처럼 민첩하게 나무 위로 기어 올라갔다. 소년은 조금 올라가는 듯하더니, 성당을 한 번 들여다보고는 울타리 너머에 남아있는 일당들에게 돌아갔다.

"너무 어려워. 저기 수풀이 맞닿은 데까지는 나무가 가려주기 때문에 괜찮아. 하지만 그 위로는 안에서도 훤히 다 보일 거야. 분명히 신부님한테 들키고 말걸."

대장이 우물거리며 먹고 있던 자두 씨를 뱉었다.

"들키긴, 그 멍청이가 무얼 본다고!"

대장은 자신만만하게 말했다.

"좋아, 내가 직접 시범을 보여주지. 너희는 아무 소리도 내지 말고 나무 뒤에 숨어 있다가 사과가 떨어지기 시작하면 잽싸게 받아. 한 알이라도 땅에 떨어뜨리면 알지? 실수하는 놈한테는 뜨거운 맛을 보여줄 거야테다!"

망보는 녀석 하나만 남겨두고 모두들 채소밭 안으로 기어들어갔다. 사과나무 아래에서 대장이 재차 확인했다.

"내가 위험 신호를 보내면 각자 알아서 도망쳐라. 나중에 낡은 물방앗간에서 만나자. 난 내가 알아서 할 테니까."

졸개 중의 한 명이 말했다.

"만일 신부님이 널 보면 어쩌려고 그래? 네 얼굴을 뻔히 알 텐데. 도망쳐도 나중에 널 찾아내고 말걸."

대장은 잠시 키득거리더니 손수건을 꺼내 얼굴에 둘렀다. 왼쪽 눈 위로 늘어진 머리카락 때문에 알아볼 수 있는 거라곤 반짝거리는 오른쪽 눈뿐이었다.

"이래도 날 알아보겠어?"

*

예수님이 미사를 집전하던 돈 까밀로에게 나지막한 목소리로 지적하였다.

"돈 까밀로, 무얼 하는 게냐. 그 쪽이 아니니라."

"죄송합니다, 예수님."

돈 까밀로가 미사 경본을 뒤적이며 대답했다.

"그 쪽도 아니니라."

"저를 용서해 주십시오. 제가 왜 이러는지 모르겠습니다."

"네가 경본을 넘기면서도 연신 창밖을 바라보고 있기 때문이 아니더냐."

손수건으로 얼굴을 가린 말썽꾸러기 녀석이 사과나무 위로 기어 올라가더니 가지에 자리를 잡고 걸터앉아, 마치 자기네 집에 편안히 앉아있기라도 한 듯 맘 놓고 작업에 들어갔다. 녀석은 빠르고 정확하게, 전혀 동요하는 기색 없이 사과를 따서 공범들에게 던져주고 있었다.

"돈 까밀로."

예수님이 나무라셨다.

"넌 내가 꾸중을 해도 자꾸 밖으로 눈길을 돌리는구나."

돈 까밀로라고 해서 변명거리가 없는 것은 아니었다.

"예수님, 실은 사과나무 위에 누가 올라가 있어서 그럽니다."

예수님은 계속 돈 까밀로를 엄하게 추궁하셨다.

"돈 까밀로, 네게는 너의 주님보다도, 그저 사과 몇 알이 더 중요한 게냐?"

"그저 몇 알이 아닙니다!"

돈 까밀로가 한탄했다.

"400개, 아니 천 개도 넘는 것 같습니다! 지금 사과를 서리하는 저 악마는 손이 백 개는 되는가 봅니다, 예수님."

"알겠노라, 돈 까밀로."

예수님은 한숨을 쉬셨다.

"그게 그토록 심각한 문제라면 당장 미사를 중단하고 네 사과를 지키러 가려무나."

"아닙니다, 예수님. 홍수로 둑이 무너져 교회가 물에 잠겼을 때에도 제가 당신께 바치는 미사를 중단하지 않았다는 사실을 잘 아시지 않습니까? 이 세상의 무엇도 제가 드리는 이 미사를 방해하지는 못할 겁니다. 어찌 주님과 사과를 동등하게 비교할 수 있겠습니까. 저는 그저 꼬마 악당의 뻔뻔한 행동에 마음을 상했을 따름입니다."

"지금 꼬마라고 했느냐?"

"그렇지만 자신의 잘못을 모를 만큼 어리지는 않습니다. 여덟이나 아홉 살은 충분히 되어 보이니까요."

"그렇다고 해도 어린아이를 악당이라고 불러서는 안 되느니라, 돈 까밀로. 나는 오래전에 저 나무에 올라가 사과를 따던 아이 하나를 기억하고 있다. 그 아이는…."

"형제 여러분, 기도합시다!"

돈 까밀로는 예수님이 더 이상 아무런 이야기를 하지 못하시도록 재빨리 말을 잘랐다.

지금도 성당 안뜰에 커다란 그늘을 드리우고 있는 저 사과나무는 무척 오랫동안 제자리를 지켜왔다. 40년 전에도 가을이 오면 향긋한 사과가 큰 바구니 세 개 정도는 가볍게 채울 정도로 매달렸었는데, 지금까지도 매년 네 바구니씩 수확을 내고 있으니 실로 경이롭다고 해도 지나치지 않았다.

그때도 지금과 마찬가지로 아이들은 틈만 나면 과일 서리를 했다. 아침 일찍 일어나 빵 몇 조각만 들고 나간 아이들의 주머니는 저녁이면 과일로 가득했다. 오히려 지금 아이들이 하는 서리는 그 시절과 비교하면 차라리 애교스럽다고 할 수 있다. 나무에 과일이 익어갈 때가 되면, 당시의 아이들은 작심하고 지나다니는 모든 길목의 나무에 남은 열매가 하나도 없을 정도로 서리를 해댔고, 때로는 과일을 따기가 귀찮아 가지를 통째로 잘라올 정도였으니까 말이다.

아이들은 보통 몇명씩 무리 지어 서리하러 다녔는데, 그중에서도 가장 악명 높았던 것이 키아비코네 무리였다. 열 살 또래의 아이들 열두엇이 모여 구성한 그 서리꾼 패거리는 스티보네 강둑 근처에 본부를 두고 있었고, 서리 솜씨만 놓고 따지자면 가장 팔팔할 나이인 열여덟짜리 청년들보다도 더 뛰어났다.

그들은 과일 보다도 서리하는 일 자체에서 더 큰 즐거움을 느꼈다. 녀석들은 너무나 솜씨가 좋았기 때문에 열매가 달린 것을 보는 족족 해치워버렸고, 그래서 그들과 경쟁할 만한 서리꾼들이 근동에는 하나도 남지 않을 정도였다. 이미 다 따버린 나무를 놓고 무엇을 할 수 있단 말인가?

녀석들은 자신들의 구역에 아주 철저했다. 구역을 지키는 일은 일종의 자존심 같은 것이었기 때문이다. 또한 녀석들은 다른 서리꾼들이 엄두도 못 내는 장소를 골라서 덤벼들기도 했다. 과수원 주인이 펄펄 뛰며 화를 내고 경비를 늘리고 밤낮없이 지키는 모습을 볼 때마다, 더 큰 희열을 느꼈기 때문이었다.

다른 서리꾼들이 쉬이 엄두를 내지 못하는 구역 중에서도 가장 악명 높은 곳은 바로 성당 안뜰의 사과나무였다. 엽총을 분별없이 갈겨대는 고약한 종지기가 지키고 있는 데다, 사제관도 무척이나 가까워서 본당 신부의 눈에도 띄기 쉬웠다. 거기서 걸리는 아이는 누구든 본당 신부의 사주를 받은 부모들에게 닦달을 당하게 마련이었다.

거기에 도전해서 성공을 거두는 유일한 놈들이 키아비코네 녀석들이었다. 그들의 비결은 대장을 중심으로 모여 일사불란하게 명령을 따르는 부하들 사이의 단단한 결속력에 있었다. 이는 어떤 다른 서리꾼 무리에게서는 쉽게 찾아볼 수 없는 특징이었다. 그런 녀석들의 구성원이 바뀐 것은 딱 한 번뿐이었는데, 그 일의 자초지종은 다음과 같다.

어느 해인가, 키아비코네 무리 중 하나가 마을을 떠났다. 갑자기 사라진 그 아이의 행방을 아는 사람은 아무도 없었다. 녀석들은 새로운 인원을 보충하지 않았다. 언제가 될지는 모르지만 반드시 돌아올 거라 믿고 그 아이를 위해 자리를 하나 그냥 비워두기로 결정했다.

그러나 정확히 3년 만에 돌아온 아이는 예전의 말썽꾸러기가 아니었다. 그 아이는 아무에게도 알리지 않고 몰래 신학교에 입학했던 것이다.

단원의 변절이라는 사상 초유의 사태에 직면한 키아비코네 일당은 그 아이 대신 로세토 델라 카사 브루차타라는 거창한 이름을 가진 아이를 대신 집어넣기로 결정했다. 모두가 3년이나 기다릴 정도로 그 아이를 아꼈는데, 이제 와서 신부들이나 입는 까만 옷을 입고 나타났다는 사실에 분노했던 것이다.

그 와중에 버찌를 수확할 계절이 돌아왔다. 바야흐로 키아비코네 일당이 능력을 발휘할 때가 돌아온 것이다. 열한 명의 아이들은 스티보네에 있는 본부에 모여 어느 과수원에서 처음으로 서리를 할 것인지를 의논했다. 이런저런 의논이 15분쯤 이어졌을 때, 망을 보던 아이가 '적이 나타났다'는 경보를 울렸다.

모두 아카시아 나무 덤불 속에 숨어 적이 지나가길 기다렸다. 잠시 뒤 둑길에 꼬마 신학생의 모습이 나타났다.

대장이 휘파람을 불자, 일당은 우르르 몰려나와 그 꼬마 신학생 둘러쌌다.

"뭐하자는 거냐?"

대장이 위협하듯 물었다.

"이젠 우리를 염탐하러 다니냐?"

"아니, 그게 아니야. 그냥 좀 따질 게 있어서 왔어. 너희가 나

대신에 로세토 델라 카사 브루챠타를 끼워줬다는 얘기를 들었어. 이건 불공평해. 그 자리는 내가 살아있는 한, 내 자리란 말이야."

꼬마 신학생의 당당한 대답에 모두들 배꼽을 잡고 웃음을 터뜨렸다.

대장이 말했다.

"신학생이 됐으면 성당에 가서 묵주기도나 해. 우리한테 성직자 따위는 필요 없다고! 성직자는 인민의 적이니까 말이야!"

열 살짜리 꼬마에겐 제법 큰 상처가 될 법한 말이었다. 그렇지만 꼬마 신학생은 이와 같은 말을 여기가 아니라 다른 곳에서도 이미 골백번은 더 들었기 때문에 조금도 평정심을 잃지는 않았다.

"신학생은 주님의 심부름꾼이자 가난한 사람들의 특별한 친구야."

대장이 신호를 보내자 모두 그 아이에게 달려들어 꼼짝도 하지 못하게 붙잡고는 욕설을 퍼붓기 시작했다.

대장이 말했다.

"저리 꺼져! 앞으로 우리랑 마주치게 되면 똑바로 눈 맞출 생각은 하지도 마. 얘들아, 이 꼬마 신학생의 옷을 벗겨 갖고 놀자."

이 기발한 생각에 일당은 흥분했다. 그렇지만 꼬마 신학생은 고분고분 말을 듣지 않았다. 마치 올가미에 걸린 호랑이처럼 날뛰며 아이들의 손아귀에서 벗어나더니 꽁지가 빠지라고 도망치기 시작했다.

소년은 두 손으로 긴 옷자락을 움켜쥐고 미친 듯이 뛰었다. 불행하게도 소년은 강을 향해 달렸고 뒤를 쫓던 다른 아이들에게 강가에서 붙잡히고 말았다.

대장이 다른 아이들을 세워놓고 붙잡힌 꼬마 신부 앞에 나섰다.

"뽀 강에 빠뜨려라! 살고 싶으면 헤엄쳐 나오겠지."

다행히 강물이 가엾게 여긴 탓인지, 꼬마 신학생은 1미터 남짓한 아카시아 나뭇가지를 붙들고 다시 강둑으로 되돌아올 수 있었다.

그런 심한 장난을 쳐놓고도 방심을 하고 있었던 것은 대장의 실수가 분명했다. 강물에 처박힌 꼬마 신학생이 복수 하러 돌아오리라고는 상상도 못했던 것이다. 꼬마 신학생은 적을 속이기 위해 짐짓 겁에 질린 표정을 지어보였다. 그러다가 대장이 자신의 근처에까지 다가오자 몽둥이를 집어 들고 대장의 머리통을 세게 내리쳤다.

꼬마 신학생은 대장을 쓰러뜨린 뒤에도 나머지 일당에게서 눈을 떼지 않았다. 그리고 마치 악마에라도 홀린 듯이 회오리바람처럼 거세게 몽둥이를 휘둘러댔다.

미루나무 사이로 흩어져 숨은 아이들은 서로의 머리통에 난 혹을 보면서 어떻게 하면 저 꼬마 신학생의 몽둥이찜질을 멈출 수 있을까를 궁리했다.

마침내 대장이 용기를 내어 말했다.

"평화를."

꼬마 신학생이 대답했다.

"평화를."

대장은 다른 아이들을 한데 모아놓고 꼬마 신학생과 약속했다. 언제라도 꼬마 신학생이 돌아올 수 있도록 무리의 빈자리는 비워두기로….

키아비코네 서리단은 이렇게 해서 다시 제 모습을 되찾았다. 그들이 보무도 당당하게 서리를 나서는 길에는 꼬마 신학생이 뒤따랐다. 나무 몽둥이를 질질 끌면서.

작업에 들어갈 장소가 훤히 내려다보이는 곳에 이르자, 대장이 꼬마 신부 쪽으로 몸을 돌리며 속삭였다.

"옷이 달라붙을 텐데 어떻게 나무에 기어오를 거야?"

꼬마 신학생이 대답했다.

"난 너희들하고 한 편이야. 그렇지만 직접 끼지는 않겠어. 너희들은 작업을 해, 나는 기도를 할게."

일당은 버찌 서리를 시작했고, 꼬마 신학생은 울타리 건너편에서 무릎을 꿇고 기도를 했다.

잠시 후 아이들은 본부로 돌아와 노획물을 나누기 시작했다.

"재는 아무것도 안 했잖아. 그러니까 아무것도 가질 권리가 없어."

“그래, 난 아무것도 원하지 않아. 난 십계명을 어길 수 없어. 일곱 번째 계명, 도둑질하지 마라.”

일당 중의 하나가 꼬마 신학생을 가리키며 말했다.

“그렇다면 너는 무엇 땜에 우릴 따라다니냐?”

“너희를 용서해 달라고 하느님께 기도드리러.”

대장은 열한 무더기로 나눈 뒤 마지막으로 중얼거렸다.

“그래도 쟤한테 아무것도 주질 않는 건 썩 공평한 것 같지 않아.”

“난 아무것도 가질 자격이 없어.”

꼬마 신학생이 능청스레 말했다.

“하지만 누가 그냥 나누어주는 것까지 거절할 수야 없겠지?”

각자 한 움큼씩 버찌를 집어 꼬마 신학생에게 주었고 모든 상황은 깨끗이 정리되었다.

그 해에 키아비코네 무리는 놀라울 정도의 실력 발휘를 했다. 그리고 명성에 걸맞게 본당의 사과나무 서리를 마지막 작업 대상으로 정했다.

“이번에는 빠질래.”

꼬마 신학생이 말했다.

“난 성당에 남아서 기도할게.”

오후 1시 반, 일당이 성당 채소밭의 사과나무를 서리하는 동안, 꼬마 신부는 제대 앞에 무릎을 꿇고 기도를 드리고 있었다.

그런데 어디선가 나지막한 음성이 들려왔다.

"무얼 하고 있느냐?"

꼬마 신학생은 예수님의 음성인 것을 금방 알아차리고 겸손하게 고개를 숙이며 대답했다.

"기도드려요."

"그래, 누구를 위해?"

"십계명의 중요성을 모르고 과일을 훔치는 아이들을 위해서요."

"과일을 훔치는 아이들 모두를 위해서?"

"예, 예수님. 그리고 지금 서리에 나선 내 친구들을 위해서요. 그 아이들은 옳고 그른 걸 잘 구별하진 못하지만, 아주 질 나쁜 애들은 아니에요. 그들을 용서해주세요!"

"만일 네 친구들이 과일을 훔치는 나쁜 버릇을 가지고 있다면, 왜 과일을 훔치지 말라고 설득하지 않는 거냐? 혹시 아이들이 네 말을 듣지 않더냐?"

"아니요, 예수님. 내 말을 잘 들어요. 그렇지만 과일을 훔치지 말라고 걔들을 설득하면, 어떻게 나중에 내 몫의 과일을 달라고 할 수 있겠어요?"

예수님이 미소 지으셨다.

"너의 정직함과 순진무구함을 높이 사마. 그래도 네 생각에 동의할 수는 없구나. 성직자는 죄인들을 선한 길로 이끌어야 하는 법이 아니더냐."

꼬마 신학생의 두 눈에서 눈물이 흘렀다.

“알아요, 예수님 그래도 난 과일이 너무 좋은 걸요? 신학교에서는 조금씩밖에 안 준단 말이에요.”

“네가 걷기를 바라는 길에는 힘들고 희생해야 할 것이 잔뜩 있느니라.”

채소밭 쪽에서 왁자지껄한 소란이 들리자, 꼬마 신학생은 성가대 자리 위로 뛰어 올라가 열린 창문으로 밖을 내다보았다. 종지기가 서리를 하던 일당을 발견하곤 고함을 지르며 아래층으로 내려오는 중이었다. 아이들은 민첩하게 나무 아래로 뛰어내려 꽁지가 빠지라 도망쳤다. 하지만 나무 꼭대기에서 작업하던 대장은 아래에서 과일을 받아 챙기던 다른 아이들처럼 빨리 내려올 수가 없었다. 게다가 서두르는 통에 발아래 나뭇가지까지 부러지고 말았다. 다행히도 다른 가지를 붙잡아 땅에 떨어지지는 않았지만 허공에 대롱대롱 매달릴 수밖에 없었다. 그가 매달려 있는 가지 역시 곧 부러질 것만 같았다.

“예수님.”

꼬마 신학생이 부르짖었다.

“예수님하고 대화하느라 기도를 못했잖아요. 보세요, 저 불쌍한 아이한테 무슨 일이 생겼는지. 예수님, 용서해주세요. 그렇지만 사람이 기도할 땐 방해하지 말아야 한다고요!”

대장이 매달린 가지가 끼익 소리를 내며 막 부러지려는 찰나, 꼬마 신학생은 펄쩍 뛰어 창문을 넘어 채소밭으로 단숨에 달려갔다.

아이의 기도를 방해하는 바람에 이런 재난이 벌어진 것에 공동 책임을 느낀 예수님은 다소 억지라는 것을 알면서도 꼬마 신학생을 도와주기로 결정하셨다.

덕분에 꼬마 신학생은 가지에 겨우겨우 매달려 있던 대장이 땅에 막 떨어지려는 순간에 맞춰 사과나무 아래에 도착할 수 있었다. 두 소년은 그렇게 양배추밭에 나뒹굴었다.

꼬마 신학생은 온몸에 타박상을 입고 탈골이 된 까닭에, 보름 동안이나 침대에 누워있어야만 했다. 팔이나 목뼈 혹은 척추를 부러뜨리지 않고 무사할 수 있었는지는 하느님만이 아실 일이다.

꼬마 신학생은 다시 걸을 수 있게 되자, 제대 위의 십자가 앞에 무릎을 꿇고 말했다.

"예수님, 저와 제 친구를 도와주셔서 고맙습니다. 과일에 대해서는 나중에 제가…."

"걱정하지 말거라."

예수님은 꼬마 신학생의 말을 끊으며 대답하셨다.

"과일 얘기는 나중에 다시 하자꾸나. 시간은 아직 많이 있으니까…."

돈 까밀로는 바로 코앞에서 사과나무가 서리당하는 모습을 외면하기 위해 엄청난 노력을 기울이면서 미사를 계속 집전했다. 그리고 그 일이 일어났다.

어떻게 된 건지는 아무도 모른다. 그날 아침 성당에 있던 사람들은 평생 잊지 못할만한 일을 목격했다. 돈 까밀로가 미사를 드리다 말고, 갑자기 날듯이 제대 앞에서 뛰쳐나간 것이다. 순식간에 사과나무에서 뚝하는 소리와 함께 가지가 부러졌고, 마치 오래전 얘기에 나온 다른 악당처럼 부러지는 가지에 매달려 있던 아이가 돈 까밀로의 품 안으로 떨어졌다.

돈 까밀로는 그 아이를 땅바닥에 내려놓고 얼굴을 가리고 있던 손수건을 잡아챘다.

"네가 네 아비보다 더 가벼웠더라면…."

돈 까밀로가 아이를 발로 뻥 차서 쫓아내고는 다시 성당으로 돌아와 미사를 집전했다. 그는 예수님을 걱정시키지 않으려고 뻬뽀네의 아들이 떨어지며 자신의 갈비뼈를 부러뜨린 사실을 내색하지 않았지만, 예수님은 그 사실을 너무나 잘 알고 계셨다.

파산 소동

"이 야심한 밤에 웬일이오. 지금은 신자들이 방문할 시간이 훨씬 지났는데."

돈 까밀로는 밤늦은 시간에 뻬뽀네의 아내가 사제관을 찾아오자 툭 쏘아붙였다.

"신부님이나 의사들은 업무 시간이 따로 정해져 있지 않은 걸로 알고 있는데요."

그녀는 웃으며 맞받아쳤다.

"좋소, 하지만 앉시 말고 용건만 간단히 말하시오. 할 말이 뭐든 빨리 끝내고 어서 돌아가 달라는 뜻이니까. 그래, 도대체 무엇 때문에 나를 찾아온 건가?"

"새집 때문이에요. 와서 축성해 주세요."

돈 까밀로가 주먹을 불끈 쥐고 단호한 목소리로 말했다.

"그 일 때문이라면 번지수를 잘못 찾아온 거요. 안녕히 가시오."

뻬뽀네의 아내는 난처한 표정으로 어깨를 들썩였다.

"신부님, 지난 일은 그저 지난 일이잖아요. 물처럼 흘려보내 주세요. 저도 낭떠러지에 매달린 사람의 절박한 심정으로 부탁을 드리러 온 거란 말이에요."

*

돈 까밀로는 고개를 흔들었다. 여섯 달 전, 그는 뻬뽀네로부터 지독한 모욕을 받은 적이 있었고, 그 일은 지금까지도 좀처럼 잊혀지지 않았다.

그 무렵 뻬뽀네는 갑작스러운 결정을 내렸다. 초라하고 낡아빠진 작업장을 닫아버리고, 눈알이 튀어나올 정도로 바쁘게 돌아다니며 여기저기서 돈을 끌어대어, 마을 변두리 외곽도로변에 새집을 장만했다. 새로 지은 건물의 작업장에는 대도시에서나 볼 수 있었던 근사한 자동차 수리 설비를 갖추고 2층에는 살림집을 꾸몄다. 그는 주유소 허가도 받아낸 뒤, 바로 곁의 큰 도로를 지나다니는 타지 출신의 운전사들까지 유혹하기 시작했다. 외곽도로의 교통량을 고려해볼 때 그의 수입이 늘어날 것은 분명해 보였다.

돈 까밀로도 그 집을 구경하고 싶은 유혹을 참을 수 없었다. 그래서 그는 어느 날씨 화창한 날 오전에 뻬뽀네의 새집을 찾아갔다. 뻬뽀네는 수리를 맡기러 들어온 차량을 점검하느라 바빴는지, 별로 대화를 하고 싶은 기분이 아닌 듯했다.

"정말 훌륭한 집을 마련했네그려."

돈 까밀로는 사방을 둘러보며 말했다.

"알고 있소."

뻬뽀네가 무덤덤하게 대답했다.

"널찍한 마당과 2층에 딸린 살림집, 주유소를 겸하는 정비소까지…. 정말 모든 게 다 갖추어져 있군."

돈 까밀로가 말을 이어 갔다.

"그렇지만 아쉽네, 아쉬워. 딱 한 가지가 빠졌어."

"뭐가 말이오?"

돈 까밀로는 정말 모르느냐는 듯이 양팔을 벌리며 말했다.

"옛날에는 말이야, 누구든지 이렇게 멋진 새집을 장만하면 신부를 불러서 축성을 받았는데…."

뻬뽀네는 몸을 일으켜 세운 뒤, 이마에 맺힌 땀을 손으로 훔치며 말했다.

"이제, 새로운 시대에는 바로 이걸로 축성하지요!"

그는 돈 까밀로를 향해 공격하듯 외쳤다.

"당신네 썩어빠진 신부들의 성수가 아니라, 신성한 노동을 통해 얻은 영험이 있는 땀으로 말이오."

당시 돈 까밀로는 아무런 대꾸도 하지 않고 자리를 떴다. 뻬뽀네의 말에는 그가 지금까지 한 번도 생각해보지 못했던 심한 모욕이 담겨 있었다. 그때까지 들어본 말 중에서 가장 상스럽고 신성모독적인 말이었다. 지금 뻬뽀네의 아내가 뒤늦게 그를 청하자, 그날의 불쾌함이 새삼스럽고도 생생하게 떠올랐다.

"못 가겠네."

그는 뻬뽀네의 아내에게 말했다.

"꼭 오셔야 해요!"

그녀도 고집을 꺾지 않았다.

"우리 집에는 그이만 사는 건 아니잖아요? 저도 있고 우리 애들도 있어요. 그이가 신부님께 무례하게 굴었다고 해서 저희까지 그렇게 대하시면 안 되는 거잖아요. 만일 예수님이셨다고 해도…."

"아무리 예수님이라고 해도 그런 자리에는 가시지 않을 거요."

돈 까밀로가 그녀의 말을 중간에서 잘랐다.

"아니요, 분명히 오셨을 거예요!"

그녀의 끈덕진 태도에, 돈 까밀로는 잠시 동안 방안을 이리저리 거닐더니 할 수 없다는 듯이 대답했다.

"좋소. 그럼 내일 가지."

뻬뽀네의 아내는 고개를 흔들었다.

"내일이오? 내일은 안 돼요. 지금 당장 와주셔야만 해요. 마침 남편이 외출 중이거든요. 저는 그이가 알기를 원하지 않아요. 이웃들이 보는 것도 싫고요."

그녀의 말은 돈 까밀로의 자존심에 다시 한 번 상처를 주었다. 그는 꾹꾹 누르고 있던 화를 더 이상 참지 못하고 으르렁거렸다.

"그러니까 나 같은 신부는 첩보원들처럼 음지에 숨어서 일을 해야 한단 말인가, 응? 이러다간 새집을 축복하러 갈 때마다 더러운 옷을 입고 굴뚝 청소부처럼 변장하고 다녀야겠군. 마치 남의 이목을 피해야 하는 지저분한 일을 하는 것처럼 말이야. 이거야 원 부창부수라더니, 아내는 남편이라는 작자보다 한술 더 뜨는구먼!"

"신부님, 제발…. 혹시 사람들이 보게 되면 우리가 곤경에 빠져 이제야 신부님을 모셔다가 축성을 드린다고 수군거릴 게 뻔하단 말이에요."

"그렇다면 자네들이 곤경에 처해있지도 않은데 나를 청하는 이유가 무언가? 내가 꼭 가봐야 할 이유를 대보시게. 그렇지 않으면 난 한 발짝도 움직이지 않을 테니까."

"솔직히 말씀드려서, 지금 우리는 심각한 곤경에 처해 있어요."

그녀가 설명했다.

"우리가 새집으로 이사한 뒤부터 제대로 되는 일이 하나도 없거든요."

"그래서 궁여지책으로 하느님께나 한 번 기대보자 이렇게 생각했다는 겐가?"

"네, 그럼 안 되나요? 이런 판국에 약사를 찾아가서 약이라도 달라고 할까요?"

"모든 일이 잘 풀려갔더라면 집을 축성해 달라고 오는 건 꿈에도 생각지 않았겠군."

"당연하죠. 만사가 잘 풀려나갈 때야, 전능하신 하느님을 귀찮게 해드릴 필요가 없지요. 우리끼리 알아서 처리하면 될 테니까요."

돈 까밀로는 전에 없이 험악한 인상을 지으면서 무섭게 외쳐댔다.

"당장 꺼져! 2초 안에 저 광장 너머로 사라지지 않으면 내가 직접 내쫓고 말 테니까."

뻬뽀네의 아내는 눈물을 흘리며 밖으로 나갔다. 그러나 1초쯤 뒤에, 다시 머리를 문틈으로 들이밀고 말했다.

"신부님의 그 불같은 성질을 아니까 할 수 없이 가긴 가는데요. 용건은 다 말했으니 알아서 하세요, 칫."

화가 치민 돈 까밀로는 숨을 씩씩거렸다. 그러나 오래지 않아 어깨 위에 망토를 걸치고 튕겨나가듯 집을 나섰다. 그는 어둠 속을 바삐 가로질러 뻬뽀네의 집 문간 앞에 섰다. 그리고 문을 두드렸다. 바로 문이 열렸다.

"신부님, 와주실 줄 알았어요!"

뻬뽀네의 아내가 기쁜 듯이 말했다. 돈 까밀로는 호주머니에서 기도서를 꺼냈다. 그러나 그것을 펼쳐보기도 전에 언제 돌아왔는지 뻬뽀네가 현관 입구로 득달같이 들이닥쳤다.

"이 시간에 여기서 무슨 짓을 하는 거요?"

돈 까밀로가 뭐라 대답할지 몰라 머뭇거리자, 뻬뽀네의 아내가 얼른 끼어들었다.

"제가 우리 집 좀 축복해 달라고 신부님을 청해 왔어요!"

뻬뽀네는 험악하게 그녀를 노려보았다.

"자세한 얘기는 나중에 듣도록 하자고. 신부님, 내 집에서 당장 나가 주시오. 난 당신도, 당신네 하느님도 필요 없으니까."

뻬뽀네의 목소리는 기어들어가는 듯 무척 가늘어서, 마치 돈 까밀로가 전혀 모르는 이방인의 음성처럼 들렸다. 사실을 말하자면 뻬뽀네는 더 이상 예전의 그 뻬뽀네가 아니었다. 그는 있는 돈, 없는 돈 가리지 않고 빚을 내어 몽땅 쏟아 부은 까닭에 뒷감당조차 아주 어려운 상황에 처해 있었다. 물이 목까지 차올랐지만 더 이상 물에 떠 있을 힘조차 없는, 그런 한계점에 도달해 있었던 것이다. 게다가 그는 그날 저녁 평생 처음으로 남 앞에서 무릎을 꿇고 통사정을 늘어놓다가 이제 막 돌아온 참이었다.

돈 까밀로가 돌아간 뒤, 뻬뽀네의 분노는 아내를 향해 폭발했다.

"당신까지 나를 배신하기야? 정말 그랬어야 했어?"

"배신이라뇨? 난 당신을 배신한 적 없어요. 이 집에는 저주가 붙어 있어서 그걸 떼어 버리고 싶었던 것뿐이에요. 난 잘못한 게 하나도 없어요!"

뻬뽀네는 널찍한 부엌으로 들어가 식탁 앞에 털썩 주저앉았다.

"이 집을 축성한다고? 말도 안 되는 소리! 그 작자가 축복해주러 이 집을 방문했을 것 같아? 우리를 염탐하러 온 게지. 어째서 그렇게 간단한 이치를 모르나. 돈 까밀로는 상황이 어떤지 살펴보고 우리가 지금 얼마나 힘든 입장에 처해있는지 알아내려고 온 거란 말이야. 만약 신부가 우리 작업장에라도 들어갔으면 어떻게 됐겠어? 새 기중기가 없어진 걸 알아챘을 거 아니야."

"기중기가 없어졌다고요? 대체 어떻게 된 거에요?"

"음…. 이참에 처분해 버렸어. 그렇지만 내가 그걸 가지고 나가는 걸 본 사람은 하나도 없을 거야."

아내는 한숨을 쉬었다.

"그래봐야 문제를 하루 정도 미룬 것에 지나지 않잖아요. 내일 우리 작업장에 들어오는 사람들은 누구나 그게 원래 있던 자리에 없다는 걸 단박에 알아챌 거예요."

"아무도 알 수 없을 거야."

빼뽀네가 그녀를 안심시키려는 듯이 말했다.

"그 기중기를 팔고 받은 돈으로 가장 성가신 빚쟁이들을 처리했어. 더 이상 독촉하진 않을 거야. 그리고 내일부터 가게 문을 열지 않을 작정이야. 읍사무소의 일도 대충은 처리해 놓고 왔으니, 한동안 별 문제없겠지."

아내가 당황스러운 기색으로 그를 쳐다보았다.

"오늘 비상 대의원 회의를 소집해서, 몸이 아파 장기 병가를 얻겠다고 말해 두었어. 오늘부터 당장 집안에 틀어박혀서 아무도 만나지 않을 작정이야."

"그래 봐야 무슨 소용이 있어요. 당신이 아무리 집안에 꼭꼭 숨어있어도 빚을 갚아야 할 날짜는 돌아오게 마련이에요."

"기한까지는 아직도 한 달이나 남아 있어. 우선 기중기가 없어진 사실을 사람들이 눈치채지 못하게 대책을 마련해야 해. 내가 이렇게 비참한 지경에 빠져 있는 줄 알면 기뻐할 작자들이 얼마나 많은지 당신은 상상도 못할걸."

빼뽀네는 큰 종이를 가져다가 또박또박 큰 글씨로 다음과 같이 썼다.

정비공장 임시 휴업. 주인의 병으로 인해 쉽니다.

"당장 작업장 셔터 위에 붙이고 오구려."

그가 종이를 집어주며 아내에게 말했다.

아내가 풀 그릇을 들고 막 밖으로 나가려는데, 빼뽀네가 급히 불러 세웠다.

"이대로는 안 되겠어."

빼뽀네는 찜찜한 기색을 드러냈다.

"주인이란 말은 너무 부르주아 냄새가 나."

그는 좀 덜 반동적인 단어를 찾아내려고 고심하며 궁리했지만, 딱 부러지게 명쾌한 표현이 없었기 때문에 짧고도 애매모호한 표현으로 만족해야 했다.

병으로 임시 휴업

그러나 사실 빼뽀네만 병이 든 게 아니라, 사업 전체가 병이

든 것이나 마찬가지였다.

빼뽀네는 그로부터 며칠 동안 집 밖으로 코빼기도 내밀지 않았다. 그리고 그의 아내는 만나는 사람마다, 빼뽀네가 굉장히 심한 병이 나서 회복될 때까지는 절대 안정을 취해야 한다고 설명했다. 열흘 정도는 이런 식의 변명이 먹혀들었지만, 열하루째 되던 날 기어이 만천하에 진실이 공개되었다. 농민들이 읽는 신문의 소식란에 짧은 풍자 기사가 실린 것이다.

존경하는 마을 주민 여러분께 알립니다. 우리 인민의 벗이자, 마을의 읍장인 주세페 보타지 동지가 유명세를 얻고 있다는 소식을 전하게 되어 매우 기쁩니다. 오늘 자로 환수될 예정이었던 약속 어음 가운데 세 건이 부도 난 것으로 최종 확인되었는데, 그 명의는 주세페 보타지 동지 앞으로 되어 있었다고 합니다. 이렇게 이름을 높이기 위해 불철주야 다방면으로 활약하시는 주세페 보타지 동지께 축하의 인사를 올립니다.

빼뽀네는 이것을 보고 진짜로 열이 나서 자리에 드러눕고 말았다. 그리고 아내에게 무슨 일이 생기건 아무 말도 설명하지 말고 제발 혼자 있게 해달라고 부탁했다.

"편지도, 신문도, 아무것도 보고 싶지 않아. 그저 잠 좀 자게 내버려둬 달라고."

그러나 사흘 뒤, 빼뽀네의 아내가 흐느끼며 방으로 달려들어와 그를 깨웠다.

"이건 정말 당신한테 말 안 할 수가 없어요. 빚쟁이들이 작업장의 새 기계들을 몽땅 차압해버렸어요."

빼뽀네는 드디어 올 것이 오고야 말았다는 절망의 한숨을 내뱉고는 침대에서 벌떡 일어나며 부르짖었다.

"이제는 나도 더 이상 뾰족한 수가 없어. 이렇게까지 날 몰아붙인다면, 야반도주라도 할 수밖에!"

그의 아내는 어떻게든 빼뽀네가 이성을 찾도록 도와주고 싶었다.

"그냥 놔둡시다. 빚쟁이들이 차압하든 말든 무슨 상관이에요? 전부 다 지긋지긋한 것들뿐이잖아요? 그들이 전부 가져간다고 해도 우리들한테는 낡은 집하고 작업장이 남아 있어요. 그냥 재수가 사나웠던 걸로 치고 처음부터 다시 시작합시다, 여보."

"안 돼!"

질겁한 빼뽀네가 소리를 질렀다.

"난 절대로 그 옛날 집으로 돌아갈 수 없어. 난 못해! 그건 너무나 굴욕적인 일이야. 어디로든 도망치겠어. 오직 그 방법밖에는 없어. 빚쟁이들에게는 내가 건강이 심하게 나빠져서 산으로 요양을 갔다고 말해둬. 거기서 어떻게든 해결책을 마련해 올 테니까. 이런 환경에서는 집중이 안 돼 제대로 생각을 할 수가 없어. 조언을 해줄 사람도 하나 없고. 하지만 인간 빼뽀네, 여기서 이렇게 주저앉지는 않을 거야. 일단 가게를 닫은 채로만 있으면, 만약 사정이 계속 나빠지더라도 사람들은 그게 병 때문이라고 생각할 거야. 어떤 일이 있어도 난 절대로 옛날처럼 초라한 상태로 돌아가서 내 적들을 기뻐 날뛰게 만들 수는 없어!"

그녀는 마지못해 수긍했다.

"당신 좋을 대로 하세요."

뻬뽀네가 말했다.

"트럭이 남아있으니, 뭐라도 할 수 있겠지. 어디로 갈지 지금은 나도 잘 모르겠지만, 어쨌든 소식은 계속 전할게. 그렇지만 입은 뻥긋도 하지 마. 목에 칼이 들어와도 절대로 암말 말라고."

새벽 2시가 되자 뻬뽀네는 트럭의 시동을 걸고 출발했다. 아무도 그를 본 사람은 없었지만, 이런 늦은 시간에도 그의 이야기는 사람들의 안줏거리가 되고 있었다.

"아픈 틈을 타고 빚쟁이들이 사람을 아주 짓뭉개누먼."

"그가 아프다는 건 자기 잘못을 감추려는 핑계에 불과해."

"비겁한 짓이지."

"지금 시점에서 그가 해야 할 일은 빨리 병이 나아 읍장 자리에 복귀하는 거야."

"웃기시네, 양심이 쥐꼬리만큼이라도 있으면 읍장을 내놔야 마땅하지!"

자신의 이름이 수백 명의 입방아에 오르내리는 동안 뻬뽀네는 프롤레타리아를 막론한 모든 계급의 사람들 모두에게 위력을 발휘하는 '체면치레'라는 이름의 허영심에 쫓겨 빚쟁이들을 피해 달아나고 있었다. 예의 낡은 고물 트럭을 타고서.

*

그로부터 며칠이 지났다. 압류에 이어, 뻬뽀네의 모든 기계 설비를 경매에 부친다는 소식이 마을에 전해졌다.

"예수님!"

돈 까밀로는 신문 기사를 가리키며 흥분해 외쳤다.

"이거야말로 하느님이 엄연히 존재하신다는 증거가 아니고 뭡니까!"

"돈 까밀로! 지금 그걸 말이라고 하느냐!"

예수님이 돈 까밀로를 꾸중하셨다.

돈 까밀로는 착잡한 기분으로 머리를 숙이며 기어들어가는 목소리로 말했다.

"제 어리석음을 용서해 주십시오."

"너의 어리석은 말은 용서할 수 있느니라. 진심이 아니기 때문이다. 그러나 내가 걱정하는 것은 네 사고방식에 관해서다. 하느님께서는 압류와 경매 따위엔 전혀 관여하지 않으신다. 뻬뽀네에게 벌어진 일은 순전히 그의 과실에 따른 것일 뿐이니라. 악당들의 사업에 행운이 따른다고 해도 그것이 눈에 보이지 않는 은총과는 전혀 상관없는 것과 마찬가지인 이치이다."

"예수님, 그래도 그자는 주님의 이름을 욕되게 하였으니, 벌을 받아 마땅합니다. 신심이 깊은 마을 사람들은 그가 새집을 짓고도 하느님의 축복을 받기를 거부했기 때문이라고 믿고 있습니다."

예수님이 한숨을 내쉬며 말씀하셨다.

"그렇다면, 만약 뻬뽀네의 일이 잘 풀려나갔더라면, 그 신심 깊고 선량한 마을 사람들이 뭐라 말했을 것 같으냐? 그것도 마찬가지로 축복을 거부했기 때문이라고 말하지 않았겠느냐?"

돈 까밀로는 난처하다는 듯이 양팔을 벌리며 말했다.

"예수님, 저는 그저 들은 대로 옮겼을 뿐입니다. 사람들은…."

"사람들이라고? 사람들이라니 대체 누구를 칭하는 것이냐? 천국에는 사람들이 없느니라. 왜냐하면, 하느님께서는 각자의 선과 악에 따라 심판 하시지, 사람들을 한데 묶어 심판 하시진 않기 때문이다. 이 세상에는 집단의 죄란 없다. 단지 개별적인 죄가 존재할 뿐이다. 사람이 태어나고 죽는 것은 개개인의 일이다. 하느님께서는 우리 하나하나를 사랑하시기 때문에 사람들을 무더기로가 아니고 따로따로 심판하신다. 그러니 어떤 사람이든 집단의 목적과 이익에 따라 행동하고, 자기의 개인적인 양심을 무시하는 사람은 불행한 법이니라."

돈 까밀로가 고개를 숙였다.

"예수님, 때로는 여론에도 가치가 있습니다."

"나도 잘 알고 있다, 돈 까밀로. 바로 그 여론이 나를 십자가에 못 박았지 않았더냐?"

경매일이 되자, 도시의 탐욕스러운 경매꾼들이 떼를 지어 몰려왔다. 이들의 준비는 워낙 치밀해서 정말 헐값에, 뻬뽀네에게는 둘도 없이 귀중했던 그 물건들을 덥석덥석 채어갔다. 그 모습을 보고 있으려니, 돈 까밀로도 기분이 우울해져 풀이 죽은 채 성당으로 돌아왔다.

"돈 까밀로야, 사람들이 뭐라고 하더냐?"

예수님이 물으셨다.

"모두 속이 시원하다고 기뻐하더냐?"

"아닙니다."

돈 까밀로가 대답했다.

"빼뽀네가 몹시 아파서 멀리 떠나 있을 수밖에 없는 상황을 틈타, 그인간을 파산시키는 것은 정당치 않다고 말하더군요."

"거짓말하지 마라, 돈 까밀로. 사람들이 정말 뭐라고 했는지 털어놓지 않을 게냐?"

"실은 '하느님께서 정말로 계신다면 이런 일은 벌어질 리가 없다' 고 했습니다."

예수님이 미소를 지으셨다.

"원래 '호산나' 를 외치던 군중의 소리와 바로 그들이 외치던 '십자가에 매달아라!' 하는 소리와는 거리가 그다지 멀지 않은 법이다. 너도 이젠 그걸 알겠느냐."

바로 그날 밤, 읍 의회에서 격렬한 토론이 벌어졌다. 소수파 기독교민주당 측의 유일한 의원인 스필레티가 공석인 읍장 자리에 대한 문제를 거론했다.

"읍장에 대한 소식을 듣지 못한지도 벌써 두 달째요. 그는 마을에서 일어나는 일은 물론이고 자신의 집안에 벌어진 일에 대해서도 관심이 통 없는 것 같소. 대체 뻬뽀네는 어디 있는 거요? 잘 있답니까? 뭐 하고 있답니까? 우리당을 지지하는 읍민 대다수의 요청에 따라 분명한 답변을 요구하는 바요."

읍장 직무 대행을 맡고 있던 브루스코가 일어섰다.

"내일 상세한 답변을 드리도록 하겠소."

"내가 뭐 정부 극비사항이라도 물어보기라도 했소? 내일이나 돼야 답을 들을 수 있다니!"

스필레티가 따졌다.

"난 지금 당장 대답을 들어야겠소. 대체 읍장은 지금 어디 있는 거요?"

브루스코가 모르겠다는 듯이 어깨를 으쓱했다.

"그건 우리도 모르오."

브루스코의 솔직한 답변에 장내에 모인 의원들이 웅성거리기 시작했다. 도무지 믿을 수 없는 일이었다.

"정말 읍장이 어디 있는지 모른단 말이오?"

스필레티가 고함쳤다.

"그렇다면 신문에 사람 찾는 광고라도 내시오. '2개월째 자리를 비우고 사라진 공산당 읍장을 찾아주는 이에게 후사하겠음' 하고 말이오."

"난 농담하는 게 아니오!"

브루스코가 고함쳤다.

"읍장님이 지금 어디에서 휴양하는지는 읍장님 부인조차도 모른단 말이오."

"하지만 난 알고 있다네."

누군가 말했다. 돈 까밀로의 목소리였다.

사람들이 순식간에 입을 다물었다. 브루스코의 얼굴이 새하얗게 질렸다.

"말해보시오, 진짜로 알고 있다면."

"그건 곤란해."

돈 까밀로가 대답했다.

"대신 내일 아침 자네들을 그리로 데려다주지."

*

밀라노 시 변두리, 다 쓰러져가는 빈민가 공동 주택 단지 근처, 뻬뽀네는 철거 작업 중인 건물에서 나온 석회 가루와 고물로 가득 채운 자신의 트럭 옆에서 가끔씩 늘어지게 하품을 해가며 부스러기들을 쓸어 담고 있었다.

정오를 알리는 사이렌이 울리자, 뻬뽀네는 삽을 내던지고는 트럭 운전식에 걸려있넌 윗도리에서 소시지를 끼운 빵 한 덩어리와 신문 한 장을 꺼내 들고서, 다른 인부들과 함께 울타리에 등을 기대고 앉았다.

"읍장!"

스필레티의 날카로운 목소리에 뻬뽀네가 벌떡 일어섰다. 뻬뽀네는 자기 앞에 읍 위원 전원이 서 있는 것을 보았다.

"여기에 읍장은 없네!"

뻬뽀네가 대답했다.

"마을에도 읍장이 없다는 게 문제요."

스필레티가 말했다.

"어디서 읍장 하나 구할 수 있을지 말해주시겠소?"

"그건 내가 알 바 아니지."

뻬뽀네는 다시 바닥에 털썩 주저앉아 점심을 먹으려고 했다.

"이제 병은 다 나은 것 아니오?"

스필레티가 물고 늘어졌다.

"적어도 엽서 한 장 정도는 써서 보냈어야 하는 것 아니오?"

"누구한테? 자네 같은 기독교민주당 패거리한테 엽서를 보내? 자네네 패거리들을 보지 않고 살 수 있어서 얼마나 내 속이 편한지 알기나 하나?"

뻬뽀네가 부르짖었다.

"아무리 그래도 읍장이라는 분이 그렇게 말하면 곤란하지 않소?"

스필레티가 항변하자, 점심도 팽개친 채로 뻬뽀네 주위에 모여들어 구경하던 인부들이 말했다.

"잘했소, 뻬뽀네 동지. 기독교민주당 패거리들하고는 상대도

하지 말라고!"

스필레티가 고함쳤다.

"맘 내키는 대로 살고 싶으면 읍장 자리를 사임하쇼!"

"흥! 누구 좋아하라고! 동지, 세게 나가쇼. 자리를 절대 내놓지 말란 말이오."

인부들이 비아냥거리며 참견했다.

"다 좋소. 정말 사임할 생각이 없다면, 적어도 앞으로 어쩔 심산인지는 좀 알아야겠소."

스필레티가 또다시 목소리를 높였다.

"만약 당신이 우리가 맡겨준 의무를 다하는 대신 밀라노에서 빈둥거리고 싶다면 차라리 사임하는 게 마땅하지 않겠소!"

삐뽀네는 말없이 어깨를 늘어뜨렸다.

"동지, 계속 그렇게 가만히 있을 거요? 저 작자한테 뜨거운 맛을 보여줍시다!"

인부들이 끼어들어 말했다. 그러자 삐뽀네가 그들을 돌아보았다.

"이러지들 말게."

삐뽀네가 위엄 있게 타일렀다.

"민주국가에서 협박은 어울리지 않아."

스필레티가 열을 올리는 동안, 브루스코, 비지오를 비롯한 나머지 패거리들이 말없이 삐뽀네 주변을 둘러싸고 앉았다.

"대장."

브루스코가 음울한 목소리로 말했다.

"왜 우리를 버리고 갔습니까?"

"난 아무도 버리고 간 적 없네."

"그럼 우리가 새로 내기로 했던 신작로 문제는 어떻게 할 겁니까? 자요, 중앙 정부의 명령서에요."

브루스코가 서류 하나를 꺼내서 내밀자 빼뽀네가 차분하게 읽었다.

"정부 관리들 중 일부 인사들이 사라지지 않는 한 이것도 해결되긴 글렀군."

빼뽀네가 단호하게 말했다.

"행정적인 문제를 정치 문제로 몰고 가지 마시오. 중앙 정부에서 뭐라고 하든 상관할 건 아니잖소!"

스필레티가 고함쳤다.

"구체적인 계획을 짜서 올리는 건 당신 몫이니까 말이오."

"우리는 계획안을 제대로 만들어 올렸소. 벌써 오래전에."

비지오가 받아쳤다.

"거짓말하지 마라, 비지오! 구체적인 계획을 세워본 적도 없으면서!"

스필레티가 계속해서 물고 늘어졌다.

스미르초가 대들듯 받아치고 빼뽀네가 가세하면서, 언쟁은 저녁나절까지 계속되었다.

밀라노의 변두리, 거의 다 무너져 버린 낡은 건물터 한복판에서 인부들에 둘러싸인 채로 전 세계를 통틀어 유례가 없을, 기가 막힐 정도로 괴상한 마을 회의가 열렸던 것이다.

지루하게 긴 회합이었다. 오후 5시가 되도록 갑론을박하는 그들의 토론은 끝이 나지 않았다. 건물 경비는 '무슨 일인지 모르겠지만 알고 싶지도 않고 알 필요도 없다'며 그들을 모두 밖으로 내몰았다. 야당을 포함한 모든 의원이 트럭 뒤 화물칸으로 올라탔다.

"어디 조용한 장소를 찾아, 거기서 끝장을 보자고!"

빼뽀네는 이렇게 말하고 트럭에 시동을 걸었다.

*

그 후의 일이 어떻게 전개됐는지는 알 수는 없다. 아마도 밀라노 지리를 잘 아는 사람이 없었기 때문일 것이다. 아무튼 어느 순간부터 트럭은 마을로 향하는 국도를 달리고 있었다.

빼뽀네는 이를 악물고 온몸을 긴장시킨 채 운전대 앞에 바싹 매달려 있었다. 그의 마음속에는 오래전부터 하고 싶었던 말이 있었지만, 선뜻 입을 떼지 못했다.

그러다가 빼뽀네는 급히 차를 세웠다.

어느 정신 나간 작자가 갑자기 불쑥 나타나 트럭을 세운 것이다. 그는 엄지손가락을 까딱거리며 같은 방향이면 좀 태워달라는 신호를 보냈다.

그 작자는 한 손에는 케이크와 밀라노 시내에 있는 유명한 백화점인 〈리나센테〉라고 적힌 풍선을 들고, 머리에는 신부들이 쓰는 커다란 모자를 쓰고 있었다.

스미르초가 조수석에서 잽싸게 뛰어내려 다른 위원회 일행이 있는 화물칸으로 옮겨탔다.

돈 까밀로가 좌석에 올라타자마자 뻬뽀네는 기어를 넣고 마치 탱크처럼 맹렬하게 트럭을 돌진시켰다.

뻬뽀네가 투덜거렸다.

"대체 왜 나를 진드기처럼 쫓아다니는 거요?"

보닛 안에 모터 대신 오케스트라 악단이 들어있기라도 하듯 트럭은 달리는 내내 요란한 연주를 들려주었다.

저 멀리 강둑 너머로 뽀 강이 보이기 시작했다.

뽀 강은 50만 년 전과 마찬가지로 유유히 흐르고 있다. 태양도 마찬가지다. 지금은 석양이 지고 있지만, 내일 다시 하늘 저쪽 편에 떠오를 것이다. 왠지 모르겠지만 뻬뽀네는 이 멋진 마을의 자연 풍광을 떠올리며, 스스로의 거취에 대한 생각을 정리해 나갔다. 모든 아름다움의 근원은 역시 하느님인 것이다.

"아, 역시 고향이…."

뻬뽀네가 안도하듯 탄성을 내뱉었다.

"그럼 그렇지."

이럴 줄 알았다는 듯이 돈 까밀로가 양팔을 벌리며 대답했다.

커다란 뽀강 가득, 넘실거리는 강물이 미루나무 사이로 반짝였다.

풀 죽은 빼뽀네의 눈빛이 마치 물기에 젖은 듯 촉촉해지고 있었다. 그는 운전을 멈추고 예나 지금이나 그 모습 그대로 유유히 흐르고 있는 뽀 강을 바라보았다. 시간이 흐르면서 빼뽀네의 눈빛 속에 평온함이 스며들었다.

돈 까밀로가 말없이 빼뽀네의 어깨를 토닥거렸다.

빼뽀네가 중얼거렸다.

"그래 고향에서 다시 시작하는 거야. 그래야 돈 까밀로라는 신부와 지지고 볶고 또 싸울 수 있지. 암."

그리고는 돈 까밀로를 향해 싱긋 웃어보였다.

돈 까밀로도 미소를 띤 채 고개를 끄덕거렸다.

"부르릉."

다시 힘찬 엔진 소리와 함께 트럭이 속력을 내기 시작했다. 그날따라 뽀 강의 물결이 가을 햇살을 받아 유난히도 반짝이고 있었다.

겨울
Inverno

크리스마스 선물

크리스마스가 어느새 코앞으로 다가왔다. 타로치 아내의 남동생은 도시에서 제과점을 하고 있었는데, 매년 이맘때가 찾아오면 늘 일손이 부족해서 쩔쩔맸다. 그래서 올해도 그녀는 남동생을 도우러 도시로 가야만 했다.

아내는 집을 나서다 말고 타로치에게 신신당부했다.

"내일 저녁 일, 잊지 마세요."

"내일 저녁? 내일 저녁에 무슨 일이 있는데?"

그녀가 탄식하듯 외쳤다.

"모레가 성 루치아 축일이잖아요. 내가 지금까지 쉰 번도 더 얘기했는데, 벌써 다 잊어버린 거예요?"

"아, 아니야. 물론 기억하고 있지. 하지만 여보, 바보 같은 짓은 그만둡시다. 애들 머릿속에 쓸데없는 환상을 심어주는 건 좋지 않아."

"지지노는 이제 겨우 여섯 살이에요. 괜한 짓 할 생각 말고 선물 꼭 챙겨요. 잊기만 해봐요, 가만 안 둘 테니!"

아내의 앙칼진 말에 타로치는 어깨를 움츠리며 대답했다.

"그래, 알았어. 꼭 챙기도록 할게."

그러나 타로치는 다음 날 아침, 모든 것을 까맣게 잊어버렸다. 잡화점이나 장난감 가게 앞을 지나쳐 갈 기회만 있었어도 분명히 그 일에 대해 기억해 냈을지도 모른다. 공교롭게도 그날따라 타로치는 몹시 분주한 하루를 보냈다. 중앙당에서 바싸 지부에 시찰을 나온 것이다. 그러므로 타로치가 아내와의 약속을 잊은 것은 고의가 아니었지만, 종교의 '종' 자만 나와도 치를 떠는 그의 투철한 사상을 고려해볼 때 그것은 예정된 실수나 다름없었다.

타로치는 일을 마치고 나서 동지들과 함께 몰리네토의 식당에서 저녁을 먹었다. 그러고는 자정까지 그곳에 남아 토론을 벌이다가, 파김치가 된 채 집에 돌아와 곧바로 곯아떨어져 버렸다.

다음 날 아침 8시쯤, 타로치는 평소보다 약간 늦게 잠에서 깨어났다. 그날은 토요일이자 장날이었기 때문에 그는 서둘러 옷을 주섬주섬 주워 입었다. 장사꾼이 장날 늦잠을 자고 있다가는 쪽박 차기 십상인 법이다. 타로치는 서둘러 집을 나서다가 등교 준비를 하는 지지노를 보고는 잠시 멈춰 서서 이렇게 소리쳤다.

"선생님 말씀 잘 듣고, 공부 열심히 해라!"

타로치는 지지노가 평소와는 다르다는 것을 눈치챘어야만 했다.

지지노는 그날 아침 누구보다 일찍 일어나서, 정성껏 닦아 밤새 놓아두었던 신발에 선물이 가득 들어있기를 기대하며 부엌 창문을 열었다. 그러나 안타깝게도 신발은 텅 비어 있었다. 게다가 성 루치아의 작은 나귀 몫으로 준비한 빵 조각과 밀기울이 담긴 작은 꾸러미도 어젯밤에 둔 그대로였다. 타로치가 아내의 부탁을 새까맣게 잊어버렸기 때문이었다!

학교에 온 아이들은 잔뜩 들떠서 저마다 루치아 성녀가 준 캐러멜과 박하사탕, 초콜릿 등을 자랑했다. 지지노는 한참 동안 아이들을 부러운 듯이 바라보다가 저도 모르게 눈물을 흘렸다.

그러자 선생님이 다가와 무슨 일이냐고 물었다. 지지노는 눈물을 닦으며 아무 일도 아니라는 듯 고개를 저었지만, 누군가 큰 목소리로 외쳤다.

"지지노는 어제 루치아 성녀님의 선물을 못 받았대요."

지지노는 교과서 속의 모범생이 책 바깥으로 그대로 뛰쳐나왔나 싶을 정도로 조용하고 성실한 학생이었다. 담임선생님과 눈길만 마주쳐도 잔뜩 긴장해서는 마치 돌이라도 된 것처럼 부동자세를 취할 정도였다. 그렇게 착하고 말 잘 듣는 지지노가 선물을 받지 못해서 울고 있으니, 선생님도 마음이 편할 리가 없었다.

수업이 모두 끝났음을 알리는 종이 울리고 아이들은 삼삼오오 짝을 지어 교실을 나섰다. 단 두 사람만 남게 되자, 선생님이 초콜릿 한 봉지를 앞으로 내밀었다.

지지노는 머리를 좌우로 흔들었다.

"초콜릿 말고 다른 걸로 줄까?"

선생님이 상냥하게 물었다.

"아니요. 전 루치아 성녀님이 주시는 걸 받고 싶어요."

지지노가 작은 소리로 대답했다.

그건 초콜릿을 먹고 못 먹고의 문제가 아니었다. 성 루치아 축일에는 루치아 성녀가 가져다준 선물을 받는다는 원칙의 문제였다. 그녀는 할 말을 잃고 초콜릿 봉지를 도로 서랍 속에 집어넣었다.

지지노는 무거운 마음으로 학교를 빠져나왔다. 날씨가 몹시 추웠고 땅은 얼어붙어서 딱딱했다. 지지노는 오솔길을 따라 걷다가 옥수수 대를 볼품없이 엮어 만든 오두막을 발견하고는 그 안으로 들어가 바닥에 깔린 눅눅한 밀짚 위에 앉아 생각에 잠겼다.

타로치는 오후 1시 반쯤 집에 돌아왔다.

집안일을 돌보는 로자 할멈이 아이가 아직 학교에서 돌아오지 않았다고 걱정 어린 목소리로 말했다. 다른 아이들은 전부 돌아왔는데, 지지노만 오지 않았다는 것이었다. 예사롭지 않은 일이었다.

타로치는 자전거를 타고 급히 학교로 달려갔다. 학교 문은 전부 잠겨 있었다. 문을 두드리자 수위 아줌마가 얼굴을 내밀었다.

"아줌마, 지지노한테 무슨 일이라도 있었소?"

"종 치고 나서 집에 갔는데? 아, 맞다. 다리를 건너기 전에 방향을 틀어서 오솔길 쪽으로 가던데요."

타로치는 오솔길을 따라 한참을 헤맸다. 혹시 돌아와 있는 것은 아닐까 생각하며 집에도 가 보았다. 지지노는 거기에도 없었다. 타로치는 큰 소리로 아들의 이름을 불러대며 왔던 길을 되짚어가기 시작했다. 애타는 목소리로 지지노를 찾았지만 아무런 대답도 돌아오지 않았다. 바로 그때, 타로치의 시선이 옥수수 대를 엮어 만든 오두막집에 멎었다. 타로치는 서둘러 오두막집을 향해 달려갔다. 지지노는 그 오두막집의 축축한 밀짚 위에 처량한 모습으로 잠들어 있었다.

타로치는 사나운 맹수처럼 포효하며 잠에 빠진 아이를 한 손으로 잡고 마구 엉덩이를 때렸다. 지지노는 겁을 집어먹어서인지 꼼짝도 하지 않았다. 타로치는 아이를 들쳐업은 다음 서둘러 집으로 향했다.

집에 도착하자, 타로치는 아들을 호되게 꾸짖기 시작했다.
"너 때문에 두 시간 동안이나 헤맸어! 왜 거기 널브러져서 잠을 퍼질러 잔 거야? 집으로 돌아오지 않고."
"다른 애들은 전부 선물을 받았는데, 난…."
지지노가 가느다란 소리로 대답했다.
"뭐?"
"루치아님한테서 선물을 못 받았다고요."
타로치는 한 대 얻어맞은 기분이었다. 그랬다. 빌어먹을 성 루치아 축일! 그는 아내가 그토록 신신당부하던 일을 깜빡 잊어 버렸던 것이다.
타로치는 자신의 잘못을 감추기라도 하려는 듯이 오히려 목소리를 높였다.
"놀고 있네. 루치아님은 무슨! 그런 건 다 꾸며낸 얘기야. 성 루치아 같은 건 없어."
"있어요. 다른 애들한테는 루치아 성녀님이 선물을 두고 가셨대요."
지지노가 따지기 시작했다.
"그건 진짜가 아니야!"
타로치가 외쳤다.
"진짜예요. 애들이 선물을 학교에 가져왔단 말이에요."
지지노의 말은 단호했다.
타로치는 화를 삭이지 못하고 으르렁거렸다.

"이게 다 등신 같은 느이 엄마 때문이야! 어쨌든 다시 또 집에 안 들어오고 싸돌아다니기라도 하면 지금보다 더 혼날 줄 알아!"

지지노가 한숨을 내쉬며 말했다.

"저는 아주 착하게 살았어요. 그런데 루치아 성녀님은 왜 아무런 선물도 주시지 않았을까요? 저보다 나쁜 애들도 전부 선물을 받았단 말이에요. 도대체 제가 뭘 잘못했나요?"

"그걸 내가 어떻게 아니? 네가 학교에서 착하게 굴었는지, 아닌지는 선생님이 제일 잘 아시겠지."

"내가 아무런 선물도 못 받았다니까, 선생님이 대신 초콜릿을 주려고 하셨어요. 내가 착하게 굴지 않았다면 그러실 리가 없잖아요?"

"초콜릿을 받았으면 됐잖아?"

"안 받았어요. 난 내 걸 받고 싶어요. 내 신발 속에 루치아 성녀님이 직접 넣어 주시는 걸 받고 싶단 말이에요."

"이런 망할, 신발 안에 넣어 두든 건네주든, 다 똑같은 초콜릿이잖아?"

"아녜요. 신발 안에다 넣어 주시는 선물은 달라요."

타로치는 잠시 생각에 잠겼다. 여섯 살짜리 아이한테 사용할 전술은 어른을 설득하는 것과는 달라야 했다.

"그래, 네 말이 다 맞다고 치자. 근데 넌 왜 선물을 못 받았지? 캐러멜 하나도 말이야. 그렇다면 루치아 성녀가 너를 미워하는 게 틀림없구나."

아이의 얼굴에는 충격을 받은 기색이 역력했다.

"절 미워한다고요? 어째서요?"

"그냥. 별다른 이유가 있겠니? 그게 아니라면 사람들이 말하듯이 루치아 성녀 따위는 세상에 존재하지 않는 거겠지."

"그럼 다른 애들이 선물을 받은 건 뭐예요?"

"걔들은 루치아 성녀가 선물한 거라고 믿지만 정말 누가 가져왔는지는 아무도 모르잖니? 다른 애들이 뭐라고 하든, 그건 중요한 게 아니야. 너 정말 착하게 지냈니?"

"네."

"루치아 성녀에게 기도도 하고?"

"네, 매일 저녁이요."

"근데, 루치아 성녀가 너한테 선물을 가져왔니?"

"아뇨."

"거봐라. 그럼 이제 답은 하나뿐이구나. 루치아 성녀는 존재하지 않는단다."

지지노의 조그마한 머리로는 아빠의 말을 반박할 방법을 찾을 수 없었다. 선물을 줄 성 루치아가 안 계신다고 생각하니 지지노는 몹시 서글퍼졌다.

"그럼, 선물을 받으려면 누구한테 기도해야 해요?"

지지노의 목소리에는 근심이 가득했다.

때마침 타로치에게 좋은 생각이 떠올랐다. 타로치는 짐짓 태연함을 가장하며 아들에게 대답했다.

"내가 보기에는 스탈린님께 기도해야 할 것 같구나."

"스탈린님이요? 그분은 성인인가요?"

"아주 큰 일을 하시는 분이란다."

타로치는 지지노가 드디어 미끼를 물었다고 확신했다.

"그럼 오늘 저녁부터, 네가 그동안 착하게 지냈으니까 선물을 달라고 스탈린님께 기도드리렴. 만일 그분께서 선물을 가져오신다면 스탈린님이 계신다는 뜻이야. 선물도 주지 않는 루치아 성녀 따위는 잊어버려라."

저으기 안심이 되는 듯 지지노의 얼굴에 다시 미소가 떠올랐다.

"나귀가 먹을 밀기울 봉지도 준비해 둬야 해요?"

타로치가 서둘러 대답했다.

"아니. 스탈린님이 사시는 곳에서는 사람들이 나귀들한테 먹이를 배불리 주기 때문에 밀기울 봉지 따위를 내놓을 필요가 없단다."

순간 타로치는 자신이 어리석은 말을 내뱉었다는 걸 알았다. 그러나 지지노는 아빠의 뜻하지 않은 궤도 이탈을 미처 눈치채지 못했다.

"스탈린님께 기도드리려면 어떻게 해야 해요? 무릎을 꿇고 성호를 그어야 하나요?"

지지노가 천진난만하게 물었다.

"그럴 필요 없어."

타로치가 당황한 표정으로 둘러댔다.

"세 번만 이렇게 얘기하면 돼. '스탈린님, 저는 착한 아이입니다. 저한테 선물을 주세요.' 그러면 스탈린님께서 너한테 선물을 가져오실 테니까."

그러나 이번에는 지지노가 동의하지 않았다.

"하느님께 기도드릴 때나, 성인들께 도움을 청할 때는 성호를 긋고, 무릎을 꿇어야 해요."

"좋아, 그건 네가 믿는 대로 하려무나. 하지만 이건 우리 둘만의 비밀이다."

타로치가 결론짓듯 말했다.

"저는 밀기울도 준비해 놓을래요. 아무리 나귀가 집에서 밥을 먹었어도, 돌아다니다 보면 배가 고파질지도 몰라요."

타로치는 기대에 부푼 아이를 뒤로하고 집을 나섰다. 저녁 무렵, 타로치는 막 문을 닫으려는 장난감 가게에 들러, 장난감 기차, 캐러멜, 초콜릿과 작은 상자에 든 예쁜 색연필을 샀다. 그는 이것들을 몽땅 외투 주머니 속에 찔러 넣고, 몰리네토 식당으로 가서 저녁을 먹었다.

식사 뒤에도 타로치는 빼뽀네와 다른 당원들과 어울려 포커를 하면서 사성까지 버텼다. 빼뽀네가 자리를 털고 일어나자 타로치도 밖으로 따라 나왔다.

"졸려 죽겠어요, 대장. 그래도 어찌합니까. 지지노가 잠들 때까지는 집엘 들어갈 수 없으니…. 그래서 이 늦은 시간까지 여기 남아있던 겁니다."

타로치는 걸음을 옮기면서 뻬뽀네에게 그동안 있었던 일과 성녀 루치아 축일을 '공산화' 하기 위해 만들어 낸 작은 속임수를 전부 털어놓았다.

"대장, 멋진 계획 아닙니까?"

"그래, 멋지군."

뻬뽀네의 호응에 타로치는 신이 났다.

"우선, 싸구려 감상에 빠지지 않는 게 중요합니다. 여자들 얘기는 정도껏만 들어주자고요. 우리 아이의 정신에 성인들을 몰아내고 훨씬 더 영양가가 있는 것을 채워 넣을 수 있다, 이겁니다. 전설이란 건 사람들의 발명품에 불과하니까요!"

뻬뽀네는 수박만 한 머리통을 무겁게 저으며 대답했다.

"전략적으로야 자네 말이 맞네. 루치아 성녀의 전설을 깨부술 수 있을 걸세. 하지만 자넨 또 다른 전설을 만들어 낸 거야. 그보다는 이렇게 설명했어야지. 성인들에게 기도하는 대신에 러시아에 있는 스탈린 동무에게 편지만 쓰면 된다고, 그러면 스탈린 동무가 우편으로 선물을 보내 준다고 말이야. 그러면 일 전체가 초자연적 차원에서 현실의 차원으로 옮겨 오지 않나."

"그건 그렇죠."

타로치가 심드렁하게 대꾸했다.

"그래도 일에는 단계가 있는 법 아니겠습니까? 걘 글자도 쓸 줄 몰라요. 게다가 아직 동화 속 이야기에 솔깃할 나이 아닙니까? 일단 첫걸음을 떼어 놓았다는 사실에 난 만족합니다, 암요. 이제 루치아 성녀가 포기한 우리 아이 신발을 스탈린 동무가 대신 차지할 겁니다. 성녀 루치아한테 기도해 봐야 아무것도 못 얻지만, 스탈린 동무에게 기도하면 뭔가를 얻는다는 걸 애가 배우게 되는 거지요. 제 말이 틀립니까?"

"그래, 자네 말이 맞네."

빼뽀네가 마지못해 타로치의 말에 수긍했다.

어느새 두 사람은 타로치의 집 앞에 다다랐다. 타로치가 빼뽀네에게 낮은 목소리로 말했다.

"대장, 여기 잠시 남아서 망 좀 봐 주십쇼. 채소밭으로 몰래 들어가 부엌 창턱에 놓인 신발 안에다 선물을 넣어 둬야 하니까요."

빼뽀네는 묵묵히 망을 보았다. 그리고 잠시 후에 타로치가 되돌아왔다.

"다 했나?"

"누워서 떡 먹기죠. 이걸로 루치아 성녀한테 한 방 먹인 셈입니다그려."

빼뽀네가 떠나자 타로치는 지지노를 깨우지 않도록 살금살금 안으로 들어갔다. 아이는 입가에 부드러운 미소를 머금은 채 자기 방에서 잠들어 있었다.

정말 일이 많은 하루였다. 타로치는 갑자기 밀려오는 피로를 느끼며, 서둘러 옷을 벗고 잠자리에 들었다. 그러나 막상 침대에 누우니 잠이 달아나 버렸다. 그래서 타로치는 혼잣말로 이렇게 중얼거렸다.

"너무 피곤해서 그렇겠지."

그는 자기가 루치아 성녀를 상대로 멋진 장난을 쳤다는 만족감에 사로잡혔다. 이 일 때문에 아내가 귀찮게 할지도 모르지만, 모름지기 남편은 가끔 아내에게 강하게 나갈 필요도 있는 게 아닌가. 알고 보면, 그도 나름대로는 아들을 위해 애쓰는 아빠 인 것이다. 아이들의 머릿속에 엉뚱한 생각을 심어 놓아서는 안 되니까. 아무튼 일은 잘 마무리됐고 타로치는 흐뭇한 기분으로 잠자리에 들었다.

*

잠자리에 든 타로치는 낮에 지지노를 때린 일이 자꾸만 신경 쓰였다.

"녀석, 잠이나 제대로 자는 건가? 한 번 살펴봐야겠군."

말과는 달리 타로치는 선뜻 침대에서 내려가지 못하고 머뭇거렸다. 어둠이 무서웠기 때문이었다. 신에게 불경한 공산주의자가 어둠이 두렵다? 어처구니없는 일이었다. 어쩌면 루치아 성녀 축일을 무시해버린 장난이 마음에 걸렸던 탓인지도 모른다.

타로치는 마음이 급해졌다. 지지노가 언제 일어날지 몰랐기 때문이다. 그는 간신히 침대에서 벗어나, 아들이 잠든 작은 방으로 향했다. 그러나 작은 방의 문을 열었을 때, 그를 기다리고 있는 것은 텅 빈 침대와 활짝 열린 창문뿐이었다.

타로치는 뭔가에 홀린 듯 열린 창문을 뛰어넘어, 들판을 향해 걷기 시작했다. 그의 몸은 물먹은 솜처럼 무거웠다. 힘겨운 걸음을 재촉해 도착한 곳은 옥수수 대를 엮어 만든 오두막이었다. 지지노는 아까처럼 축축한 밀짚 위에 쓰러져 잠들어 있었다.

화가 치밀었다. 자신이 분명히 경고하지 않았던가! 분노한 타로치는 아이를 잡아 올리고 엉덩이를 마구 때리기 시작했다. 때리고 또 때려 자신의 손이 아플 지경이었다. 그는 매질을 멈추고 싶었지만, 그조차 뜻대로 되지 않았다. 뭔가 크게 잘못되어 가고 있는 것 같았다.

*

"으악!"

타로치는 악몽에서 깨어났다. 그의 오른팔은 등 뒤로 구부정하게 접혀 있었고 이마에는 땀이 송골송골 맺혀 있었다. 그 순간, 성당 종탑에서 시간을 알리는 종소리가 울려 퍼졌다. 하나, 둘, 셋, 넷. 4시였다!

타로치는 절망적인 기분에 사로잡혔다. 공산주의 신념도 좋지만, 자신의 장난은 도가 지나쳤다는 것을 깨달았기 때문이다. 그는 지지노가 깨어나기 전에 신발 안에 넣어 둔 장난감 기차 따위를 죄다 끄집어내야 한다고 생각했다. 잠이 덜 깬 타로치가 잠시 헤매는 사이, 시간은 이미 너무 늦어 버렸다. 부엌에 갔다가 돌아오는 지지노와 좁은 복도에서 마주친 것이다. 가슴 속 깊은 곳으로부터 절망감이 밀려왔다. 그러나 그런 흔들림을 아들에게 내색할 수는 없었다.

지지노는 눈길이 마주치자 울음을 터뜨리면서 외쳤다.

"스탈린님마저도 선물을 가져오질 않았어요! 아무것도요!"

타로치는 아이를 침대 위에 뉘었다.

"일단 좀 자거라. 내일 아침에 전부 제대로 정리하자꾸나."

아이는 즉시 잠에 곯아떨어졌다. 그럴 만도 했다. 6살짜리 아이에게는 너무 힘겨운 하루였으니까.

다음 날은 차가운 안개가 가득 들어찬, 12월의 어두컴컴한 일요일이었다. 아침 7시, 잠에서 깨어난 타로치가 거실로 나와 보니 지지노는 벌써 예쁘게 옷을 차려입고 있었다.

타로치는 옷을 주섬주섬 갈아입은 뒤, 아이에게 물었다.

"자 그래서? 신발 속에 아무것도 없었단 말이지?"

"아무것도 없어요."

"그렇다면 너는 스탈린한테 기도해 봐야 아무것도 얻을 수 없다는 걸 알게 됐구나."

타로치의 목소리에 안심하는 기색이 역력하자, 지지노는 볼

멘소리를 늘어놓았다.

"루치아 성녀님한테 기도해도, 스탈린님한테 기도해 봐도 마찬가지잖아요! 도대체 어떻게 해야 선물을 받을 수 있는 건가요, 아빠?"

*

타로치는 지지노에게 작은 외투를 입히고 목도리를 둘러준 뒤, 자신은 베레모를 눌러 썼다. 그리고 망토를 걸쳐 입고는 밖으로 나섰다.

"지지노, 이리 오렴. 모든 걸 다 정리하자꾸나."

타로치는 아들의 손을 잡으며 말했다.

마을은 지독하게 짙은 안개에 잠긴 채, 지나가는 사람 하나 없이 고요했다.

어느 순간, 타로치가 발걸음을 멈추며 말했다.

"지지노, 아빠는 여기서 기다릴 테니까, 성당에 들어가서 아기 예수님께 말씀 드려 보렴. '루치아 성녀님이 저를 잊어 버리셨어요. 저는 아주 착하게 지냈는데도 그러셨어요. 예수님이 도와주세요?' 라고 말이야."

"그 다른 사람 있잖아요…. 이름이 뭐였더라? 그 사람에 대해서도 말씀드릴까요?"

"아니, 그럴 필요 없다. 루치아 성녀님 문제에 대해서만 말씀드려라. 그럼 다 제대로 정리될 거야. 이런 경우에는 아기 예수님이 크리스마스날 직접 선물을 챙겨다 주신단다."

지지노가 성당 쪽으로 뛰어가자, 타로치는 건물의 기둥에 몸을 기댄 채, 아이를 기다렸다.

한 10분쯤 지나자 지지노가 안개를 헤치며 돌아왔다.

"내가 너한테 설명해 준 대로 그렇게 말씀 드렸니?"

"네, 아빠."

"그랬더니 뭐라고 그러시든?"

"예수님이 알아서 해 주시겠대요."

"좋아."

타로치는 나지막이 중얼거린 뒤, 아이의 손을 잡고 다시 집으로 돌아갔다.

그에게는 모든 것이 아주 자연스러워 보였다. 아기 예수가 지지노에게 '내가 알아서 해 주겠다' 라고 대답했다는 사실조차 전혀 이상하게 느껴지지 않았다.

그리고 타로치는 자기 손으로 신발에 스탈린의 선물을 가득 채워 넣었는데도 어째서 지지노가 나중에 신발 안을 들여다보았을 때 텅 비어 있었는지, 선물이 몽땅 어디로 어떻게 사라져 버렸는지에 대해서도 알고 싶지 않았다. 중요한 것은 크리스마스가 머지않았다는 사실뿐이었다. 크리스마스가 지나고 나면, 모든 게 다 제자리로 돌아갈 것이다. 타로치는 그런 확신이 들었다.

사실, 스탈린의 선물이 사라져 버린 사건은 성 루치아와는 전혀 상관이 없는 일이었다. 그날 밤, 지지노의 신발 속에서 선물을 끄집어낸 사람은 다름 아닌 뻬뽀네였다. 그는 그것들을 깡그리 뽀 강 속에 처박으며 중얼거렸다.

"스탈린 동무, 지금 내가 하는 행동을 용서하시오."

뽀 강의 시퍼런 강물이 그 물건들을 죄다 삼켜 버리자, 뻬뽀네는 다음과 같은 생각을 하면서 자신을 위로했다.

'하느님은 늘 나를 보고 계시지만 스탈린 동무는 나를 보고만 있는 건 아니니까.'

잠시 뒤 뻬뽀네는 자신이 성직자들과 미 제국주의자들이 떠벌이는 선전문구에 바보처럼 속아 넘어간 것은 아니었는지를 놓고 잠시 생각에 잠겼다. 그러나 그 망설임은 오래가지 않았다. 그 역시 가슴 두근거리며 크리스마스 선물을 기다리던 어린 시절의 동심을 잊지 않고 있었기 때문이다.

크리스마스 소동

크리스마스가 다가오던 12월의 어느 날 오후, 신문에 놀라운 기사가 났다. 기고문 형식의 이 기사에는 "기독교 신자라는 입장 때문에, 공산당원으로서의 의무를 수행할 수 없다. 그러므로 공산당을 탈당한다."라고 어느 저명한 국회의원이 늘어놓은 탈당의 변이 담겨 있었다.

이 사건에 대한 중앙당의 미적지근한 초기 대응은 뻬뽀네가 보기에 무척 실망스러웠다. 그러나 이탈리아 공산당이 결코 그렇게 만만한 조직은 아니라는 사실은 얼마 뒤, 탈당의 파문이 조금씩 수면 아래로 가라앉아 갈 무렵 밝혀졌다. 크리스마스를 며칠 앞두고 공산당 서기국에서 다음과 같은 공식 성명을 발표한 것이다.

> 우리는 합당한 이유 없는 탈당을 절대 받아들이지 않는다. 거꾸로해당 행위에 대한 책임을 물어 출당조치 한다
>
> – 이탈리아 공산당 서기장

"대장, 진짜 단호한 결정이네요. 정말 멋지지 않습니까? 해당 행위를 명분으로 국회의원을 출당시켜 버리다니 말이에요."

성명서를 읽던 룬고가 고개를 끄덕이며 말했다. 그러나 빼뽀네는 당의 결정에 대해 아직 확신을 할 수 없었다.

"이걸로는 부족해. 이 기회에 당원들이 교회를 어떻게 상대해야 하는가에 대한 분명한 지침이 내려졌어야 한다고."

룬고가 고개를 흔들었다.

"에이, 그건 대장이 틀렸어요. 당에서는 여태껏 '공산당원은 하느님을 믿으면 안된다.' 라고 말한 적이 없잖아요. 그런데 신부들은 '공산주의자들은 성당에서 쫓겨나야 한다' 고 주장한단 말이죠. 먼저 총부리를 들이댄 건 교회 쪽이에요. '투표할 때 공산주의자들을 찍어 주는 사람은 파문당한다' 라고 떠드는 신부들을 죄다 감옥에 처넣으면 속이 시원하겠는데…. 오늘 자 성명서에 숨겨진 당의 진짜 지침은 바로 '종교의 중독성에 대한 경계를 강화하고 당원들의 사상 개조에 노력을 배가하라' 는 뜻이라고 봅니다."

빼뽀네가 머리를 가로저었다.

"아니야, 그걸로도 부족해. 구체적인 문제는 여기, 즉 우리 마을에서 당의 지침을 실천할 방법이 뭐냐는 거라고. 본당 신부를 제거하기라도 할 건가?"

"거 괜찮은데요."

가뜩이나 성질 더러운 룬고의 표정이 더욱 음산해졌다.

"칫, 하긴 그런 식으로는 아무것도 해결하지 못하겠죠? 돈 까밀로를 제거해봐야, 교구에서는 더 악질인 신부를 골라 다시 파견할 테니까."

"하지만 돈 까밀로보다 더 악질을 찾는 것도 쉽지는 않을걸…."

빼뽀네가 독백처럼 중얼거렸다.

*

그날 밤, 인민의 집에서는 이번 출당조치에 대한 난상토론이 벌어졌다. 토론이 끝나갈 즈음, 중앙당에서 정치학 예비 과정을 수강하고 돌아온 룬고가 입을 열기 시작했다.

"에, 동지 여러분 모두는 이번 출당조치에 대해 잘 알고 있으리라 믿습니다. 당이 이처럼 강경한 성명을 발표한 것은 처음 있는 일입니다. 이번 성명서에는 교회를 상대로 벌여야 할 투쟁의 구체적 지침이 나타나 있습니다. 그 지침인즉슨, '종교라는 이름의 아편을 끊어버리라' 는 겁니다. 그래서 본인은 지금 이야말로 신부들이 꾸며낸 감상주의적 사기극을 타도할 좋은 기회가 왔다고 생각하는 것입니다."

룬고는 자기 생각을 차근차근 설명했다. 그가 다시 말했다.

"이쯤에서 감상주의적 사기극이 무어냐고 묻는 동지가 있을 겁니다. 그건 바로 크리스마스를 이르는 말입니다. 생각해 보시오, 동무들. 크리스마스가 찾아오면 성당에 가는 사람, 가지 않는 사람을 막론하고 잔뜩 들떠서 – 푸짐하게 음식을 차리고, 꼬맹이들은 성탄 축하 시를 읊고 – 아무튼 어처구니없는 일이 잔뜩 벌어지지 않습니까? 그런데 말입니다. 성탄절이 특별할 이유가 어디 있는 겁니까? 그저 아기 예수가 태어난 날일 뿐이지 않습니까? 성탄 구유, 축하 카드, 아기 천사, 크리스마스 캐럴 따위에 절대로 현혹되지 마십시오. 죄다 신부 놈들이 꾸며낸 거짓말, 우리로 하여금 현실을 도외시하게 하려는 속임수란 말입니다. 이제 이 멍청한 사기극에 속아 넘어가는 일을 때려치울 때도 되지 않았습니까? 당장에라도 그놈들의 음모에 당당히 맞서 반격을 가합시다!"

뻬뽀네는 어쩔 수 없다는 듯이 양팔을 벌렸다.

"자네 의견은 잘 알겠네. 하지만 룬고, 오래된 풍속을 하루아침에 바꾸라고 읍민들에게 강요할 수야 없지 않나?"

"그건 그렇죠, 대장. 하지만 대중에게 크리스마스의 썩어빠진 사기극을 깨닫게 해 주려면 우리가 먼저 크리스마스 말살

작업에 나서야 하는 겁니다. 전 이미 전쟁을 시작했습니다."

빼뽀네, 비지오, 브루스코, 스미르초, 그리고 토론회에 참가한 다른 몇몇 간부들은 걱정스러운 표정으로 룬고를 쳐다보았다.

룬고는 인민의 집 관리인이었다. 그는 가족과 함께 인민의 집 2층에 있는 방 세개짜리 작은 집에서 살고 있었다. 그의 사생활은 당원들에게 모두 공개되어 있었다.

"동지 여러분, 확인하고 싶은 사람은 누구나 우리 집에 들러 살펴보시오. 크리스마스에도 우리 가족은 평소와 다름없을 겁니다. 원하기만 한다면, 동지 여러분도 나와 마찬가지로 할 수 있다, 이 말입니다."

비지오가 한숨을 내쉬었다.

"이봐, 룬고. 무슨 수로 여자들한테 그걸 납득시키란 말인가"

"어렵지 않아."

룬고는 단호했다.

"비지오, 내가 대단한 걸 요구하는 게 아닐세. 문제의 핵심은 크리스마스를 평소와 똑같은 날처럼 생각하라는 거야. 공산주의에 대한 굳은 신념이 필요하긴 하지만…."

빼뽀네는 그제야 룬고의 말을 이해하고는 놀라움과 감동에 사로잡혔다.

"좋아, 룬고! 바로 그거야!"

이어 그는 다른 당원들에게 말했다.

"동지들, 룬고의 말을 알아들었나? 우리는 철저하게 사상적으로 무장할 필요가 있네. 난 룬고의 의견에 따르겠네. 동지들 생각은 어떤가? 물론 찬성이겠지? 이 자리에 없는 동지들을 설득하는 작업도 필요하겠지만, 일단은 우리부터 시작하자! 이런 일일수록 시간이 걸리니 말이야. 오늘부로 당원들에게 크리스마스를 말살하는 긴급조치를 발동한다. 신부들의 사기 행각에 따끔한 일격을 가하자!"

빼뽀네는 마음이 들떠 왔다. 룬고의 제안은 생각하면 할수록 마음에 쏙 드는 말이었다.

그는 집에 돌아오자마자 아내에게 폭탄선언을 했다.

"올해부터는 집에서 크리스마스를 기념해선 안 돼."

아내는 의아한 표정으로 반문했다.

"어디서 싸구려 포도주를 잔뜩 퍼마시기라도 한 거예요?"

빼뽀네가 끈질기게 설득하자 결국 아내는 마지못해 수긍했다.

"좋아요. 그렇게 합시다. 우리 집에 크리스마스는 이제 없어요. 하지만 부활절은요? 다른 축일들은?"

빼뽀네가 대답했다.

"모든 일에는 순서가 있는 법이잖아. 우선 크리스마스부터 달력에서 지우자고."

*

그날부터 빼뽀네는 크리스마스에 담긴 신성한 의미를 없애

버릴, 이른바 '크리스마스 말살작업'에 자신의 정열을 모두 쏟아 붓기 시작했다.

마침내 바싸 마을에도 크리스마스이브가 찾아왔다. 그날도 뻬뽀네는 인민의 집에서 문서들과 한바탕 씨름했다. 뻬뽀네가 집으로 돌아와 보니, 집안 풍경은 왠지 모르게 쓸쓸해 보였다. 얼룩진 식탁보가 깔린 테이블, 돼지기름으로 끓인 수프, 양파와 달걀로 만든 오믈렛의 냄새에 이르기까지 모든 것이 보통 때와 똑같았기 때문이다.

그날 밤, 뻬뽀네는 식구들이 잠자리에 드는 시간까지 앞당겼다. 그는 거친 목소리로 식구들에게 명령하다시피 말했다.

"8시면 모두 자러 가는 거야. 불평들 말고 일찍 자는 거다, 알았지?"

그는 일곱 살짜리 막내아들을 지목하며 말했다.

"특히 막내 너, 명심해!"

뻬뽀네는 침묵이 흐르는 식탁에 앉아 수프를 조용히 떠먹었다. 수프를 다 먹고 그릇을 치우려다가, 접시 밑에 크리스마스카드가 숨겨져 있는 걸 발견했다.

뻬뽀네는 눈을 동그랗게 뜨고 쳐다보는 막내의 시선을 애써 외면했다. 그리고 들어 올리던 접시를 천천히 내려놓았다.

그는 남은 포도주를 한 모금 마시고, 냅킨을 식탁 위로 던지며 자리에서 일어섰다.

"오믈렛은 안 먹을 거예요?"

어안이 벙벙해진 아내가 물었다.

"안 먹어!"

삐뽀네가 소리쳤다.

"배고프지 않아. 게다가 할 일도 있고…."

그는 모자챙이 눈을 가리도록 푹 뒤집어썼다. 그리고 식구들을 피해 재빨리 밖으로 나섰다.

거리로 나서니, 다른 집들의 저녁 풍경이 펼쳐졌다. 사람들은 이제야 하나둘 식탁 앞에 앉아 크리스마스 축하 만찬을 즐기고 있었다. 방금 전에 보았던 자기네 식탁의 황량함을 떠올리며, 그는 대단한 자부심을 느꼈다.

동지들이 인민의 집에서 모이기로 한 약속 시각은 저녁 8시였다. 15분쯤 먼저 도착한 삐뽀네는 1층에 전부 불이 꺼져 있는 것을 보고 2층에 있는 룬고네 집으로 향했다.

룬고와 아내, 그리고 그의 어린 아들은 아직 식탁 앞에 있었다. 식탁에서 평일 특유의 피곤하고 침울한 분위기가 느껴졌다.

룬고가 삐뽀네에게 포도주를 따라주며 물었다.

"대장, 저녁은 어땠습니까?"

"완벽했네. 마누라가 자기 몫을 다했어. 작은 반발이 있기는 했지만…."

삐뽀네는 그 장면을 떠올리며 코웃음을 친 뒤, 룬고에게 다가가 귓속말로 소곤댔다.

"글쎄, 우리 막내 녀석이 나한테 보내는 크리스마스카드를 접시 밑에 놓아뒀지 뭔가."

"어떻게 눈치를 채신 겁니까?"

룬고가 물었다.

"빈 수프 접시를 막 치우려는 데 아들 녀석의 시선이 느껴지지 뭔가. 바로 자리에서 일어나서 밖으로 나왔다네. 그 덕분에 오믈렛도 못 먹었지만 말이야."

룬고는 껄껄 웃으며 자랑을 늘어놓았다.

"우리 집에는 아들 하나밖에 없는 데다 마누라도 아주 순순히 협조해줬습니다. 아이한테는 우리가 처한 상황에 대해 품위 있게 설명을 해주었죠. 워낙 애가 착해빠져서…."

다른 사람들이 도착할 시간이었다. 빼뽀네와 룬고는 아래층으로 내려갔다. 룬고는 문을 나서며 이렇게 말했다.

"기다리지 마. 아마 늦을 거야."

룬고의 아내가 대답했다.

"우리는 자러 갈게요. 아이가 졸립다네요."

스미르초와 비지오는 1층에서 그들을 기다리고 있었다. 빼뽀네가 대략적인 계획을 부하들에게 설명하기 시작했다.

"지금 당장 마을을 한 바퀴 돌자고. 앞서 크리스마스 말살 작업을 따르기로 약속한 동지들의 집을 전부 돌면서 순찰을 좀 해보세."

빼뽀네 일당이 외따로 떨어진 브루스코의 집에 도착했을 때,

집 안의 전깃불은 모두 꺼져 있었다. 초인종을 누르자, 브루스코가 옷을 반쯤 걸친 채 밖으로 나왔다.

하지만 그의 표정은 그다지 밝지 못했다.

"집안 식구들하고 말다툼이 벌어졌습니다, 대장. 결국에는 저녁도 못 먹고 잠자리에 들었어요. 아내가 몸이 별로 안 좋은가 봅니다."

룬고가 중간에 끼어들었다.

"브루스코, 계획을 완수한 걸 축하하네."

브루스코가 화를 버럭 내며 소리쳤다.

"축하라고? 마누라가 열이 나고 아픈데 그걸 축하한단 말인가? 젠장, 아무리 크리스마스 말살 작업이 중요하다지만…."

사소한 충돌을 뒤로하고, 순찰은 계속되었다. 뻬뽀네, 룬고, 비지오, 스미르초, 이렇게 네 사람은 나머지 아홉 군데를 더 찾아가 현관 문을 두드렸다. 열 군데만 점검한 것은 올해에 한해 크리스마스 말살조치의 대상을 아주 충실한 열성 당원들로 제한했기 때문이다. 순찰대는 가는 곳 마다, 이미 불이 꺼져 어두컴컴해진 집이나 침울한 표정으로 음식이 남겨진 저녁 식탁에 앉아 신문을 읽고 있는 동지들과 마주쳐야 했다.

팔세토의 집을 마지막으로, 뻬뽀네 일당이 강둑길을 천천히 걸으며 읍내로 돌아올 때, 자정 미사를 알리는 종소리가 울려 퍼졌다.

"대장, 이번 작업의 결과는 아주 만족스럽습니다."

룬고가 딱 잘라서 말했다.

"계획이 구호에 그치지 않고 실천으로 넘어갔단 말입니다. 대장도 아시겠지만, 담장을 허물 때 가장 중요한 것은 첫 번째 벽돌을 파내는 거 아닙니까."

그들은 다리 난간 위에 잠시 걸터앉았다.

"이번 일은 아주 특별해."

뻬뽀네가 으스대며 입을 열었다.

"크리스마스이브가 다른 날과 똑같다는, 이 단순한 사실이 나를 새롭게 일깨워 주었네. 크리스마스란 건 존재할 의의가 없어. 신부들이 꾸며낸 감상주의로부터 해방되지 않으면 진실과 거짓의 차이를 결코 구분할 수 없다, 이거야."

스미르초가 담뱃불을 붙이며 말했다.

"대장, 그런데 왜 이렇게 찜찜하죠? 크리스마스를 – 이렇게 불러도 좋을지 모르겠지만 – 특별한 날이라도 되는 것처럼 기다리다 보니, 크리스마스가 평소와 똑같은 하루에 불과하다는 걸 깨닫게 된 게 그다지 달갑지 않은데요."

"내년에는 실망하지 않게 될 걸세, 스미르초."

룬고가 딱 잘라 말했다.

"올해 크리스마스를 특별한 날이라고 기다려왔기 때문에 느낌이 이상한 거야. 자네도 내년 이맘때엔 크리스마스를 기다리지 않게 될 거야, 나처럼 말이야."

때는 이미 자정에 가까웠다. 그들 네 사람은 다시 마을로 향했다. 사람들이 이미 성당으로 들어가고 난 터라 광장은 텅 비어 있었다.

빼뽀네는 인민의 집 앞에 도착하자마자, 갑자기 소리치기 시작했다.

"저 위에 저게 뭐지?"

모두 눈을 들어 위를 쳐다보았다. 인민의 집 꼭대기, 다락방 창문에 불이 밝혀져 있었다. 불빛은 잠시 꺼졌다가 다시 켜지기를 반복하고 있었다.

룬고는 걱정스러운 목소리로 말했다.

"거 참 이상하네, 다락방 열쇠는 따로 보관해 두었는데? 게다가 우리 식구 중에는 아무도 저 위에 올라가는 사람이 없는데…."

그들은 1층에서 망을 보도록 비지오를 남겨 두고 발끝으로, 소리 나지 않게 살금살금 계단을 걸어 올라갔다. 방문은 반쯤 열려 있었고 문틈으로 희미한 불빛이 깜박거렸다.

방안에 누군가 있다는 뜻이었다.

빼뽀네, 룬고, 스미르초는 숨을 죽이면서 문 앞으로 다가섰다. 잠시 후 종탑에서 자정을 알리는 종이 울렸다. 종소리가 울려 퍼지는 틈을 타, 그들은 다락방 안으로 샙싸게 들어갔다. 그러고는 벽에 바싹 붙어 섰다.

종소리가 열두 번째 울렸을 때, 드디어 불빛의 깜박거림이 멎었다.

그 불빛은 손전등으로부터 나와, 상자 위에 쌓아 올려 만든 자그마한 움막 형태의 성탄 구유를 비추고 있었다. 그리고 그 상자 앞에는 룬고의 어린 아들이 서 있었다.

아이는 구유를 응시하고 있었다. 비지오가 망을 보던 1층에서 소음이 들려오지만 않았더라도 그 앞에서 한참을 더 머물렀을 터였다. 아래층에서 소리가 들리자, 아이는 어둠 속에 숨어 있던 삐뽀네 일당을 보지 못하고 그대로 달아났다.

아이가 사라지자, 망토로 몸을 감싸고 있던 세 명의 사내가 구유 앞으로 다가섰다.

"만약 이 사실을 돈 까밀로가 알았다면 뭐라고 했을까?"

삐뽀네가 나지막이 중얼거렸다.

"비밀리에 만든 성탄절 구유, 박해받는 신자들 운운하며, '얼씨구나' 하고 난리법석을 떨었겠지요, 뭐."

룬고의 자신만만하던 얼굴이 벌레 씹은 표정으로 변했다.

"대장, 이건 아이 탓이 아녜요. 주위 사람들이 아이 머릿속에 동화를 빙자한 쓰레기를 가득 쑤셔 넣었던 겁니다. 그나저나 어떤 놈이 구유를 만들 재료를 애한테 주었지?"

삐뽀네는 몸을 굽혀 성탄 구유를 자세히 살펴보았다.

"흠, 누가 재료를 줘서 만든 것 같진 않아. 봐, 구유 안에 놓여 있는 작은 인형들은 색깔을 입힌 찰흙으로 만든 게 아닌가. 아이가 혼자서 한 짓이야. 그건 그렇고, 정말 잘 만들었어. 자네 아들, 참 똑똑하구먼!"

룬고는 한참 동안 말이 없었다. 그러다가 갑자기, 손을 치켜들더니 단숨에 인형을 후려쳤다. 인형은 허공으로 날아가 벽에 부딪치면서 산산조각이 났다. 그러나 그 초라한 – 이제는 망가져 버린 – 구유 안의 작은 손전등은 꺼지지 않은 채 그대로 남아 있었다.

그때, 자정 미사를 마친 사람들이 성당 밖으로 우르르 몰려나왔다. 광장은 이내 활기찬 목소리로 가득 메워졌다. 삐뽀네는 룬고의 행동에 놀라 멍하니 서 있다가, 고개를 흔들어 정신을 차리고 출입문 쪽으로 걸어갔다. 어색한 표정의 스미르초가 그 뒤를 바짝 따랐다.

룬고는 어둠 속에 홀로 남아 꺼지지 않고 빛나는 그 전등을 하염없이 바라보았다.

되찾은 크리스마스

인민의 집에서 빠져나온 뻬뽀네는 집을 향해 발걸음을 재촉했다. 정문 앞에서 비지오가 기다리고 있었지만 그는 눈길조차 주지 않았다. 뻬뽀네는 자정 미사를 마치고 집으로 돌아가는 사람들과 마주치지 않으려고 일부러 중앙 광장을 피해서 갔다.

스미르초가 끝까지 뒤따라왔지만 뻬뽀네는 아무 말도 하지 않은 채 현관문을 쾅 닫고 안으로 들어가 버렸다. 하루의 피로가 한꺼번에 몰려왔다. 뻬뽀네는 외출복을 벗어 놓고 바로 침대로 들어가 누웠다.

그의 아내가 물었다.

"당신이에요?"

"당연하지! 내가 아니면 누구겠어? 그새 샛서방이라도 들였나?"

"이런 판국에 또 무슨 일이 벌어질지 누가 알겠어요? 지금 당신이 내세우고 있는 전략대로라면, 다른 당원이 집에 들어오는 꼴을 내가 보게 되지 말라는 법 있겠어요? 당신한테는 당이 최고로 중요하니까 말이에요."

"바보 같은 소리 좀 하지 마! 농담할 기분이 아니야."

뻬뽀네는 딱 잘라 말했다.

"그럼 누군 농담할 기분인 줄 아세요? 고마워요! 이렇게 기가 막힌 크리스마스이브를 보내게 해줘서!"

아내는 섭섭함을 감추지 못했다.

"게다가 애를 그렇게 무시하는 건 무슨 심보란 말이에요? 사랑스러운 막내가 학교에서 배운 크리스마스 축시를 낭송하려는데 도망치듯 그렇게 나가 버리다니! 애들이 도대체 정치랑 무슨 상관이 있담!"

"제발 잠 좀 자자고!"

뻬뽀네가 버럭 화를 내자 아내는 이내 조용해졌다.

뻬뽀네는 한참을 뒤척이다 겨우 잠이 들었다. 얼핏 잠이 든 뒤에도 기이하고 희한한 꿈들이 끊임없이 눈앞에서 펼쳐지며 밤새 뻬뽀네의 심기를 마구 뒤틀어 놓았다.

그가 잠에서 깼을 때 주위는 아직도 어두컴컴했다. 침대에서 후다닥 튀어나온 뻬뽀네는 불도 켜지 않고 주섬주섬 옷을 걸치기 시작했다. 옷을 입는 동안, 아들이 애써 만들어 놓은 구유를 때려 부수기 위해 멧돼지 앞발같이 털이 부숭부숭한 팔을 휘두르던 룬고와 산산조각이 난 구유 더미에서 꺼지지 않고 남아 있던 손전등의 모습이 머릿속에서 사라지질 않았다. 빼뽀네는 그 모든 일이 방금 꾸었던 꿈의 일부이기를 바랐다. 하지만 그것은 확실히 꿈이 아니었다.

그는 부엌으로 내려가 따뜻하게 데운 우유를 마시며 몸을 녹였다. 식탁에는 아직도 설거지하지 않은 그릇들이 고스란히 남아 있었다. 혹시 막내아들이 적어 놓은 크리스마스카드가 아직도 있을까 궁금해졌다. 그릇을 들어 보았으나 그곳에는 아무것도 없었다.

국물로 얼룩진 식탁보와 차갑게 식어버린 오믈렛을 바라보고 있자니, 어린 시절의 단란했던 크리스마스와 만찬을 앞에 두고 흐뭇해하시던 어머니와 아버지의 모습이 떠올랐다. 생각은 곧이어 1944년 겨울의 크리스마스로 옮아갔다. 야생 동물들이 사는 동굴에 숨어, 언제 기관총의 탄환 아래서 죽어갈지 모른다는 두려움 속에서 맞이한 크리스마스는 정말 끔찍했었다. 하지만 그 크리스마스조차 이번 크리스마스만큼 괴롭지는 않았다. 케이크와 비스킷, 그리고 초콜릿이 있는 평온한 식탁과 마음을 훈훈하게 만들어주는 선물을 떠올리며 힘겹게나마 버틸 수 있었기 때문이다.

그러나 지금은 그 당시와 달랐다. 아니, 달라야 했다. 이제 더 이상의 위험은 없었다. 전쟁은 끝난 지 벌써 오래였고, 몇 발짝만 옮기면 잠든 아내와 아이들의 편안하고 고른 숨소리를 확인할 수 있었다.

문제는 자신의 마음이 꽁꽁 얼어붙어 있다는 점이었다. 이래서야 점심식사 시간의 분위기도 우울하기 짝이 없을 건 뻔한 일이었다.

빼뽀네는 왠지 서글픈 기분에 사로잡혀서 속으로 중얼거렸다.

"크리스마스의 의미는 전부 하찮은 데 있는 거야. 어떤 식탁보를 쓸지, 식기는 어떤 걸로 할지, 무얼 먹을지 따위의 문제에 지나지 않는다고."

그러나 룬고의 어린 아들 때문인지, 그 목소리에는 확신이 담겨 있지 않았다. 막내가 써 놓았던 크리스마스카드와 축시도 마음에 걸리기는 마찬가지였다.

동이 터 오고 있었다. 빼뽀네는 외투로 몸을 감싼 채 집을 나섰다. 그리고 인민의 집을 향해 발걸음을 내딛기 시작했다. 룬고는 벌써부터 일어나 집회용 대강당에서 빗자루로 청소를 하고 있었다. 그가 현관으로 나와 문을 열자 빼뽀네는 깜짝 놀랐다.

"이 시각에 벌써 일하고 있었나?"

"벌써라니요? 7시나 됐는데요. 평일 업무는 원래 8시에 시작하지만 오늘은 특별한 날 아닙니까, 대장."

빼뽀네는 읍장 집무실로 가서 책상 앞에 자리를 잡고 앉았다. 그는 전날 온 우편물을 살펴보기 시작했다. 책상에는 통상적인 행정 업무와 관련된 공문 10여 통이 놓여있었다. 몇 분 지나지 않아 빼뽀네가 모든 우편물을 다 읽자, 룬고가 얼굴을 디밀며 물었다.

"대장, 전달 사항 있어요?"

"없어. 이건 자네가 알아서 처리해."

룬고는 서류를 모아서 들고 나갔다. 잠시 뒤, 룬고가 집무실로 뛰어들어왔다.

"대장? 이 서류는 아주 중요한 겁니다. 제대로 못 본 게 분명해요."

빼뽀네는 룬고가 내미는 서류를 받아 대충 훑어보고는 다시 되돌려 주었다.

"그 서류는 벌써 다 검토한 거야. 특별한 건 없어."

"하지만, 대장. 이건 대장만 답을 할 수 있는 거잖아요. 개인적인 용무란 말입니다."

"룬고, 나를 귀찮게 하지 좀 마. 나중에 할게. 오늘은 크리스마스잖아."

순간, 룬고가 경계심 어린 눈초리로 그를 쳐다보았다. 빼뽀네는 그런 눈초리를 받고 있다는 사실 자체가 마음에 들지 않았다.

그는 자리에서 벌떡 일어나 룬고를 향해 소리쳤다.

"오늘은! 크리스마스라고! 내 말 알아들어?"

룬고는 고개를 가로저었다. 그러고는 이렇게 대꾸했다.

"아뇨, 못 알아듣겠어요."

"그럼, 내가 멋지게 설명해 주지."

룬고의 실수는 삐뽀네의 말뜻을 즉시 파악하지 못했다는 것이었다. 삐뽀네가 룬고의 뺨을 냅다 후려치자, 룬고의 얼굴 위에 벌건 손자국이 남았다. 하지만 룬고는 그리 고분고분한 성격의 사내가 아니었다. 그는 즉시 받은 만큼 되갚아 주려고 덤벼들었다.

그러자 삐뽀네는 선불 맞은 멧돼지처럼 몸을 날려 룬고를 덮쳤다. 그는 룬고의 두 다리를 붙들어 공중으로 휙 내던졌다. 그리고 땅에 거꾸러진 룬고를 마구 짓밟았다.

한바탕 발길질을 마친 후에 삐뽀네는 룬고의 멱살을 움켜잡고 다시 물었다.

"이제 알아듣겠나?"

"네, 대장. 알아들었습니다!"

룬고는 다소 기가 죽어 있었다.

"오늘은 크리스마스라고요."

"그럼 지금 당장, 다락방에 올라가서 물건을 제대로 정리해 놔. 어젯밤 다락방에서 생긴 일을 신부들이 알면 놈들은 우리를 공격할 테니까."

"저도 압니다. 그래서 다 정리해 놨단 말입니다. 끙."

룬고가 힘겹게 대꾸했다.

빼뽀네는 스미르초를 대동하고 다락방에 올라가 보았다. 작은 구유는 언제 때려 부쉈나 싶게, 감쪽같이 복원되어 있었다. 빼뽀네는 한참 동안 그걸 바라보고 나서 혼자 중얼거렸다.

"그게 뭐 그리 나쁜 일이야? 2천 년 전에 어느 시골 마구간에서 태어난 목수의 아들을 기념하는 게 뭐 그리 잘못됐냐고. 어쨌든 그 목수의 아들은 인간의 평등을 외쳤고 가난한 이들을 위해 살았잖아."

*

빼뽀네는 집을 향해 걷다가 보르게토 거리의 갈림길에서 돈 까밀로와 마주쳤다.

그는 어두운 표정으로 비꼬듯이 인사했다.

"회색 추기경* 나리, 안녕하시오?"

"읍장 나리, 기쁜 성탄 맞이하시오."

돈 까밀로가 나름대로 우아하게 답례했다.

"흥, 나처럼 파문당한 공산주의자한테 무슨 크리스마스 축하 인사요?"

빼뽀네가 낄낄대며 대꾸했다.

돈 까밀로는 답답하다는 듯이 양팔을 펼치며 입을 열었다.

---

* 프랑스 정계를 암암리에 좌지우지했던 프란치스코 수도회 수사가 회색 수도복을 입었다는 데서 유래.

"병은 미워도 병에 걸린 환자는 사랑해야 하는 법 아닌가."

빼뽀네가 코웃음을 쳤다.

"언제나처럼 말씀만은 청산유수구먼. 그런데 말이오, 공산당이라면 못 잡아먹어 안달하는 신부님한테도 사랑에 관해 말할 자격이 있기는 한 거요?"

"나는 마음에서 우러나와서 인사한 것뿐일세."

빼뽀네가 머리를 가로저었다.

"평소에나 잘하시오, 위선자 양반아."

돈 까밀로가 어쩔 수 없다는 듯이 양팔을 펼쳐 보였다.

"하느님께서 자네를 불쌍히 여기시길."

"아마도. 하지만 신부님을 불쌍히 여기시지는 않을 거요. 혁명의 날이 오면, 신부님은 저기 저 깃대에 매달려 깃발처럼 펄럭이는 최후를 피할 수 없을 테니까. 저게 보이시오?"

돈 까밀로는 인민의 집 발코니 앞에 세워진 그 깃대를 종종 보았다. 아니, 종종 보는 정도가 아니었다. 인민의 집은 광장을 사이에 두고 사제관과 맞은편에 있었고, 돈 까밀로는 식사 때마다 부엌 창문 너머로 그 저주받은 깃대를 바라보지 않을 수가 없었던 것이다. 하늘을 찌르듯 우뚝 솟은 그 깃대 끝에는 낫과 망치가 그려진 공산당 깃발이 선동적인 자태로 번쩍이면서 휘날리곤 했다. 그 깃대와 깃발은 그곳 경관을 전부 망쳐 놓는 주범 중 주범이었다.

"저기다 목매달기에는 내가 좀 무겁지 않겠나?"

돈 까밀로가 웃으며 물었다.

"프라하에 있는 자네 동지들한테서 교수대를 하나 빌려 오는 편이 차라리 낫겠네."

빼뽀네는 아무 대꾸 없이 돈 까밀로의 눈앞에서 휙 돌아서 가버렸다.

집 앞에 이른 빼뽀네는 아내를 밖으로 불러냈다.

"1시쯤이면 돌아올 거야. 오늘 점심은 당신이 알아서 준비해 놔."

"벌써 다 준비해 놨어요."

아내가 중얼거렸다.

"아무것도 안 해 놓았으면 큰일 날 뻔했네. 12시쯤 오세요."

*

정오가 조금 지나, 빼뽀네가 부엌에 들어갔을 때 어린 시절의 크리스마스 분위기를 다시 느낄 수 있었다. 마치 악몽에서 깨어난 것 같았다.

빼뽀네는 접시 밑에서 막내가 쓴 카드를 꺼내 읽었다. 그리고 마음을 가다듬고 크리스마스 축시를 들을 준비를 마쳤다. 그러나 한참이 지나도 막내는 축시를 낭송할 기미를 보이지 않았다. 점심이 끝나고 읽어줄 모양이로군, 하고 빼뽀네는 생각했다. 하지만 식사가 다 끝나도록 막내는 자기가 쓴 축시를 낭송할 기색을 보이지 않았다.

뻬뽀네는 아내에게 손짓을 보내 어찌 된 일인지를 물었다. 그러자 아내는 양어깨를 움츠리며 자기도 모르겠다는 몸짓으로 대답했다. 아내는 자리에서 일어나 막내에게 다가가서 조용히 물었다. 하지만 막내는 막무가내로 고개를 저을 뿐이었다.

"어쩔 도리가 없어요."

아내가 뻬뽀네에게 이렇게 상황을 전했다.

"아이가 축시를 낭송하고 싶지 않대요."

뻬뽀네는 포기하지 않았다. 비장의 무기를 준비해 놓고 있었기 때문이다. 그는 호주머니에서 초콜릿 작은 꾸러미 한 개를 꺼낸 다음, 큰 소리로 외쳤다.

"만일 지금 누군가 나한테 멋진 시 한 수를 읊어 준다면, 나는 그 사람한테 이걸 전부 주겠다."

막내는 탐이 난다는 눈빛으로 작은 꾸러미를 바라보면서도 계속 고개를 저었다.

뻬뽀네의 아내는 다시 한 번 막내에게 가서 뭔가를 물어보더니, 남편에게 와서 아이의 말을 전했다.

"낭송하고 싶지 않대요."

뻬뽀네의 인내심이 드디어 바닥나고 말았다.

"대체 왜 안 읽는 거야? 크리스마스 축시가 뭔지도 모르느냐?"

"크리스마스 축시가 뭔지는 저도 알아요."

막내가 대답했다.

"하지만 지금은 그 시를 읽을 수 없어요."

"아니, 왜?"

"왜냐하면 이제는 그 시가 더 이상 의미가 없기 때문이에요. 아기 예수님은 어젯밤에 이미 태어나셨어요. 저는 어젯밤에 태어나셔야 할 아기 예수님에 대해 썼단 말이에요."

뻬뽀네는 아내에게 막내가 쓴 시를 가져오라고 했다. 사실상 시는 온통 예수의 탄생과 미래에 대한 희망으로 빛나는 내용이었다. 그 시의 몇 구절들을 옮겨 보면 다음과 같다.

'자정에 베들레헴의 움막집은 빛나리라. 기적이 되풀이되리라. 아기 예수는 태어나리라. 그리고 목동들이 예수께 경배 드리리라….'

"막내야, 시는 신문에 실리는 사건 보도가 아니잖아? 네가 시를 오늘 읊는다고 해도 그 시가 지닌 가치는 똑같은 거란다."

"그렇지 않아요."

막내가 우기기 시작했다.

"어제 저녁에 탄생한 아기 예수님을 두고, '오늘 밤에 태어나실 거다' 라고 말할 수 없잖아요."

아이 엄마가 말려 보았으나 막내는 자기 뜻을 조금도 굽히질 않았다.

"에휴, 애비나 아들이나 둘이 똑같구랴. 고집불통들 같으니라고…."

결국 아내는 뻬뽀네를 돌아보며 이렇게 외쳤다.

그날 오후 뻬뽀네는 막내를 데리고 산책을 나갔다. 마을에서 멀리 떨어진 곳에 다다랐을 때, 뻬뽀네는 마지막으로 청했다.

"우리 둘밖에는 없으니까, 아빠한테 그 시를 한번 읊어 주지 않겠니?"

"싫어요."

"여기선 아무도 안 듣잖니!"

" 아기 예수님은 모든 일을 다 아시잖아요."

막내가 속삭이듯 말했다.

이 말이야말로 막내가 읊은 가장 아름다운 시 구절이었다.

눈이 내리네

새벽녘부터 쏟아진 눈은 벌써 1미터 이상의 적설량을 기록하고 있었다. 30년 만의 기록적인 폭설이었다.

저녁이 되자 조금 뜸해지나 싶더니 모두가 잠든 밤을 틈타 다시 눈보라가 퍼붓기 시작했다.

눈보라는 다음날 정오까지도 멈추지 않았고, 따라서 마을 전체의 교통이 마비되다시피 했다. 그리하여 뻬뽀네는 눈이 계속 오는 것을 감수하고 외곽도로와 마을 진입로에 쌓인 눈을 치우기 위해 제설차를 운행하라는 특별 지시를 내리게 되었다.

상황은 아주 심각한 지경이었다. 바퀴에 체인을 두른 육중한 제설차들이 위풍당당하게 길을 나섰지만, 그 결과는 참담했다.

제설차들이 눈을 치우고 지나가면, 그 뒤로 금방 무릎 높이의 눈이 다시 쌓였다.

일요일이 될 때까지, 눈은 그치지 않고 계속 쏟아졌다. 게다가 그날 저녁에는 거센 바람까지 몰아쳤기 때문에, 사람들의 왕래가 거의 불가능할 정도였다. 어떤 집에는 바람과 맞부딪치는 처마를 따라 2미터도 넘게 눈이 쌓였다. 마치 처마 위에 눈으로 만든 벽이 세워지기라도 한 것 같았다.

삐뽀네는 서둘러 임시 평의회를 소집했다. 그 자리에서 그는 모든 수단을 동원해서라도 눈 문제를 해결해야 한다고 강하게 주장했다.

"밤샘작업을 해서라도 쏟아지는 폭설로부터 마을을 구해내야 한다! 당장 이 눈을 치우지 않으면 내일 아침에는 제설용 차량을 도로로 내보낼 수조차 없을 테니까 말이오!"

사태가 너무 심각했기 때문에 반대당의 의원들까지도 삐뽀네의 의견에 즉각 동의했다. 그래서 바싸 마을에 '제설 작업 긴급 동원령'이 내려졌고 브루스코가 이 작업의 총책임을 맡았다.

"좋습니다, 대장. 잘 알아들었어요. 일단 팔을 걷어붙이고 일할 사람과 삽이며, 가래며, 손수레 등을 구해보죠. 그런데 대장, 치운 눈은 어디다 버려야 하는 거죠?"

삐뽀네는 그를 쳐다보았다.

"그런 것까지 내가 직접 알려줘야 하나? 길에만 눈이 쌓여있지 않으면 돼. 그따위 쓸데없는 질문은 집어치우고 빨리 가서 일이나 하라고!"

*

계속 내리는 눈 때문에 제설 작업은 정말 쉽지 않았다. 브루스코는 최선을 다해 자신의 책임을 수행하려고 했으나 자정 무렵 작업을 중단하고 뻬뽀네의 집으로 달려갈 수밖에 없었다. 브루스코는 막대기를 들어 침실의 덧창을 두들기며 소리쳤다.

"대장, 곤란한 상황에 빠졌습니다. 문 좀 열어주십쇼."

"그래서, 내가 문을 열어 주면 그 곤란한 상황이 없어지나?"

자다 깬 뻬뽀네가 한바탕 욕설을 퍼부으며 묻자 브루스코는 당황한 듯 더듬거리며 대답했다.

"그, 그거야…. 어쨌든 의논할 일이 있단 말입니다."

뻬뽀네는 아래층으로 내려와 현관문을 열었다.

"대장, 큰일 났어요. 더 이상 눈을 갖다 버릴 장소가 없어요."

"뭐라고? 마을 밖으로만 나가도 들판 천진데, 눈을 버릴 데가 없다니?"

"거기까지 눈을 실어 나를 수 있어야 말이죠. 도무지 트럭이 도로로 나갈 수가 없어요."

"아니, 스티보네 다리까지 가는 길은 어쩌고? 무슨 일이 있더라도 그 길만큼은 막히지 않게 하라고 내가 특별히 지시했잖아?"

"대장, 거긴 괜찮습니다. 스미르초가 그 길을 댄스홀 바닥처럼 보송보송하고 반들반들한 상태로 유지하고 있으니까요."

"그럼 스티보네 다리까지 눈을 싣고 가서 다리 밑에 버리면 될 거 아니야?"

브루스코가 답답한 듯 양팔을 벌리며 말했다.

"지금까지는 그렇게 작업을 했습죠. 하지만 이제 한계 상황에 다다랐습니다. 더 이상 작업을 계속하면, 버린 눈덩이들이 엉겨 붙고 딱딱한 얼음 덩어리로 변해 뽀 강으로 흘러들어 가는 물길을 막아버릴 겁니다. 생각해보세요. 대장. 얼음덩어리가 교각 밑에 들러붙어 물길을 막고 있는 상태에서 갑자기 물난리라도 나면…. 어휴, 생각만 해도 끔찍합니다. 엄청난 양의 물이 마을을 덮칠 겁니다. 아무리 피해를 작게 잡아도, 최소한 다리는 무너질 거라고요."

브루스코의 말이 백 번 천 번 옳았다.

그 꼴 사나운 다리 밑에 더 이상 눈 더미를 갖다 버릴 수는 없었다. 해결책은 오직 하나밖에 남지 않았다. 뻬뽀네는 이마를 찌푸리더니, 마침내 입을 열었다.

"브루스코, 마을 밖으로 옮길 수 없다면, 읍내의 구석진 자리를 찾아 거기다 버리면 되잖아?"

"읍내에요? 읍내에는 눈을 갖다 버릴 만한 넓은 장소가 광장 말고 또 있나요? 도로에 쌓인 눈으로 광장을 막는 건 별로 좋은 생각이 아닌 것 같은데요…."

"브루스코, 지금부터 내가 하는 말을 똑바로 들어. '광장' 의 통행은 방해받아서는 안 돼. '엄밀한 의미에서의 광장' 이 막혀 있어서는 안 된다는 말이야. 마을 주민들 모두 함께 사용하는 '광장' 이기 때문에 그렇다네. 기억하게, '광장' 은 막혀있어선 안 돼. 알아듣겠나?"

브루스코는 도저히 못 알아듣겠다는 듯이 양팔을 벌렸다.

"대장, 난 도무지 이해가 안 돼요."

"내 말을 잘 생각해봐. 그러면 답은 있어."

브루스코는 한동안 머뭇거리다가 가 버렸다.

눈발이 점점 더 굵어지는 가운데 제설작업이 재개되었다.

얼마 지나지 않아 '엄밀한 의미에서의 광장' 의 기능을 존중하면서도 눈더미를 마을 밖으로 가져가지 않고도 쌓아놓을 수 있는 장소가 발견되었다.

*

날이 밝아 다음 날 아침 6시가 되도록, 눈은 그치지 않았다. 돈 까밀로는 새벽 미사를 드리러 성당으로 가려고 현관문을 열고 사제관을 나섰다. 그런데 코앞에 일종의 '흰색 지옥' 이 펼쳐져 있었다.

돈 까밀로는 탄식했다.

"예수님! 이게 바로 노아의 대홍수 때처럼 세상을 심판하려

보내시는 대폭설입니까?"

누구라도 아연실색할 만한 상황이었다. 돈 까밀로가 얼핏 보기에 눈 더미 높이가 적어도 대략 5미터 정도는 되는 것 같아 보였다. 눈이 자연적으로 그렇게 쌓인 것이라면, 돈 까밀로의 탄식은 정확한 판단이었을 것이다. 그러나 지금 그의 판단에는 중대한 오류가 있었다. 왜냐하면 눈은 오로지 성당 앞뜰에만 5미터 높이로 쌓여 있었기 때문이었다.

밤을 틈타 어떤 몹쓸 악당들이 넓은 성당 마당에 눈을 잔뜩 쏟아 붓고 달아나 버렸던 것이다. 그래도 이 악당들은 소금이나마 양심이 남아 있었는지 사제관 앞의 작은 길을 따라, 사제관에서 성당으로 사람이 다닐 만한 통로를 남겨놓기는 했다.

주위를 둘러보고 사건의 자초지종을 대강 파악한 돈 까밀로는 미사를 시작하기 전에 제대 위쪽의 십자가에 달리신 예수님께 미리 용서를 빌었다.

"예수님, 제가 미사 중에 실수를 범하게 되더라도 용서해 주십시오. 지금 기분이 아주 착잡합니다. 제 성질로는 감당하기 어려울 정도로 눈이 너무 많이 내렸습니다."

"돈 끼밀로, 주께서 인간에게 주시는 것은 너무 많거나 적은 법이 없지 않으냐? 주님께서는 인간에게 합당한 양만큼만 주시니까 말이다."

"예수님, 저는 주님께서 이 땅 위에 보내신 눈에 대해서 말하는 게 아닙니다. 건방진 무신론자들이 지난밤 성당 마당에 바벨탑처럼 쌓아 놓은 눈에 대해 말하는 겁니다. 이건 인간의 일에 관련된 문제이지 하느님께서 다루시는 거룩한 일에 대한 것이 아닙니다."

예수님이 부드럽게 그를 타이르셨다.

"매사에는 다 때가 있느니라, 돈 까밀로. 지금은 주님의 거룩한 일에 대해서만 생각하려무나. 너는 지금 주님 앞에 있지, 읍장 앞에 서 있는 게 아니다."

미사가 끝나자, 돈 까밀로는 분노로 치를 떨면서, 읍사무소가 문을 여는 9시가 오기를 기다렸다.

오전 9시가 되자 그는 결의에 찬 표정으로 읍사무소를 향해 힘차게 걸어갔다.

읍장은 아직 출근해 있지 않았다. 10분쯤 지나자 뻬뽀네가 오는 모습이 보였다. 돈 까밀로는 문 앞에 척 버티고 서서 집무실로 들어가려는 그를 가로막았다.

"읍장 동무, 읍 의회의원 모두가 참석한 가운데 현장 검증을 실시할 것을 요청하네!"

돈 까밀로가 단호한 목소리로 외쳤다.

뻬뽀네는 무척 흥미롭다는 듯한 눈길로 돈 까밀로를 쳐다보더니 이렇게 대답했다.

"무슨 일이슈? 현장 검증을 받으려면 정식 탄원서를 갖고 오시오."

돈 까밀로가 부르짖었다.

"이봐 뻬뽀네, 계속 이런 식으로 나오면 탄원서를 써서 경찰서장한테 갖다 주는 수가 있네. 소동을 일으키고 싶지 않으면 당장 의원들을 소집해서 사제관으로 오게. 30분 주겠네."

돈 까밀로는 말이 끝나기가 무섭게 사제관으로 돌아갔다. 정확히 30분 후, 뻬뽀네가 브루스코, 비지오, 스미르초를 데리고 사제관 앞에 모습을 나타냈다.

"눈 때문에 길이 막혀서 미처 다 소집할 수가 없었소, 신부님."

뻬뽀네가 말했다.

"더 필요하시오? 의원들이 전부 모이려면 눈이 녹을 때까지 기다리셔야 할 거요. 그런데, 무슨 일이오? 죄다 모이라고 하다니…."

돈 까밀로는 사제관 현관으로 나가 산처럼 우뚝 솟은 눈 더미를 턱으로 가리켰다. 그것은 현관에서 1미터쯤 떨어진 지점부터 쌓이기 시작해 하늘을 향해 가파른 경사를 이루고 있었다.

돈 까밀로가 입을 열었다.

"읍장, 그리고 의원 동무들, 저게 도대체 뭔지 해명을 해주시게."

스미르초가 나서서 손가락 끝으로 얼어붙은 눈더미의 표면을 긁어보고는 말했다.

"대장, 제가 보기에는 눈인 것 같은뎁쇼."

그 말을 듣고도 뻬뽀네와 그 일당들은 문제의 심각성에 대해 그다지 신경을 쓰지 않는 모습이었다. 돈 까밀로는 애써 마음을 진정시키며 물었다.

"맞네, 눈일세. 그런데 대체 왜 마을의 눈이 죄다 여기 쌓여 있는지 좀 알려주겠나?"

뻬뽀네는 해볼 테면 해보라는 듯 퉁명스레 내꾸했다.

"여기 이렇게 눈이 쌓인 것은 제설작업에 참가한 사람들이 눈더미를 이리로 옮겨 왔기 때문이오. 하지만 이건 어디까지나 우리 읍민들의 이익을 위해 한 일이오."

"사정은 이해하네, 읍장 동무. 하지만 읍민들에게는 성당에 갈 권리도 있지 않나?"

"읍민들이 권리를 행사하지 못하도록 방해한 적은 없소, 신부 나리."

뻬뽀네가 낄낄거렸다.

"게다가 신자들이 다닐 통로는 저기 남아 있지 않습니까?"

"읍장 동무, 지금 자네는 사제관 벽과 눈 더미 사이의 이 좁아터진 틈을 말하는 건가?"

뻬뽀네가 짜증스럽다는 듯이 숨을 몰아쉬었다.

"신부님, 성당에 오는 신자라 봐야 고작 너덧 명밖에 안 되잖소. 내가 보기엔 그 통로가 좁기는커녕 충분해서 차고도 넘치는 것 같습니다. 다수를 위한 소수의 거룩한 희생이라고 생각하시구려."

돈 까밀로는 뻬뽀네의 말을 반박했다.

"저 눈더미를 인민의 집 앞에다 쌓아 놓을 수는 없었나? 거기도 다니는 사람 수가 적기는 마찬가지 아닌가."

"괜히 인민의 집을 들먹이지 마슈!"

뻬뽀네가 성가시다는 듯 외쳤다.

"눈더미를 여기 갖다 놓은 건 광장이 모든 주민에게 필요한 공공장소이기 때문이오. 읍사무소에서는 마땅히 해야 할 일을 했다, 이런 말씀이지요. 만약 이 조치에 불만이 있다면 그쪽 열성당원을 시켜 해결하시오."

돈 까밀로는 길게 숨을 들이쉬고는 방금 들은 말을 되받아 소리쳤다.

"읍장 동무, 우리 열성당원은 둘밖에 없네. 나는 사제관 쪽을 맡고 있고 거룩하신 주님께선 성당 쪽을 맡고 계시다네."

뻬뽀네가 대답했다.

"어쨌든 눈 문제는 우리와 관계가 없소. 만약 눈더미가 성가시다면 두 분이 알아서 옮기시구랴."

돈 까밀로는 하느님을 모독하는 뻬뽀네의 말에 얼굴색이 파랗게 질렸지만 온 힘을 다해 꾹 참으며 말했다.

"좋네, 읍장 동무. 내 동료이신 그분과 함께 해결하도록 하지. 하지만 만약, 만약에 말일세, 자네에게 콩알 만한 뇌라도 머리통 속에 들어있다면, 방금 한 말이 얼마나 불경스런 말인지 다시 생각해 보게. 언젠가 지옥에 가면 자네 영혼과 지옥 불

사이에 이렇게 산더미 같은 눈 더미를 쌓아 놓을 수는 없을걸? 물론 여기 있는 시커먼 영혼들도 읍장 동무와 함께 있을 테지만 말이야."

노파 하나가 투덜거리며 사제관의 벽과 눈 더미 사이를 조심스럽게 걸어 지나갔다.

"그 이야기를 저기 저 할멈한테 한번 해 보시지 그러시오?"

뻬뽀네는 씨익 웃으며 말했다.

"저 노인네가 아주 기뻐할 거요."

노파는 그들 앞을 지나쳐, 성당 쪽으로 힘겹게 걸어갔다. 뻬뽀네와 일당은 모자를 정중하게 들어 올려 돈 까밀로에게 인사하고는 광장을 향해 걸음을 옮기기 시작했다.

돈 까밀로는 거기 남아 물끄러미 그들의 뒷모습을 바라보았다. 잠시 후 사제관 안으로 다시 들어가려는 순간, 광장에서 '쾅' 하는 굉음이 들려왔다.

*

바람에 휘날리던 눈보라는 광장 주변에 있는 주택들의 지붕에, 그것도 맞바람 치는 쪽에 선 지붕에 점점 높이 쌓여만 갔다. 결국 그중에서도 특히 눈이 많이 쌓인 지붕 하나가 무게를 견디지 못하고 폭삭 주저앉고 말았다.

이상한 일이었다. 그 집은 마을에서도 가장 최근에 지어진 건물이었다. 현대적인 건축 기준에 따라 견고하게, 신경을 써서 만든 집, 바로 인민의 집이었다.

사태는 심각했다. 용마루를 지탱하고 있던 대들보가 부러져서 서까래, 기와, 그리고 눈더미가 한꺼번에 다락방 위로 무너져 내렸다. 또한 다락방까지도 그 기세를 이기지 못하고 바닥이 꺼졌기 때문에 2층에 사는 룬고의 가족까지 날벼락을 맞았다.

돈 까밀로가 도착했을 때는 - 그는 급히 달려왔기 때문에 숨을 헐떡거리고 있었다 - 이미 룬고와 그의 가족이 폭삭 무너진 폐허더미 속에서 기적적으로 구출된 뒤였다.

기술자는 곧 지붕이 무너진 원인을 찾아냈다. 용마루를 받치던 대들보에 건축 규정을 어기고 목재 대신 둥글고 단단한 철봉을 사용했다. 그런데 철봉이 하중을 감당치 못하고 부러져 버린 것이었다.

돈 까밀로는 자세한 설명을 기술자에게 요구했다.

"그 철봉의 길이는 어느 정도요?"

"12미터입니다."

"철봉의 굵기는?"

"5센티미터입니다."

"5센티미터나 되는 데 부러졌다고? 못 믿겠는걸?"

돈 까밀로가 고개를 흔들며 말했다.

"있을 수 없는 일이야. 굵기가 5센티미터나 되는 철봉은 길이가 20미터로 늘어나도 절대로 부러지지 않는다고."

"신부님네 주님께서 불쌍한 사람들을 못살게 하시기로 작정한 이상에는, 불가능한 일이 뭐가 있겠소?"

누군가 화가 잔뜩 난 목소리로 소리쳤다. 목소리의 주인공은 뻬뽀네였다.

"읍장 동무, 그건 착각이야."

돈 까밀로가 침착한 목소리로 말했다.

"주님께서는 불쌍한 사람들을 미워하시지 않네. 생각해보게나, 가난한 사람들이 사는 집에도 똑같이 눈이 내렸지 않나? 그런데도 이 집만 지붕이 무너졌네. 최근에 지었고, 가장 튼튼한데다 부유한 사람들을 위해 지어진 집인데도 그렇게 됐어."

"아! 신부님 말씀이 뭘 뜻하는지 알겠소. 그러니까 그 양반은 이 건물 지붕을 폭삭 내려 앉히심으로써 바티칸에 대항하는 사람들에게 본보기를 보여 주시는 거다, 이 말씀이죠?"

스미르초가 시비라도 걸겠다는 듯 말했다.

"아닐세."

돈 까밀로가 그의 말을 가로막았다.

"주님께서는 직접 지붕을 무너뜨리실 만큼 한가하지 않으시다네. 이 지붕이 폭삭 꺼지게 한 것은 바로 눈더미였네. 눈의 무게가 대들보를 부러뜨려 놓은 거지."

뻬뽀네가 돈 까밀로의 말에서 허점을 찾아 반격했다.

"신부님, 눈의 무게 때문이라면, 왜 조금 전에 5센티미터 굵기의 철봉을 부러뜨려 놓는 건 절대 불가능하다고 말씀하신 게요?"

돈 까밀로가 미소를 지어 보였다.

"눈더미가 제아무리 무겁다 해도 지름이 5센티미터나 되는 쇠막대기를 부러뜨리는 건 불가능한 일이야! 그래, 철봉은 전부터 부러져 있었던 걸세."

"그럼 테러구먼! 테러야!"

"누가 감히 인민의 집에다 테러를 저지르겠나?"

"신부님, 정말 그 양반이 하신 일이 아니라고 맹세할 수 있소?"

빼뽀네가 재촉하듯 물었다.

"당연하지! 주님은 그런 사소한 일에 신경을 쓰는 분이 아닐세. 그분은 건축물의 안정성과 균형을 이루어 주는 물리학의 법칙을 정해 놓으셨을 뿐이지. 기둥이니, 대들보니 하는 세부 사항에는 관여하지 않으신다니까. 그런 건 미장이, 목수, 대장장이 따위가 할 일이지."

"우리한테 저주를 퍼붓는 악마들은 어떻소? 우리가 도로에 쌓인 눈을 그 악마들의 집 앞에 쌓아 놓았으니 말이오!"

"빼뽀네, 모든 정치적인 일을 초자연적인 문제로 몰아세우지 말게나."

돈 까밀로의 훈계에는 어딘가 여유가 있었다.

"주님은 악마가 아니시네, 본당 신부도 마찬가지일세. 철봉은 무언가 결함이 있었기 때문에 부러진 걸세. 성당 마당에 쌓아 놓은 눈더미는 이 사건과 아무런 관계가 없네. 이 일은 오직 인민의 집 지붕 위에 쌓여 있던 눈더미와 관계되어 있을 뿐이지. 나는 이 불행한 사건을 선전 목적으로 이용할 생각은 조금도 없네. 나도 그렇고 주님도 그렇고, 우리는 그렇게 천박한 방법을 쓰지 않아."

돈 까밀로는 말을 마친 뒤 자리를 떴다. 그런데 한 열 걸음쯤 갔을까, 그가 문득 멈춰 서더니 뒤를 돌아보았다.

"그런데 말일세, 읍장 동무."

돈 까밀로가 큰 소리로 말했다.

"눈더미에 관한 얘기인데, 자네가 괜찮다면 둘이서만 의논을 했으면 하네."

그러자 뻬뽀네는 패거리에서 떨어져 나와 의심스러운 표정으로 돈 까밀로에게 다가섰다.

"그 쇠막대기에는 말일세,"

돈 까밀로가 낮은 목소리로 말했다.

"결함이 있었어. 오만하고 어리석은 대장장이 하나가 원통형 쇠막대기 8미터짜리와 4미터짜리를 연결해서 12미터짜리 쇠막대기를 만들려고 용접을 한 게 문제였네. 왜냐하면 그자는 쇠를 녹일 줄 모르는 무식쟁이 대장장이였거든. 그자는 원래 대장장이가 아니고 기계 기술자라네. 하지만 운 좋게도 그리스도의 사랑을 가득 지닌 신부를 만나 사람들 앞에서 개망신을 피했네. 이 어찌 다행스러운 일 아닌가?"

"나, 나는… "

빼뽀네는 무언가 이의를 제기하려고 입을 열었으나 돈 까밀로가 그의 말을 가로막았다.

"이 바보 멍청이 같으니! 쇠도 녹일 줄 모르는 가짜 대장장이야! 연전에 내가 한 말 생각 안 나? 쇠막대기 두 개를 맞붙이는 걸 보고 내가 뭐라고 그랬는지?"

빼뽀네는 이를 뿌드득 갈며 대답했다.

"내가 졌소. 내일 눈더미를 치우라고 지시하리다."

"아니야. 녹아 없어질 때까지 그냥 내버려 두게. 그렇지 않으면 이 일을 전부 폭로해 버리겠네. 잘 있게나, 기계 기술자 양반!"

돈 까밀로는 미소를 띤 얼굴로, '기-계-기-술-자' 라고 또박 또박 한 음절씩 끊어 말했다.

그런 뒤, 늘 피우는 반쪽짜리 토스카노 시가에 불을 붙이고 연기를 내뿜으며 잔뜩 쌓인 눈 사이로 난 길로 헤엄치듯 나아갔다.

주효숙 | 옮긴이

한국외국어대학교 이탈리아어과를 졸업하고 동 대학원에서 비교문학 박사학위를 수여받았다. 이탈리아 페루자 국립언어대학교에서 이탈리아어 교사 자격증을 취득했으며, 조반니노 과레스키의 '돈 까밀로' 시리즈를 번역해 이탈리아 외무성에서 수여하는 번역상을 받았다. 한국외국어대학교 이탈리아어통번역대학에서 학생들을 가르치며 번역가로 활동하고 있다. 옮긴 책으로는 《돈 까밀로의 사계》와 《돈 까밀로와 뽀 강 사람들》, 《돈까밀로의여 양떼들》, 《돈까밀로의 작은세상》, 《새천년 세계는 어디로 가는가》(공역) 등이 있다.

*신부님 우리들의 신부님 4

돈 까밀로의 사계

1판 15쇄 발행 | 2012년 01월 20일
개정 2쇄 발행 | 2019년 11월 15일

지은이 | 조반니노 과레스키
옮긴이 | 주효숙
펴낸이 | 김정동
펴낸곳 | 서교출판사

주소 | 서울시 마포구 성지길 25-20 덕준빌딩 2층
전화 | 3142-1471(대) 팩스 | 6499-1471
등록번호 | 제10-1534호
등록일 | 1991. 09. 25

Email | seokyodong1@naver.com
Blog | https://blog.naver.com/seokyobooks

ISBN 979-11-89729-13-4 04860